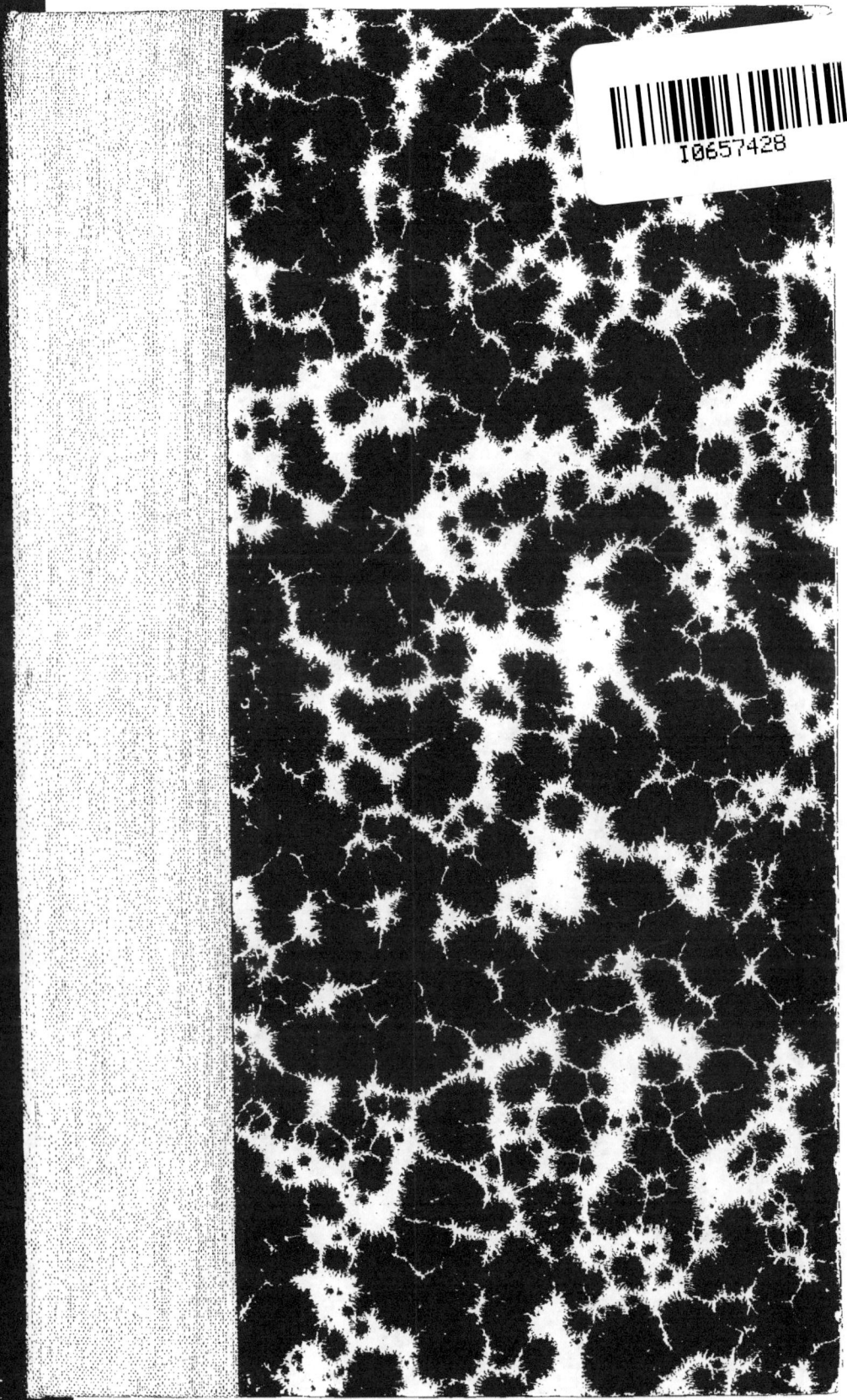

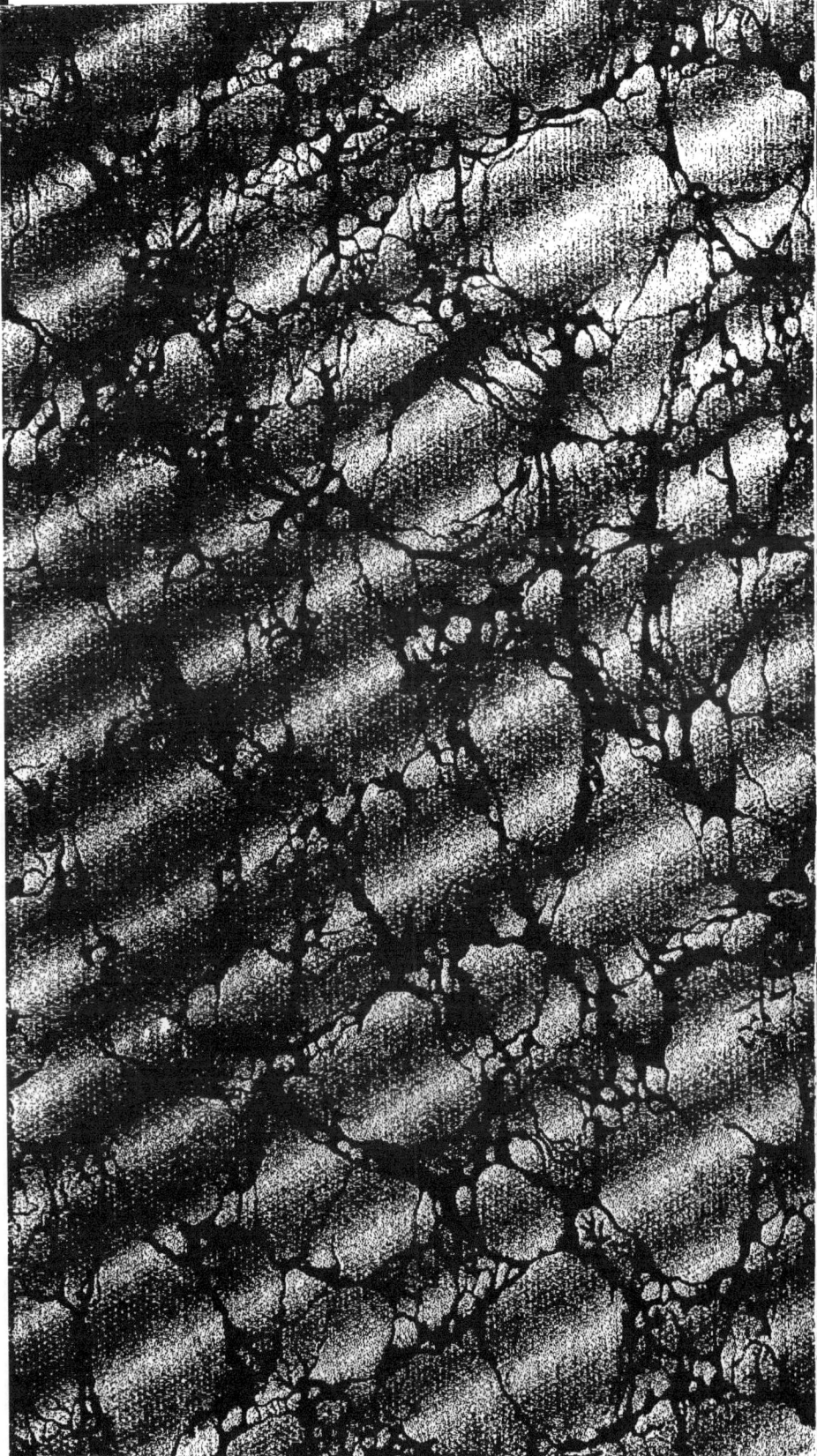

L'OLYMPE

DISPARU

———

1881

———

5255

THONON
—
IMPRIMERIE A. DUBOULOZ.

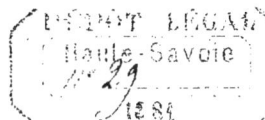
L'OLYMPE

DISPARU

Par

DANTAND MAURICE-MARIE

A THONON

THONON

Imprimerie A. DUBOULOZ.

1881

Ami Lecteur,

Ne lis pas ces déclams avant d'avoir lu l'avant-propos qui va suivre, sans quoi tu ne pourrais t'expliquer comment un homme de manières simples et ennemies de la singularité comme je te parais, a pu, à l'opposé de tant de veufs qui ne demandent que la paix et l'oubli, se résoudre à composer une œuvre dont la renommée sera à l'étroit dans notre Univers.

Mais lorsque tu connaîtras le motif qui me détermine, toi-même, lecteur, toi-même tu trépigneras, tu battras des mains, tu t'écrieras pour m'approuver et m'applaudir.

AVANT-PROPOS

Accablé par une longue insomnie, je m'étais endormi sur le matin et ne me réveillais que tard vers l'heure où les femmes et les filles portent aux hommes des champs un premier repas pour eux moment désiré de repos; étonné de ma paresse, je m'apprêtais à descendre de ma couche humide de mes larmes de la nuit, lorsqu'elle m'apparut; modestement parée, elle se rendait au temple, mais pourquoi quittait-elle notre chambre nuptiale sans offrir son front et ses yeux à mes baisers? A demi soulevé de ma couche, aucune parole ne sortait de mes lèvres, mais l'anxiété de mes traits témoignait de mon désir, tournant vers moi son gracieux visage, elle souriait à mon impatience et pourtant elle s'éloignait; toutefois son pied ne toucha pas au seuil de la demeure, elle accourut et m'étreignant dans ses bras; O ivresse de mon âme, je sentis sur mes lèvres venir se presser les siennes, puis mon front reposa sur son sein et j'entendais les battements de son cœur; o mon Dieu, pourquoi dès lors ne me l'avez-vous plus envoyée; ne devez-vous plus me rendre cette joie, ou ne lui permettrez-vous de revenir que lorsque j'aurai accompli son vœu? Je la vois encore, lorsque tenant ma tête dans ses mains, elle fixa dans mes yeux son tendre et profond regard et me dit de sa voix douce mais pleine d'une solennité que je ne lui avais jamais connue: mon époux, honore-moi; et comme mes yeux stupéfaits cherchaient l'explication d'une telle demande, elle reprit: oui,

honore-moi, car voici que sur toi repose l'esprit attendu
par vingt siècles; mais ne te trouble point, j'ai prié Dieu
qu'il ne te sépare pas de lui; en même temps son souffle
frappait mon front, il me sembla qu'une couronne de
vives douleurs le pénétrait et une lumière si éclatante
entoura ma couche qu'involontairement mes paupières
se fermèrent, ce fut la durée d'un éclair, lorsqu'elles se
rouvrirent, mon épouse s'éloignait en attachant sur moi
ses yeux pleins de prière et d'amour; oh! dans ce moment je venais de comprendre; avec quel désespoir je
tendis vers elle mes bras pour la retenir et quel cri
s'échappa de ma poitrine! mais la chute de mon corps
me montra que j'étais seul: le bonheur retrouvé, l'épouse
rendue par la mort m'étaient de nouveau ravis! j'étouffais
de sanglots, ma face ruisselait de larmes et mes lèvres ne
pouvaient se détacher de la place où elle avait posé ses
derniers pas; ah! j'aurais dû la suivre, si la douleur
pouvait faire mourir.

Dieu eut pitié de l'excès de ma souffrance, et toujours je
verrai, dans ce qui suivit, une preuve de sa miséricorde;
un chant parvint jusqu'à moi, la voix qui chantait était si
pure que, sans qu'il me fut possible de m'en rendre
compte, j'oubliais tout à l'entendre; non, devrais-je vivre
des milliers d'années, jamais elle ne quittera mon souvenir; mais que disait le chant, le chœur se perdait dans
un infini lointain, et malgré toute l'attention de mon âme,
je ne pus comprendre et retenir que ces mots: Olympe où
sont tes Dieux! Cependant, ce peu de paroles faisaient la
lumière dans mon esprit, devant moi se déroulait toute
l'exposition d'un poème; je voyais les combats de Jéhovah

contre les *Divinités* de *l'Olympe*, j'assistais à ses victoires sur elles, je les contemplais vaincues, fuyant notre Univers, obligées de marcher à travers mille mondes vers le livre écrit par la main de l'Eternel pour être témoins du grand triomphe de son Christ. Pouvais-je en douter? C'était à redire, à crier à tous les siècles ces grandes choses que je devais honorer mon épouse; c'était pour m'y convier que son ombre chérie était sortie un instant du sein de Dieu! le souvenir de sa foi vive, de son respect infini des choses saintes, de sa reconnaissance sans borne pour les bienfaits du Christ déchiraient à mes yeux tout voile, toute ombre de doute, Dieu l'appelait au plus haut rang de ses élus, en faisant de moi, quoique indigne, un instrument de sa gloire.

Je louais Dieu et m'humiliais devant lui.

Sans doute que mon épouse entendit ma promesse; car dans l'instant même se dévoilait à mon âme ce que chantaient les voix rentrant dans les hauts cieux: venez, disaient-elles, votre place est près de nous, aux pieds du trône de Dieu; venez, nous continuerons sans fin sous ses regards d'amour la joie infinie de l'aimer et de nous aimer.

Ce chant des épouses rouvrit la source de mes larmes, mais mon espérance était raffermie et ma peine consolée.

Dès ce moment, je cède à l'esprit qui est en moi; il me parle et me montre des choses étranges, j'essaye de le redire, mais mon âme est dans la crainte.

DÉCLAM I.

L'Olympe disparu dans la nuit qui voila le ciel à la mort du Christ était le séjour des Dieux, c'est là que brillaient leurs trônes, c'est là qu'au milieu des fêtes ils comptaient leurs jours par le nombre de leurs banquets; non soumis à la mort ils passaient les siècles à disputer sur la gloire et les prérogatives de leurs couronnes, osant même parfois s'attaquer à celle de Jupiter, oubliant qu'il était leur roi: ce fut au milieu du tumulte et des paroles acerbes suscités par une de ces querelles qu'un bruit parti de la terre attira leur attention; ils regardèrent et que virent-ils! Ses géants entassaient des montagnes et par leurs gestes et leurs clameurs ne laissaient pas douter de leur projet d'escalader l'Olympe pour s'en emparer.

Les Dieux se sont levés de leurs trônes, ils contemplent saisis d'effroi le progrès de l'œuvre de leurs ennemis, ils voient devant leurs forces immenses la terre soulever ses entrailles, sa surface comme bouillonner et se transformer en pyramide d'une masse informe dont le front sans cesse s'élève et bientôt frappera les cieux.

Seul Jupiter n'est point troublé à cette vue, il reste assis sur son trône; les Dieux tournent d'instinct leurs yeux vers lui, ils gémissent, ils se reconnaissent impuissants à conjurer sans son aide l'orage qui les menacent, mais leur bouche reste muette, ils semblent craindre par un mot de prière de trop avouer leur faiblesse.

Le roi de l'Olympe pénètre leur pensée, un amer sourire effleure ses lèvres.

Dieux et Déesses, dit-il, voici le jour de montrer votre

grand cœur, on menace vos trônes! Sans doute vos bras
vont suffire à les défendre, de même que sans votre secours
je saurai protéger le mien.

À ces dures paroles, une noble colère s'empare des
Dieux, ils s'animent mutuellement et se précipitent à
la lutte.

Nul mortel ne pourra redire ce combat, car aucun n'eut
pu, non pas se mêler aux combattants, le souffle seul produit par le mouvement de leurs bras l'eut ou écrasé contre
le sol ou lancé comme une barbe légère dans les espaces
infinis, mais seulement entendre, sans voir tout son sang
fuir ses veines, les grandes voix courroucées des Dieux et
les furieuses clameurs de leurs ennemis mêlées aux fracas
des montagnes poussées jusqu'aux cieux et retombant sur
le monde.

Bien plus, ce combat eût-il pour tranquilles témoins tous
les hommes nés et à naître que l'impossibilité de le chanter
resterait pour eux entière, car si dans le nombre infini de
ceux qui déjà ont paru sous le soleil, il ne s'est trouvé
qu'un Homère pour célébrer d'une manière digne l'emportement d'un faible héros, qu'attendre d'eux, que pour-
raient-ils? devant les colères des puissants immortels et
des formidables géants.

Mais qu'ai-je fais? J'ai attristé les siècles! Confiants dans
mes premiers accents, ils sont accourus certains cette fois
d'écouter le récit tant désiré par eux; Aœdé divine, vois-
les suspendus à mes lèvres ne cessant d'espérer qu'elles
vont s'ouvrir pour leur apprendre si la montagne que reçut
en pleine poitrine le vénérable Neptune était aussi haute
que le Mont-Blanc et aussi longue que les Pyrénées? Quels
phénomènes causèrent dans la nature les efforts du grand
Dieu pour reprendre son souffle; quelle étendue de pays
couvrit de son corps le roi des Géants Porphyrion renversé
par Junon et Cérès; si les étoiles pâlirent, si le soleil

recula au cri d'horreur poussé par les deux Déesses en voyant leurs mains pleines de serpents à la place de chevelure ; comment il advint qu'au lieu des géants Yébon et Finipy que pensaient accabler les Dieux en renversant la pyramide de montagnes, ce fut la jambe de Vulcain qui fut broyée ; viens, fille des cieux, suppléer à mon impuissance de satisfaire leur désir, laisse tomber quelques bribes des pages éthérées de ton livre ; elles consoleront les siècles, cette faveur est due à leur longue patience.

..... Pour la septième fois l'effroyable masse est relevée, et malgré les Dieux les géants la maintiennent debout et assurent son front plus près de l'Olympe.

Jupiter regardait le combat et quels que fussent ses motifs d'amertume contre les Dieux, son cœur magnanime souffrait de leur détresse.

Au loin, la terre ne présentait à ses regards qu'une suite d'abîmes et d'espaces noircis de roches semées par la racine des montagnes transportées ; cette ruine sans limites ajoutait à sa douleur, car la terre produit la louange et l'encens, nourriture favorite des Divinités, la seule qu'elles redemandent sans cesse, la seule dont elles ne se lassent jamais ! Et que leur importerait leurs trônes si elles devaient être seules à les admirer ; ils ne sont glorieux, ils n'ont de majesté que par les respects des hommes ; privés d'hommages, ces blocs de diamant ne seraient que des brillants siéges.

Pendant que Jupiter entretenait son âme de ces pensées, ses regards traversant les entrailles mêmes du monde, voyaient sur son autre face les hommes accablés de terreur devant les commotions de la terre et des airs ; chassés de leurs repaires par la crainte, les fauves sortent des forêts pêle-mêle avec les grands serpents, les singes ; tous courent droit devant eux entraînant dans leurs tourbillons les troupeaux des prairies ; tous fuient un danger que l'instinct leur crie être sous chacun de leurs pas ; mais quel est ce mortel dont le visage reste calme dans l'universelle épouvante? Aidé de ses fils, il dirige vers une flottante bergerie des essaims d'animaux ; il semble, en présence des bruits qui annoncent le prochain effondrement de la terre, vouloir en réunir toutes les races pour se confier avec elles au cours inconnu du grand fleuve et immigrer dans un autre monde.

Je l'aiderai, se dit Jupiter, et j'accomplirai ma gloire ; il dit, et plus vite que la pensée sa main a rassemblé dans l'arche immense un couple de tous les êtres qui volent dans les airs, vivent ou pullulent sur la terre et dans les eaux ; son souffle divin leur ferma la bouche et suspendit sa faim.

Cependant les Dieux épuisés d'efforts faiblissent ; comme à cette vue leurs ennemis redoublent d'ardeur pour s'assurer la victoire ! Déjà ils croient vaincre et poussent un cri de triomphe.

Les insensés !

Dans leur précipitation aveugle, ils ne s'aperçoivent point que l'énorme Etna recèle dans ses flancs une mer de matières ignées ; ils réunissent leurs forces, ils l'arrachent ; horrible plaie formée au profond sein de la terre ! Leurs yeux fixés sur l'amas de montagnes sont réjouis de l'accroissement qu'il va recevoir, leurs bras balancent l'immense masse, le mouvement ravive sa fournaise, elle éclate ! Et pendant que leurs mains monstrueuses se portent à leurs yeux pour les nettoyer des roches en fusion qui les obscurcissent, les Dieux revenus de leur défaillance abattent sur eux leurs bras invincibles.

Accablés sous les coups des éléments et des Dieux, les géants faiblissent à leur tour, mais pour un instant seul ; et la lumière leur est à peine rendue, qu'ils se préparent à tourner en instrument de victoire les feux, cause de leur passagère détresse.

L'Etna retombé s'est divisé en fragments, l'Etna actuel, le Vésuve et les îles Lipari ; les fils de la terre vont les lancer jusqu'au milieu de l'Olympe et leur explosion brisera ses trônes ! A cette pensée, une joie féroce enlaidit encore leur affreux visage ; déjà ils se baissent pour saisir les volcans, mais en ce moment un tonnerre gronde dans les cieux.

A cette annonce de secours, l'espérance renaît au cœur des Dieux éperdus, ils s'élèvent dans l'Olympe ; Jupiter va combattre, qu'a-t-il besoin de leurs efforts ?

Tels de légers esquifs luttant sans espoir contre un corsaire s'éloignent pour ne pas entraver l'attaque du puissant trois-ponts arrivant pour les délivrer ; tels, au signe de l'intervention de Jupiter, les Dieux se retirent pour ne pas être un obstacle à ses coups.

Le grand Dieu a déroulé sa chaîne d'or, il l'étend jusqu'à l'astre des nuits ; accablé sous le poids, l'astre est précipité contre la terre, les géants furent broyés.

Sous le choc immense, la lune a perdu ses mers ; détachées de sa face, elles descendent dans les abîmes formés par le déracinement des montagnes, entraînant dans leurs ondes salées les débris sanglants dont la putréfaction eut rendu la terre à jamais inhabitable ; elle fut sauvée de ce danger ; mais ils empoisonnèrent les habitants des eaux qui en firent leur pâture et causèrent parmi eux une mortalité non moins universelle que celle apportée par les eaux elles-mêmes à tous les êtres vivant hors de leur sein.

La face du monde opposée à celle frappée par l'astre et qu'habitaient les hommes ne fut pas moins ravagée et inondée : comprimées par le choc, les vapeurs brûlantes qui remplissaient les entrailles de la terre s'ouvrirent en dix mille lieux d'effroyables issues poussant devant elles les eaux des réservoirs du fleuve large et profond qui l'entourait, et de son sein effondré jaillirent en colonnes plus hautes que les plus hautes montagnes des flots énormes et bouillants ; l'épaisse et âcre vapeur qui se produisit étouffa tout souffle qui ne respirait pas l'haleine du Dieu.

Jupiter retira sa chaîne d'or et la lune remonta aux cieux ; sans cesse, dès lors, elle tourne autour de la terre lui présentant sa face dépouillée et invitant les mers à y reprendre leur place ; quatre fois le jour elle leur abaisse un de ses bords, les mers répondent avec véhémence à son appel en escaladant alternativement leurs rivages, efforts impuissants ! la terre les retient captives ; jamais plus leurs flots ne se répandront sur les rives aimées, jamais plus ils ne reposeront à l'abri des vents, sous les sombres cavernes leurs lieux de sommeil.

La victoire est aux Dieux, et pour la célébrer, Jupiter les convie dans son palais, ils y viennent, mais une sourde colère soulève leur poitrine au souvenir de la faiblesse de leurs efforts rendu encore plus amer par le facile triomphe de leur roi.

En vain le nectar coule à flots dans les coupes d'or, en vain les mets sont d'une saveur divine, les Dieux maugréent, ils semblent mal assis sur ces trônes qu'ils n'ont pu défendre.

Le grand cœur de Jupiter en gémit, et pour apaiser l'irritation des Dieux, pour ramener la joie dans l'Olympe, il prononce ces paroles :

Dieux et Déesses qui partagez ma puissance, le triomphe nous est commun, sachons le compléter ; la défaite de nos ennemis ne doit pas nous suffire, la terre dévastée par leur œuvre nous demande de la sauver d'une éternelle ruine et nos trônes veulent le rétablissement des autels dus à leur gloire ; hâtons-nous donc, Dieux et Déesses, et par nos forces réunies, rendons à la terre sa fertilité pour qu'elle continue à nourrir les hommes et que nos jours ne manquent ni d'encens ni de louanges.

Ce discours fut comme un baume pour le cœur ulcéré des Dieux, et Junon elle-même eut des paroles agréables à l'oreille de Jupiter; époux chéri, dit-elle, où sont les adorateurs que la terre pourra nourrir, ta prudence a donc sauvé quelque fils des hommes?

Le maître du tonnerre se tût, mais son souffle trouant les brouillards exposa la terre aux regards des Dieux.

Un linceuil glacé la couvrait, toute vie avait disparu, toute sève était morte; les cavités, les dépressions du sol jusqu'au sommet des montagnes étaient remplies par les eaux.

L'entassement de montagnes n'existait plus, ses débris se montraient dispersés sur un espace sans limites, leur vue raviva la honte des Dieux, mais ce qui suivit détourna leur pensée d'un sentiment de colère.

Le souffle puissant sorti des lèvres de Jupiter circule autour des ruines, sa vertu transforme et vivifie les nuages qui dominent le monde et les vapeurs qui touchent à sa poussière; c'est un autel, à ses pieds deux formes humaines prient, bientôt elles se lèvent et marchent en cueillant des cailloux baignés d'eau salée qu'elles jettent par dessus leurs épaules; quelle foule! Comment la nombrer? Toute pierre lancée par l'homme devient homme elle-même; chacune de celles échappées des mains de la femme en tombant se voit femme; ces nouveaux fils de la terre ont de la beauté, mais comparés aux géants, et cette comparaison fait sourire les Dieux, leur taille est celle des fourmis; pour eux, les pieds des deux vieillards ont la grandeur des collines : beaucoup restent acccablés par la poussière croulant des débris, beaucoup et ceux-là sont la multitude agonisent fixés aux aspérités des plantes dont ils convoitent les sucs; cependant un rayon de soleil est descendu de la nue, son éclat n'a pas supprimé les maux, mais à la joie des infortunés il leur montre dans mille autels un abri.

Par cette vision, les Dieux venaient de lire dans la
sagesse de Jupiter, son enseignement leur plut ; mais les
débris dont la vue s'impose de nouveau à leur attention
irritent leur âme, et poussés par l'impatience de faire dis-
paraître ce témoignage de leur faiblesse, plus encore que
par le désir de voir relever leurs autels, ils s'écrient : que
tardons-nous à rendre la terre habitable aux hommes ?

Jupiter lança la foudre et de son éclair fit le chemin
qu'il passa pour venir sur la terre, les Dieux l'avaient suivi.

La durée de trois autres éclairs leur suffit pour creuser
les lits des mille onze fleuves qui assemblent les eaux,
pour disposer les débris et les ranger en chaînes de montagnes nerfs et cercles de la terre, elle eut pu se disloquer
sous l'action des ondes ; quelques pierres échappées consti-
tuent les blocs erratiques dont s'étonnent nos yeux : fruits
de l'impatiente colère, ces énormes œuvres des Dieux
portent les signes d'un désordre originel, l'approche des
cimes altières et dénudées des montagnes n'inspire que
l'appréhension ; et les fleuves s'insurgent contre la marche
tortueuse imposée à leurs ondes par l'irrégularité de leurs
bords ; seuls, les monts isolés dont l'existence remonte à
l'origine des choses, restent vénérés et sont saints, leurs
fronts spacieux aiment la présence de l'homme ; c'est pour
lui, pour que sa main les cueillent qu'ils s'ornent de fleurs
étranges, qu'ils se couvrent de plantes où il viendra
retremper sa vie.

Mais si les Dieux ont pu en quelques instants tracer aux
fleuves leur route et reformer mille montagnes, il leur
fallut de longs jours pour ramener la verdeur sur le sol
refroidi ; longtemps leurs mains s'agitèrent pour faire les
vents qui aidaient au soleil à rendre fluides les eaux, à
dessécher la terre et à l'assainir.

Enfin ce labeur s'achevait, lorsque Jupiter remontant
dans l'Olympe y ramena les Dieux.

Ils ont repris place au festin et ils l'oublient; fixés sur le roi, leurs yeux lui demandent les adorateurs attendus, ils savent qu'il n'a pu ni les tromper ni faillir.

Jupiter sourit à leur pensée, il dissipa le dernier nuage qui couvrait la terre.

A l'admiration des Dieux, la race des animaux n'était pas détruite, ils se montraient en nombre infini sur un lieu du monde, les uns assemblés devant les premières herbes sorties du sol, d'autres traversaient les collines se rendant aux lieux écartés, ils pénétraient dans les bois où déjà les avaient précédés des milliers d'oiseaux, ou s'arrêtaient étonnés devant la joie des monstres, heureux de s'ébattre de nouveau au sein des flots; enfin le dernier est sorti de la colossale bergerie, alors sort à son tour le grand pasteur mortel vénérable dont la majesté surprend les Dieux; à ses côtés sont ses femmes, les mères des races humaines; devant elles marchent avec respect leurs robustes fils : il a menti le premier qui osa dire que l'âge d'or fut l'œuvre des Dieux, il fût le fruit de l'amour filial né de la vérité! De quelques pierres amoncelées ils ont formé un autel, le bûcher est prêt, ils amènent la victime, le vieillard l'immole; mais pourquoi n'élève-t-il pas les bras vers l'Olympe? Les entrailles se consument et il ne les offre pas aux Dieux, sa voix prie et ne prononce pas leur nom! Jupiter en est témoin, ses yeux irrités révèlent la sombre colère dont bouillonne son âme; sa main laissera-t-elle échapper la foudre impatiente de frapper ces pervers? Mais les Dieux qui l'approuvent ne tarderaient pas de lui reprocher la ruine irrémédiable de leurs autels, la honte de leurs trônes à jamais privés d'adorateurs.

Déjà même ils étudient la perplexité de leur roi, ils jouissent de son dépit d'avoir, entre toutes les familles des hommes, fait choix pour la sauver, de la seule qui n'honore pas son nom et ne se soucie point de son tonnerre!

2

Les coupes d'or restées pleines se vident, car les Dieux les approchent à l'envi de leurs lèvres pour cacher le sourire de vengeance satisfaite qui s'y trahit.

Où était leur sagesse? Funeste jalousie, peux-tu à ce point obscurcir des sublimes intelligences; ils désirent des adorateurs; en eux ils voient la source de leurs joies; par eux seuls ils se sentent puissants, ils se savent des divinités; et ce bonheur du pouvoir, cette félicité immense d'être Dieux, ils l'oublient! ils semblent s'être consolés de sa perte pour la futile jouissance que celui qui est plus grand, plus puissant qu'eux en est amoindri.

Jupiter le voit et se demande s'il ne brisera pas de ses foudres la terre et l'Olympe; cependant, devant la pensée qu'il ne règnera plus que sur des ruines, il suspend ses coups; il mit dans la balance l'impétueux mais passager plaisir d'un mouvement de colère et l'éternelle perte de sa gloire, le soin de sa gloire l'emporta; il ne détruira donc pas l'homme et il se vengera des Dieux en leur montrant l'excellence de sa sagesse, en les forçant de l'admirer, même dans son erreur.

Le grand Dieu a calmé son âme indignée, et, d'une voix qu'il s'efforce de rendre exempt d'amertume, il prononce ces paroles :

Dieux et Déesses, que vous conseille votre gloire; sous nos yeux un mortel dont les pieds trempent dans la poussière encore teinte du sang de nos ennemis, dont les yeux contemplent la terre transformée par notre vengeance, méprise nos couronnes et brave notre puissance; devons-nous l'anéantir? Si je n'avais à écouter que ma colère, mon bras n'eût pas hésité à en tirer ce châtiment; mais déjà levé, il s'est souvenu que l'injure touchait aussi vos trônes et que tous vous aviez droit à la punir. Que votre sagesse en délibère, et soit que vous commandiez à ma foudre d'écraser le coupable, soit que vous jugiez mieux de conserver sa race, dans l'espoir qu'elle relèvera un jour nos autels, je le jure par ma droite, votre volonté sera accomplie.

Satisfaits de cette condescendance de leur roi, plus satisfaits encore de la vengeance dont a joui leur âme, les Dieux sentent s'évanouir le dernier ferment de leur jalouse colère, et Minerve s'écrie :

Père chéri, sans doute tu as voulu, par ces paroles, éprouver la prudence des Dieux, car tu sais que leur cœur est avec leurs autels ; aucun de nous ne souhaite la destruction des hommes ; mais tire d'eux telle vengeance, soumets-les à tel châtiment que dictera ta sagesse ; je te le dis, c'est ce que désirent et demandent de toi les Dieux.

Un murmure approbateur accueille ces paroles de la grande Déesse et se levant de leurs trônes tous les Dieux les confirment.

Déjà le maître du tonnerre a médité, déjà même il a préparé ses projets de colère; c'est lui qui joignant les fleuves aux mers, a fait par ce contact, dégénérer les eaux non salées soit primitives de la terre ; les réservoirs des sources à qui les reportaient les nuages virent la masse de leurs ondes déchoir progressivement de vertu et produire dans les hommes, les animaux et les plantes de la terre la brièveté de vie et la faiblesse des êtres de la Lune, astre démesurément moindre en force et en grandeur.

C'est Jupiter qui en expulsant du sein de la terre la plus grande partie de ses chaudes vapeurs a rendu sa surface glacée sur une vaste étendue et engendré la cause des perturbations de l'atmosphère et de l'âpreté des climats.

C'est Jupiter qui en interrompant les Dieux dans leur labeur d'assainissement de la terre lui fait produire les miasmes, les pestes qui dévorent les peuples comme l'homme dévore un morceau de pain.

C'est Jupiter, c'est lui seul qui au sortir des animaux de

l'arche, pressa les lèvres des cruels fauves contre la terre
encore imprégnée du sang des Géants pour communiquer
à leur haleine son odeur nauséabonde et remplir leur
bouche de cette ardeur de colère et de cette soif de sang
si redoutable aux hommes.

A tous ces maux accumulés par Jupiter sur le front de
l'homme pour le courber devant les autels, sont venus
s'ajouter ceux de naître nu et d'être dans sa faim et ses
désirs d'une voracité sans limite ; devant ce dernier, Jupiter
eut pu se dispenser des siens ; mais si le Dieu les a faits,
c'est qu'ils étaient voulus par le Destin, ils ne sont que des
douleurs ! Ce que le Destin, expression de Dieu, ne peut ni
vouloir ni permettre, c'est que le juste et bon soit vaincu,
parce que né de la vérité, il est avec lui et comme lui
éternel.

C'est pourquoi Jupiter, dont l'erreur est de se croire
Dieu, n'a pu abattre en Noé l'adorateur du vrai Dieu.

De là vient aussi que ce roi de l'Olympe, dont la force
est immense à briser des mondes, demeure impuissant à
diminuer d'un seul grain de poussière l'universelle masse
des choses, comme à l'y ajouter.

Oui, les trônes des Dieux et l'aile de l'insecte sont égaux
devant le Destin, il ne distingue pas, il ne peut distinguer
entre les efforts que lui coûte leur chute ; les Dieux le
savent et cette pensée les tient en sa présence dans une
appréhension qui toujours plane sur leurs joies.

Cependant la promesse de Jupiter s'est accomplie ; con-
seillés par la reconnaissance, plus souvent guidés par la
crainte, les hommes en se multipliant à l'infini, ont aussi à
l'infini multiplié les temples des Dieux ; innombrables sont
les victimes frappées aux pieds de leurs autels, sans cesse
leur fumée mêlée à celle de l'encens monte vers eux et les
réjouit ; et si dans la suite des temps, les malheurs de Priam
et de la sœur de Pygmalion doivent attrister l'Olympe,

jamais pourtant ils ne troubleront sa paix au point d'interrompre ses banquets; bientôt même la grandeur de Rome, mise sous les auspices de l'auguste Junon, la beauté des temples élevés à sa gloire, le nombre et l'éclat des fêtes célébrées en son honneur et en celui de tous les Dieux ont effacé jusqu'au souvenir des antiques querelles, Troie et Carthage sont oubliées.

Seule la déesse Môfa, n'ayant point reçu d'autels et d'honneurs, continuait à ronger son frein, ne pouvant troubler les cieux, sa soif de désordre s'était répandue sur la terre; des guerres, des révoltes, des massacres sans nombre l'avaient réjouie sans la satisfaire; mais lorsque l'avènement d'Auguste eût pacifié le monde, la hideuse déesse revola vers l'Olympe pour tenter de se venger sur les Dieux de l'instant de repos dont jouissaient les hommes.

Les sanctuaires sont remplis de fidèles, leurs murs sont ornés comme aux grands jours de triomphe, la mâle voix des prêtres domine les cris des victimes; la foule sort des temples et chante en dansant les louanges des Dieux, les rues qu'elle traverse sont ornées de trophées et de verdure; tout est joie, tout est fête; assis sur leurs trônes, les Dieux eux-mêmes contemplent ce bonheur des hommes et s'en réjouissent; Môfa le voit et sent redoubler sa furie; le génie de sa haine l'inspire d'aborder Junon, et invisible elle se tient près du trône de la grande Déesse épiant le moment de lui souffler sa flamme.

Terpsichore prélude sur la lyre aux concerts des Muses ses sœurs, bientôt leur voix s'élève, elles chantent la splendeur de l'Olympe et les travaux des Dieux, mais leurs accents s'animent et les Divinités leur prêtent une oreille plus attentive lorsqu'elles célèbrent les bienfaits de la paix, justes motifs de la reconnaissance des hommes.

Dieux de l'Olympe, un nouvel éclat environne vos trônes, votre puissance n'apparaît que par ses bienfaits, ce n'est plus la crainte mais l'amour qui prie aux pieds de vos autels.

Douce paix! en te rendant à la terre, les Dieux lui ont rendu la félicité de ses premiers jours, par toi la justice et l'abondance réjouissent les hommes.

La joie d'avoir fait des heureux sera le repos et l'ornement de la majesté des Dieux.

Salut à toi, Jupiter, souverain roi, dominateur aimé de l'Univers, le retour de ces jours fortunés est surtout ton œuvre; c'est par toi que l'Olympe voit ses trônes sauvés et éclatants de gloire, ton bras a renversé les Géants, ces contempteurs des Divinités et ennemis de toute paix; c'est par toi que la race des hommes a été conservée pour être la louange des Dieux.

Ces chants répandent sur l'Olympe un nuage de tristesse. Junon et les grands Dieux s'en irritent, bientôt ne pouvant plus maîtriser sa colère, l'auguste reine, encouragée par la contenance des Dieux, adresse à Jupiter ces dures paroles :

Cher époux, quelle est ton intention en faisant dire ces chants; puissé-je me tromper, mais il me semble qu'ils n'ont pour but que d'exalter ta force au détriment de la majesté de nos trônes; ah! si je savais qu'il en fut ainsi, mais réponds :

Chère Junon, dit Jupiter, quel cœur irrascible est le tien, que puis-je faire pour l'apaiser? J'ai élevé ta gloire égale à la mienne; Rome la reine de l'Univers, te rend des honneurs plus grands qu'à moi-même, mes autels reçoivent moins d'encens que les tiens; et cependant loin d'en être jaloux, c'est par ma volonté, c'est par mon ordre même que ces insignes respects te sont rendus; mais puis-je m'opposer aux volontés du Destin? Est-il en mon pouvoir d'empêcher les Muses de lui obéir? Je ne puis changer les faits passés, ils existent; et accomplissant leur destinée les Muses les rappellent.

Oui, elles les rappellent, s'écrie l'impétueuse Junon; mais pourquoi leurs chants si fidèles à reproduire les faits contraires à ma gloire et à celle des Dieux, se taisent-ils sur ceux qui blessent la tienne? Pourquoi ne disent-ils pas que ces Géants, dont la défaite t'est si ostentieusement attribuée et à toi seul, bien que mes efforts et ceux des Dieux aient, j'ose le dire, préparé ta victoire! Cependant, qu'on t'en livre toute la renommée, j'y consens, je te l'abandonne puisqu'il la faut à la faim de ton orgueil; mais, je le répète, pourquoi ne pas rappeler que ces Géants vaincus, monument de ta gloire, sont aussi celui de ton ingratitude, ils avaient sauvé ton trône! Ton bras a écrasé Briarée, eh! qu'il était loin de s'y attendre, lorsque, te voyant faible contre Titan et ses fils, il accourut, et se plaçant devant toi, t'aida si généreusement de la force de ses cent bras.

De sourds murmures font connaître à Junon la joie secrète que son discours cause aux Dieux, Minerve elle-même l'appuie et l'excite du regard: seul Vulcain en gémit, son amour lui fait craindre des dangers pour sa mère; Vulcain, le forgeron des foudres, le plus laid, le plus difforme des Dieux, le seul fils issu de l'hymen de Jupiter et de Junon; il s'approche de sa mère, il étend vers elle ses bras robustes, son mâle visage exprime l'anxiété: mère chérie, apaise-toi, n'irrite pas mon père, les Dieux qui t'approuvent ne te défendraient point contre lui, sa force est irrésistible, je serai brisé en te protégeant, et ma ruine t'affligera sans te servir.

Ces mots d'affection de son fils calment la déesse, mais ses yeux regardent Jupiter, la colère de ce Dieu ranime la sienne: c'est par ta volonté, oses-tu dire, c'est à ton bon vouloir que moi et les Dieux devons les honneurs de nos

autels, nous sommes donc sans force et sans vertu; ah! tes
excuses mêmes, Jupiter, me sont odieuses, et tes menaces,
je les méprise.

Sans doute, le père de l'Olympe, poussé par la colère,
allait répondre à Junon et son bras la châtier, lorsque
Neptune, se levant de son trône, s'écria : Dieux et Déesses,
cessez ces discours ; pourquoi disputer sur l'honneur de nos
temples lorsque nos trônes sont menacés ; sa main tendue
montrait trois astres se dirigeant à l'encontre de leur
route accoutumée vers un même point du ciel.

Jupiter et les Dieux contemplent ces astres, ils se
demandent si c'est là la suite de l'ordre des choses ; ou
bien, et cette pensée les remplit de crainte, n'est-ce pas
l'annonce, le précurseur d'un pouvoir, d'une divinité différente de la leur, le commencement de l'exercice de son
autorité, de sa direction des affaires de l'Univers ; un vague
instinct les avertit de l'ébranlement de leurs trônes et de
la fin de leur règne ; placés sous le coup de cette terreur,
les Dieux regardent en silence, ils cherchent à lire les
mystères de l'avenir ; soudain une lueur illumine le fond
des cieux, des chants en langue inconnue en descendent,
chants d'une puissance et d'une harmonie infinie, ces
chants, signe certain d'un pouvoir supérieur et nouveau
leur semblent le cri d'agonie de leur règne ; ils se lèvent
de leurs trônes et y retombent accablés d'effroi.

DÉCLAM II.

Chastes Vestales, ceignez vos fronts des bandelettes sacrées, redoublez vos prières, que le bruit des cymbales agréable à l'auguste Vesta, remplisse son temple, qu'il calme sa colère et la ramène sur ses autels, la grande déesse est irritée.

Amour! tu en es la cause; prenant la fière démarche, la grande taille, tout l'extérieur de Titus Nator, frère de la prêtresse Clélie, tu égarais ses esprits; sage Popée, notre vénérée Matrone, s'écria-t-elle : voici mon frère, la même heure nous a vu naître, je n'ai point pu aimer de mère, les douleurs de notre double enfantement ont éteint ses yeux ; permets, prêtresse divine, qu'usant des droits que me donnent les liens du sang et de l'infortune attachée à notre naissance, je m'éloigne sous tes yeux et ceux des Vestales mes sœurs, pour joindre ce frère chéri et jouir un instant de sa vue; la gardienne des rites sacrés a consenti, et Clélie légère comme le Zéphire dont le souffle s'embaume en courbant le front des fleurs, vole sur les pas de l'amour, sa douce voix l'appelle, mais couverte par le bruit des flots du Tibre, la prêtresse ne peut obtenir l'attention de celui qu'elle désire atteindre que si sa main arrive jusqu'à lui; pour causer à ce frère aimé une douce surprise, elle a relevé son voile; dans cet instant, il se retourne, ô déception, ce n'est point son frère, mais sans doute c'est un Dieu, il en a la beauté ; confuse de son crime, l'infortunée faillit s'évanouir; heureusement un bosquet l'a un instant dérobée à la vue des Vestales qui la suivent; remise de son trouble,

elle a promptement rabattu son voile et d'un pas qu'elle
s'efforce de rassurer, elle rejoint leurs nobles rangs.

Dès ce jour, Senan Scipion, le plus illustre des Romains
par la naissance, se consumait dans les pleurs aux abords
du temple de Vesta.

Clélie accomplit sa veille dans le sanctuaire, elle est
seule et dans l'immense lieu saint brille une seule lumière,
celle de la flamme qu'elle entretient sur le trépied sacré;
mais qu'écoute la prêtresse et rend sa pensée absente de
ses fonctions divines, pourquoi tout son être a-t-il frémi?
La plainte qui tant de fois est arrivée jusqu'à sa couche
comme un cri mourant, cette plainte dont parlent bas ses
compagnes mais reste pour elles un mystère que son âme
devine avec un infini plaisir mêlé d'effroi, vient de s'élever
dans le silence de la nuit non plus lointaine et étouffée,
mais proche et distincte. Que la voix qui supplie et gémit
est douloureuse et touchante! Quel feu brûle ce cœur qui
trouve à sa peine des accents si pénétrants et si doux!
Emue de tant de désespoir, qui peut se soustraire aux
suggestions de l'Amour? La prêtresse se détourne du trépied saint, sa flamme est vive, ne peut-elle sans crime lui
cesser un instant ses soins, elle s'éloigne et d'un pas hésitant, mais dont le but la fascine, elle marche vers
l'enceinte; comme mue par une autre volonté que la sienne,
sa main se tend vers la porte sacrée et s'appuie sur le
verrou: que demande, pour descendre heureux dans la
tombe, le noble infortuné? Le bienfait d'entendre une
dernière fois sa voix, de toucher de ses lèvres l'empreinte
laissée par un de ses pas; non, elle ne peut refuser à celui
qui, un pied déjà chez les morts, la supplie d'un oubli
d'elle-même dont la durée sera celle d'une lueur et n'aura
pour témoin que la pâle clarté des astres lointains de la
nuit; confiante dans cette pensée, la Vestale osa! elle ne
savait pas et l'Amour ne lui avait pas dit combien le temps

compte peu dans de tels moments, l'Univers lui-même mérite-t-il un souvenir?

Oublié, le feu sacré s'est éteint.

Le supplice de la belle prêtresse n'a pu apaiser Vesta, elle ne veut plus de son sanctuaire et fuit l'Olympe en maudissant les Dieux qui y souffrent la présence de l'amour auteur de l'affront fait à ses autels.

Vesta se rend aux pôles du monde; seule de toutes les Divinités elle n'a ni ailes, ni char, sa marche est cent fois plus rapide que celle des vents; Déesse de la lumière, le voile de son front forme l'azur des cieux et sur la terre tout feu en attend sa lueur: Vesta n'aurait qu'à le replier pour plonger l'univers dans la vrai nuit, nuit horrible où les astres conservant leur chaleur, quoique éteints, erreraient dans les espaces comme de malfaisants fantômes, nuit néfaste où tous les hommes s'écrieraient à la fois, demandant un guide à leurs pas d'aveugles; mais le Destin s'est réservé ces choses, et pour les soustraire aux colères possibles de la déesse, il a fait son voile immense, ses mains sont impuissantes à l'étreindre tout entier, ses efforts pour ramasser de nouveaux plis en laissent violemment échapper d'autres; de là les subites éclaircies du firmament et ces obscurités qui, semblables à des manteaux de plomb, s'abattent de telle ou telle partie des cieux; nuits inattendues qui réjouirent Diomède, mais dont se plaignit Ajax.

Pendant que Vesta s'éloignait de l'Olympe, ses Dieux restés sous le poids de leur terrible émotion semblaient comme stupéfiés dans l'attente de ce qui allait suivre, et bien qu'aucun nouveau prodige ne se manifestât, ils furent longtemps à reprendre leurs esprits.

Enfin Jupiter éleva la voix; quoique altérée, sa parole conserve ce caractère de volonté et de puissance digne de la majesté du roi des Dieux.

Dieux et Déesses, que nous annoncent ces signes, devons-nous craindre pour nos trônes ? L'ordre du Destin n'est-il pas qu'ils soient éternels, ou nous appelle-t-il à de nouveaux devoirs pour leur défense, que vous inspire votre sagesse.

Père des Dieux, répondit Neptune, roi des ondes, ta prudence surpasse celle de toutes les Divinités, mais puisque tu l'ordonnes, je ne refuserai pas de dire mon sentiment.

Si l'observation des choses passées peut servir à diriger notre conduite pour celles à venir, je crois que les événements actuels ne doivent pas nous inspirer un si grand émoi, car s'il est vrai qu'ils constatent l'existence d'un grand pouvoir ignoré de l'Olympe, rien n'implique à croire qu'il nous soit hostile, j'en ai pour garant les faits accomplis; tous nous avons présent à la mémoire ce jour où le char du soleil subitement arrêté dans sa course, menaça de supprimer la nuit; en vain Phœbus animait ses coursiers de la voix et du fouet, les coursiers écumants s'agitaient en d'inutiles efforts pour le sortir de son immobilité; nous en étions tous témoins, Dieux et Déesses, et tous étions dans une anxieuse attente, lorsque tout-à-coup, et comme au signe d'une volonté inconnue le soleil reprit sa marche et termina cette difficile journée.

Cependant, malgré notre appréhension d'événements redoutables, l'Olympe ne ressentit aucun effet de ce prodige, il fut indifférent à la terre elle-même, ou plutôt il ne servit qu'à une peuplade, mais puis-je prononcer son nom sans exciter des colères?

Ah ! si je ne craignais de raviver d'anciennes querelles, de soulever d'irritantes questions, si Jupiter et les Dieux me permettaient de découvrir le fond de ma pensée?

Les Divinités étendirent leurs sceptres et le grand Neptune continua ;

Je dirais que je ne puis me défendre d'une vive inquiétude à ce souvenir du soleil s'insurgeant contre l'Olympe et
refusant de céder à la nuit le front des cieux, parce que la
peuplade Juive a encore besoin de sa lumière pour compléter une victoire; car pourquoi ne pas l'avouer, avons-
nous trouvé un autre motif de ce jour prolongé et qu'il ait
servi à une autre fin?

Je dirais plus, lorsque je vois ce petit peuple, ennemi de
nos autels, prendre et garder sa place parmi les nations,
malgré les nations ameutées contre lui par notre haine :
lorsque je considère combien de peuples puissants, et nos
adorateurs fidèles, ont été comme punis jusqu'à destruction pour avoir été contre lui les instruments vengeurs de
son mépris de nos temples; lorsque j'observe que le prodige qui vient de plonger l'Olympe dans la stupeur est,
remarquez-le bien, fait pour ce même peuple ; car c'est sur
lui que se sont arrêtés les astres déviés de leur route ; que
s'est dévoilé ce ciel, qu'ont retenti ces chants qui nous
laissent confondus !

Je m'écrie, ce peuple mérite plus que notre colère, il est
digne de notre effroi.

Puisse le Destin ne pas confirmer mes craintes ; mais
malheur à l'Olympe, si ces faits étonnants ne sont que
le commencement d'action de la puissance qui se déclare
pour ce peuple contre nous ;

Malheur à nos autels, si les nations observent le vain
appui que nous leur donnons contre ce peuple soutenu par
de constants prodiges ; le Dieu des Juifs, diront-elles, est
vraiment vivant, il protège ceux qui le servent ; mais nous
qu'avons-nous à attendre de nos Dieux?

Puissant Jupiter, cesse de veiller sur ce peuple, parce
que son nom vient de toi ; laisse enfin nos bras s'abattre et
l'anéantir, il y va de notre gloire et du salut de nos trônes ;
mais, si ce que je ne puis croire, ta sagesse s'oppose à ce

que s'exercent nos vengeances, parce que tu redoutes la
Divinité inconnue; eh bien, grand Jupiter, délivre-toi,
délivre-nous de cette crainte en recourant aux conseils du
Destin, jamais occasion plus solennelle et plus redoutable
ne nous sera donnée d'ouvrir le livre de ses décrets.

Après Neptune se lève Appolon, protecteur des Muses,
inventeur des arts; sa science profonde lui découvre les
multiples secrets de la nature, les systèmes des cieux, les
vrais causes et effets du travail de génération et de dépé-
rissement de tous les êtres; sa parole est abondante comme
un fleuve; sa voix seule charme et son geste, d'une simplicité sublime, est une première parole qui ne laisse à la
voix qu'une plus féconde interprétation de la pensée.

Dieux et Déesses, votre sagesse ne demande pas à être
éclairée et je m'abstiendrais de prendre la parole si tout
désir de mon glorieux père n'était pour moi un ordre.

Qu'un autre Olympe, qu'un pouvoir différent de celui des
Dieux existe, les faits passés sous nos yeux, interprétés par
le grand Neptune le prouvent, mais qu'un danger imminent
menace l'Olympe et nos temples, je prie les Dieux de se
rassurer et Neptune me permettra d'être d'un sentiment
contraire; il lui suffira d'observer la distance presque infinie
qui nous sépare du séjour de cette prétendue Divinité; ses
coursiers fussent-ils cent fois plus rapides que les nôtres,
l'aigle de Jupiter et le vol d'Iris réunis, le nombre innombrable de nos jours, changés en milliers d'années, ne lui
eussent pas suffi pour arriver jusqu'à nous.

Ces chants qui semblent infirmer mes paroles, ne sont
pour cette Divinité aucune preuve de puissance; la nature
des cieux varie à l'infini; à l'infini peuvent aussi se trouver
les causes qui modifient un son traversant leur milieu; les
atmosphères de la terre et de l'Olympe ont une densité et
une élasticité qui diminuent par l'éloignement; admettons
pour le séjour de cette Divinité une atmosphère contraire,

le moindre bruit, loin de diminuer d'intensité en s'éloignant, acquerra au contraire une puissance d'autant plus grande que l'éloignement sera plus grand, la marche d'une fourmi arrivera sonore comme les pas précipités de l'éléphant.

Et si une chose doit, ce me semble, nous étonner, il me paraîtrait que ce n'est pas d'avoir entendu ce bruit; mais plutôt que ce soit la première fois que nous l'ayons entendu, il a dû bien des fois se produire, et il n'a fallu rien moins que la lumière éclairât le fond des cieux pour fixer l'attention de l'Olympe et lui en permettre la perception.

Qui pourra même dire que ces chants viennent du séjour de cette lumière ou du moins qu'ils soient simultanés à sa production, l'ordre des choses veut au contraire qu'un temps incalculable ait été employé par elle à nous parvenir.

Elle peut appartenir à des cieux disparus, eu égard à l'immensité de la durée de son voyage.

Cependant, comme il est de la sagesse de l'Olympe de ne pas rester sous le coup d'un danger dont le caractère et l'importance ne peuvent nous être connus qu'en consultant le Destin, le puissant Neptune et les Dieux me trouveront prêt à joindre ma prière à la leur pour disposer notre père et souverain Jupiter à ce grand et redouté acte.

Ce discours peu compris, étonna les Dieux par sa profondeur; qui lui répondit? Ce fut toi, bouillant Bacchus, ta voix impétueuse dédaigne les formes oratoires, mais son caractère de franchise et d'indomptable volonté plaît aux Dieux.

Grand Jupiter, t'écrias-tu, quelles paroles venons-nous d'entendre, je ne pense pas que tu les approuves; quoi! le sort de l'Olympe serait-il devenu tout-à-coup si peu important que de dépendre d'un fait qui ne l'a pas atteint, et dont la cause de crainte puise toute sa gravité dans son

essence inconnue; Dieux et Déesses, où seront les joies de
nos festins si elles dépendent de si faibles motifs d'appréhension; le bras de Jupiter a-t-il donc cessé d'être
invincible, nos forces immenses sont-elles devenues une
chimère? Une divinité inconnue existe, et que vous importe? Elle nous trouvera debout pour lutter contre elle;
conduits par Jupiter, rien ne pourra la sauver, elle sera
accablée et brisée devant notre choc irrésistible; loin de le
redouter, qu'il vienne ce jour, il sera l'aurore d'une nouvelle victoire, d'un nouvel éclat pour nos trônes.

Ces vaillantes paroles réjouissent le cœur des Dieux,
bientôt ils rentrent dans leurs palais, conduits à leurs
couches par le Dieu du sommeil, un repos réparateur les
dispose aux fêtes et aux joies du lendemain; seules les
heures veillent dans l'Olympe, elles éteignent l'un après
l'autre les flambeaux de la nuit; déjà les cieux se colorent
des feux du jour.

Une foule innombrable est debout sur les bords de la
mer Suévique; les yeux tournés vers l'aurore, elle se
prépare à saluer le retour du soleil; les sacrificateurs
frappent les victimes, leurs voix entonnent des hymnes
auxquelles répondent les chants lointains des prêtres
qui immolent aux redoutables Divinités des bois.

Salut, forêts séculaires, vous êtes le suprême refuge de
l'indépendance des peuples, les derniers abris de la liberté,
les derniers asiles de la justice et de la pudeur; c'est à
l'ombre de vos chênes antiques et de vos sapins majestueux que grandit cette saine et vigoureuse race que le
Destin prépare à régénérer l'Univers.

Mais déjà les coursiers du soleil impatients de commencer leur carrière frémissent, Phœbus prend son fouet
d'or et se dispose à les placer sous le joug.

Divin aveugle de Scyros, viens à mon aide; seuls les
sublimes accents de ta muse peuvent rendre l'effroi du

brillant Phœbus, la consternation de ses coursiers à la vue
de l'éclatant soleil sortant radieux de l'horizon empourprée,
et commençant de lui-même, par une force née en lui d'une
nuit, la puissance de fournir sa carrière, seul, sans eux,
sans leur concours; pâle, muet d'étonnement, Phœbus
n'en peut croire ses yeux, il porte ses regards tantôt sur
le soleil qui s'éloigne plein de majesté, tantôt sur ses
coursiers qui, la tête baissée, ont les yeux remplis de
larmes et s'affaissent de douleur.

Phœbus voudrait leur parler, la parole expire sur ses
lèvres, il ne peut que lever la main vers l'Olympe, ses
yeux hagards leur demandent un dernier service; les
nobles animaux l'ont compris, ils retiennent pour ainsi
dire la vie prête à s'échapper de leur bouche écumante, ils
se baissent, Phœbus s'assied sur leur vaste croupe, et par
élans désespérés, montent vers l'Olympe; ils en touchent
le seuil, poussent un suprême hennissement et leurs corps
inanimés s'abattent dans la profonde mer.

Comment exprimer l'étonnement des peuples, le soleil
n'a plus de coursiers, ils n'entendent point le bruit de son
char; ô prodige, il s'élève et marche comme animé par une
force divine! les prêtres cessent leurs chants, le glaive des
sacrifices s'échappe de leurs mains, ils les tendent vers
l'astre radieux; leur poitrine oppressée demeure sans
voix; mais bientôt rendus à eux-mêmes, leur admiration,
leur joie s'exprime dans tout le peuple par un cri puissant,
prolongé, plus fort mille fois que le fracas du tonnerre.

Ce cri immense, suivi du hennissement des coursiers de
Phœbus, réveille les Dieux avant l'appel des heures, ils
accourent en tumulte au palais de Jupiter.

L'homme qui aperçoit subitement devant lui un frère
qu'il croyait éloigné de mille lieues ne demeure pas plus
étonné que ne le sont les Dieux par la présence de Phœbus
dans l'Olympe à une heure du jour, qui donc tenait à sa

place les rênes du soleil? Pour le connaître, tous ont
instinctivement levé leurs yeux vers lui, mais devant ce
qu'ils voient, tous reculent la tête et pâlissent; leurs
regards sont revenus à Phœbus et quelle que soit la consternation de leur âme, elle l'oublie devant la douleur dont
la pénètre le triste état du Dieu ; il marche en chancelant
à leur rencontre, son beau visage est bouleversé, ses
cheveux en désordre; il porte des regards troublés du
soleil à son char et de son char vers eux, ils partagent son
désespoir, ils gémissent de leur impuissance à le secourir,
de ne pouvoir être que les témoins de ses coursiers s'abî-
mant dans les flots.

Le bruit en arrive jusqu'à l'Olympe et met le comble à
l'angoisse de Phœbus, il hâte le pas vers son palais et s'y
renferme, car les pleurs inondent ses yeux et les sanglots
oppressent sa poitrine.

Longtemps les Dieux restent immobiles à contempler le
soleil qui s'éloigne et sait suivre seul l'ardu chemin du
ciel ; enfin ils se rendent au palais de Jupiter.

Son front est chargé de nuages, son visage empreint
d'une sublime majesté exprime une appréhension que,
pour rassurer les Dieux, il voudrait couvrir du voile d'une
assurance tranquille; mais sa puissante voix sort avec
peine de ses lèvres et trahit la douleur qu'il ressent de
l'affliction de son fils.

Dieux et Déesses, que vous conseille votre prudence,
suis-je l'interprète de votre pensée en reconnaissant que
le Destin nous appelle à ouvrir le livre de ses décrets,
entreprise redoutable que la dure nécessité peut seule
conseiller, que l'affront fait au trône d'un des plus puissants
Dieux nous presse d'accomplir.

Si quelque dessein vous paraît pouvoir autrement remédier aux maux de l'Olympe, que votre sagesse l'expose et
en délibère.

Un long silence suivit cet appel de Jupiter, mais la tristesse des Dieux témoigne mieux que leurs paroles n'auraient pu le faire, de leur commune pensée sur la gravité de l'événement qui enlève l'astre du jour aux lois de l'Olympe et sur l'impuissance de tout conseil pour parer au péril, autrement que de connaître les volontés du Destin.

Devant cette tacite adhésion des Dieux, Jupiter appelle Iris.

Va, fidèle Iris, annonce à mon père Saturne la fin de son exil, Jupiter consent à son retour parmi les Dieux ; vole aussi auprès de Vesta, calme sa colère et ramène-la dans l'Olympe ; ainsi l'ordonne le Destin, puisque leur présence est nécessaire pour accomplir le grand acte auquel il m'appelle et appelle les Dieux.

Iris revêt son écharpe éclatante et se précipite vers la terre.

Mais déjà Jupiter a préparé les voies au retour des deux Divinités, Vesta sera ramenée, et les présages des cieux, que bien avant Neptune il a observés et compris, lui ont fait prévoir les événements présents et l'ont conduit à susciter en Germanie des faits qui assureront l'acquiescement de son père à ses volontés.

Pourquoi des Romains en armes aux pieds de ces collines? Aucun signe, aucune vision ne les a donc avertis qu'elles protègent l'asile du Dieu exilé.

Clio, c'est toi que j'invoque ; c'est à toi de rappeler comment Varus et ses légions purent pénétrer jusqu'au cœur de la Germanie, arriver jusqu'à son bois sacré, et, comme un serpent glissant dans l'herbe, n'être aperçus qu'au moment où il se dresse prêt à donner la mort.

Sollicité par des songes qui lui promettaient le succès et la gloire, confirmé dans cet appel des Dieux par l'inspection des victimes, le chef romain n'avait plus résisté à la voix du Génie de la patrie lui prescrivant de reculer ses limites jusqu'aux bords fameux baignés par cette mer immobile d'où chaque matin, avec un bruit éclatant, sort le char du soleil.

Des visions non moins impérieuses étaient apparues à tous les chefs de l'armée, aussi fut-ce avec une joie profonde qu'ils virent leur général prendre des dispositions puissantes, quoique secrètes, pour préparer et assurer l'invasion de la grande Germanie.

Sous des motifs divers, les troupes auxiliaires sont ramenées dans l'intérieur de la Gaule et remplacées sur les frontières par les plus vaillantes légions de l'empire ; des ordres avaient en outre prescrit de choisir parmi elles les soldats les plus éprouvés pour en former un corps d'élite aussi puissant par le nombre que par la bravoure ; il s'élevait à trois légions et était commandé par tout ce que Rome avait de chefs plus illustres.

Varus ne s'était point dissimulé les difficultés de l'entreprise, il connaissait les Germains, il appréciait leur intrépidité, leur force presque surhumaine ; il les savait patients, endurcis aux travaux et que, capables de tous les héroïsmes, ils ne compteraient pour rien la perte des biens et de la vie devant la voix de leurs prêtres les appelant à la défense de la patrie menacée.

C'était de cette force qu'il fallait priver la Germanie pour que ses cent peuples laissés sans direction, sans conseil, ne pussent offrir que des résistances isolées et par là même infiniment moins redoutables.

A ces fins, Varus avait conçu le projet d'entrer soudainement sur les terres des Germains, de courir jusqu'à leur forêt sacrée, pour de sa possession et de celle de ses prêtres, se faire un ôtage qui lui assurerait la soumission des peuples, ou du moins désorganiserait leur défense.

Les préparatifs furent faits avec tant de prudence qu'ils n'éveillèrent pas le moindre soupçon, non-seulement dans

l'esprit des Germains, mais, ce qui paraît invraisemblable,
dans celui des populations gauloises voisines du Rhin;
Varus s'était fait des guides de quelques chefs de cohortes
qui, déguisés en marchands, avaient reconnu tous les
passages qui conduisent du fleuve aux collines d'où descendent les premiers ruisseaux de l'Ems et de la Lippe,
aux pieds desquelles était le bois sacré.

Toutes ces dispositions prises, Varus, sous le prétexte
d'une fête nautique, rassemble pour un jour désigné ses
transports, et, dès la première veille, traverse le Rhin;
les neuf légions qui composaient le reste de l'armée
devaient le suivre sous la conduite d'Apper Septimius;
treize jours avaient été jugés nécessaires pour porter au
delà du fleuve ces troupes encore disséminées et les fournir de provisions, car il fallait s'attendre à ce que les
Germains revenus de leur surprise détruiraient tout
devant elles pour entraver leur marche.

En attendant d'en être rejoint, Varus pensait, non sans
quelque raison, pouvoir se maintenir avec les vingt mille
soldats d'élite qui l'accompagnaient et qui pourvus de
vivres pour leur route pouvaient compter, pour le surplus,
sur les ressources du bois sacré trouvées intactes.

Déjà il avait traversé les cantons des Vonges, des Publiens,
des Champes, des Larrins de la tribu des Cattes, les soldats
avaient ordre de marcher dans le plus complet silence, de
n'adresser aucune question, de ne faire aucune réponse
aux habitants des pays parcourus; seul, de temps à autre,
un cri de clairon donnait le signal d'un instant de repos ou
d'un hâtif repas; les Germains demeuraient étonnés, mais
restaient sans défiance à la vue des gardes du bois sacré
qui, leur bâton de houx à la main, précédaient l'armée et
entouraient son chef, ainsi qu'il était prescrit chaque fois
qu'un corps de troupes d'une puissance amie empruntait le
territoire de la patrie; cette ruse de Varus en donnant aux

Germains une fausse sécurité, en les empêchant d'allumer leurs feux d'alarme, ôtait aux tribus placées sur sa route tout moyen d'être averties et de s'opposer à temps à l'invasion; mais à quoi tient souvent le sort d'une armée, d'un empire? Rien ne semblait pouvoir sauver les prêtres, lorsqu'arrivé sur le territoire des Féterns, après une marche presque non interrompue de quatre jours, le général romain crut pouvoir accorder à ses soldats quelques heures de sommeil; le chef de cette tribu appelé Vinzi, ne pouvant se rendre compte de la route suivie par l'armée romaine que des bruits annonçaient en expédition contre les Boïens, la supposa égarée dans sa marche et pensa s'offrir pour la diriger sûrement à travers ces montagnes; on ne savait comment l'éconduire, lorsque, pour couper court à toute explication, un des gardes sacrés levant sa verge sur la tête du général prononça le mot redoutable et sacré de Zinpace.

Tout échoua devant l'impossibilité pour le romain de prononcer le mot avec le sifflement qu'exigeait l'accent germanique; sifflement qu'aucunes lettres ne peuvent rendre et que, par approximation, on peut représenter par Zinpasssce.

La foudre tombant aux pieds du vaillant chef des Féterns l'eût moins bouleversé que l'accent latin mis par le garde dans sa parole de défense; il eut pourtant l'incroyable présence d'esprit et la force de n'en rien laisser paraître, aucun muscle de son visage ne vint trahir sa terrible découverte; sorti des mains de Varus, Vinzi ne retourna pas vers les siens, mais, par des chemins détournés, courut sans perdre un instant informer les prêtres; devant le péril de la patrie, l'infortuné s'épuisait d'efforts, mais toute sa hâte n'eût pu empêcher les Romains d'atteindre le bois sacré avant que les forces Germaines eussent pu accourir à sa défense ; un obstacle invraisemblable, burlesque même s'il n'était héroïque vint tout sauver.

Lors de l'expédition du préteur Nanius Oler pour réprimer le dernier soulèvement des Helvétiens, une peuplade des bords du Léman accablée par les vexations des Romains avait abandonné ses foyers pour fuir ses persécuteurs ; à l'encontre des tribus conquérantes, elle ne portait point ses pas vers un climat plus doux, vers une terre plus favorisée du soleil, elle s'avançait vers le nord, ne demandant aux Dieux qu'un coin de sol qu'elle put cultiver en paix, où elle put cacher sa honteuse infirmité ; les Mares, tel était le nom de cette peuplade, étaient goîtreux à en être horribles ; les malheureux avaient conscience de la répulsion qu'ils inspiraient ; évitant les plaines, ils s'avançaient à travers les affreuses montagnes qui, du Gothard conduisent dans le Harz ; les Germains, le peuple le plus fort, le mieux conformé du globe, avaient eu pitié d'eux et avaient permis à ces suppliants de s'établir dans ces terrains boisés et perdus d'où sort le principal affluent de la petite Saale ; ils en avaient contracté une reconnaissance sans bornes, et, sur l'éminence la plus au sud, tenaient constamment un bûcher préparé, sa flamme devait être pour eux le signal de mourir jusqu'au dernier, dès que leur mort serait déclarée utile à leur nouvelle patrie, car ils avaient résolu de ne plus léguer leur honte à des descendants ; puis, ils ne pouvaient se consoler de leur patrie perdue ; sans cesse ils avaient devant les yeux son sol fleuri, sa vue magique du Léman ; cette terre ne leur offrait qu'avec parcimonie de maigres fruits et se refusait d'en produire un grand nombre dont ils avaient coutume de faire leurs délices, entr'autres la succulente noix et la douce châtaigne, ils souffraient surtout d'être privés de vin.

On assure que les Mares devaient leur affreuse infirmité

aux eaux de quelques fontaines ; elles portent leur principe
nuisible sous forme de poussière qu'elles détachent des
couches souterraines qu'elles traversent ; ces eaux, en
sortant de la source, se distinguent par une teinte noirâtre
qui les rend plus impropre que toute autre à réfléchir la
couleur bleue du ciel ; mais mêlées à d'autres eaux, elles
ont la singulière propriété de les purger de toute matière
étrangère, les plus boueuses ne peuvent résister à son
action ou plutôt sont celles qui la subissent plus complète-
ment ; de là la surprenante netteté des ondes du Léman,
malgré le trouble des rivières et ruisseaux qui y affluent.

C'était chez cette peuplade oubliée que le chef germain
venait d'arriver, lui demandant les larmes dans les yeux,
quelque sentier inconnu qui put abréger sa route et un
guide pour l'y conduire ; quelques mots échappés à Vinzi
ont tout appris à Mœruel, chef de la peuplade ; il a donné
un guide, lui-même court allumer le feu sacré ; à la vue de
sa flamme, celui qui dans les champs levait sa bêche suspendit son coup, la femme oublia son foyer, le passant
accéléra ou reporta en arrière le pas commencé ; tous se
hâtent, tous courent au lieu choisi, convenu pour l'assemblée ; Mœruel fixe sur elle un regard confiant et s'écrie :
le jour est venu, frères, il faut mourir ; venez que je vous
montre l'ennemi, celui qui vient contre la patrie.

Il dit et tous se précipitent à sa suite armés de l'instrument de labour que leur main tenait, ou s'armant en chemin de tout objet pouvant servir d'arme, au besoin du
caillou du sentier ; ils ne poussent point de cris, aucun
instrument guerrier n'accompagne, ne domine le bruit
de leurs pas ; mais les éclaireurs de l'armée romaine déjà
en marche s'arrêtent étonnés devant le formidable son de
flûte qui sort du gosier des Mares essoufflés par la course ;
les Romains se demandent quel animal gigantesque
annonce ce bruit étrange, leurs yeux le cherchent à tra-

vers le sombre bois, il va paraître, et poussent un immense
éclat de rire en reconnaissant l'ennemi cause de leur
alarme; cependant les Mares se sont arrêtés, un sinistre
éclair de joie illumine leur visage, ils n'ont pas couru en
vain et semblent remercier les Dieux; ce court répit donné
à leur poitrine haletante, ils s'élancent sur les Romains que
le rire a cessé de mettre en garde, leur jettent de toute la
force de leurs bras l'instrument ou le caillou dont ils sont
armés, et sans attendre que le soldat ait le temps de se
reconnaître, l'étreignent, et à défaut d'armes lui déchirent
de leurs dents les parties nues du visage; le soldat romain
ne peut se servir de ses armes, il pousse des cris de fureur,
il s'efforce, mais en vain, de repousser son ennemi, de se
délivrer de son étreinte, impuissant à y parvenir, devenu
fou de rage par les mortelles morsures qu'il reçoit, il ne
voit d'autre moyen de salut qu'à les rendre; mais le Mare
qui le dévore, presse contre sa bouche sa hideuse excrois-
sance dont le tact et l'odeur lui causent un invincible
dégoût; la douleur de ses blessures, l'approche de la mort
surmontent l'horreur du Romain et à son tour il mord
dans l'horrible masse; la souffrance qu'en éprouve le Mare
est indicible, mais par un fait inexpliqué et pourtant vrai,
communique à ses mains un redoublement d'énergie et il
meurt, mais meurt vengé.

En entendant les rires de ses éclaireurs suivis de cris de
désespoir, Varus fait sonner la retraite, il détache quelques
cohortes pour recueillir sa troupe avancée et ramène en
hâte son armée à l'entrée du défilé pour la soustraire aux
dangers d'embuscades; tous ces mouvements ont exigé un
temps assez long, et lorsque la vérité est connue, les
ombres de la nuit sont descendues et rendent difficile le
passage des sentiers abruts qui terminent le défilé, et les
Romains voudraient-ils le tenter qu'ils ne le pourraient
plus,

Les vieillards et les enfants trop faibles pour suivre la peuplade, ne voulant pas survivre à la mort des leurs, avaient résolu eux-mêmes de périr: ils avaient mis le feu aux cabanes, et se répandant dans la forêt, y promenaient partout l'incendie: les Romains contemplaient avec effroi l'immense fournaise, et ce fut éclairés par ses sinistres lueurs que Varus et les chefs de l'armée tinrent conseil: tous devant leur projet trop tôt éventé sentaient la nécessité de la retraite, aucun n'eût la force d'en prononcer le mot; car c'était sans l'assentiment et à l'insu de Rome que cette invasion était entreprise et les chefs avaient compté sur le succès et le grand bien qu'il apporterait à la sûreté de l'empire, pour être pardonnés et avoués.

D'ailleurs ils se voyaient au cœur de la Germanie, les barrières du Rhin et du Mein étaient franchies; traversés à cette hauteur, aucun des autres cours d'eau n'était capable de les arrêter; sans doute l'obstacle qui se dressait devant eux allongeait leur route; mais en tenant compte de cet accident, cinquante lieues au plus les séparaient du bois sacré et le temps qu'ils mettraient à les franchir ne suffirait certainement pas aux Germains pour rassembler des troupes en nombre capable de leur fermer le passage.

Ces résolutions prises, l'armée romaine continua à rétrograder pour se frayer une autre route, elle marcha toute la nuit et le jour naissant vit ses premières cohortes commencer la descente de la longue vallée de la Fulda.

Tout ce que des mortels peuvent déployer d'énergie sera opposé aux envahisseurs par les enfants de la noble Germanie, cependant si elle peut être sauvée, elle le devra avant tout à l'acte héroïque des Mares qui lui aura rendu possible la défense en causant aux Romains le retard d'une nuit.

Mais dans ce fait mémorable, qui doit-on le plus admirer

de la peuplade capable d'un tel héroïsme de reconnaissance ou de la nation qui, par un bienfait, avait su le
mériter : Germanie! tu peux avec orgueil inscrire sur le
fronton de tes édifices le cri de ce peuple mourant pour ta
liberté, il te vaut plus de gloire que toutes les victoires
portées par les plis de tes drapeaux.

DÉCLAM III.

Amour de la Patrie, tu es digne de toutes mes louanges, éblouie de ta beauté, mon âme t'admire même dans ceux qu'elle voudrait haïr; mais quelle parole je viens de prononcer! Pardonne, Vérité divine, car dans ces hommes tu me montres aussi des frères et ta voix me crie de les aimer; je t'écouterai donc, puissent-ils eux-mêmes t'entendre, afin qu'une éternelle paix réunisse ceux que la discorde n'aurait jamais dû diviser.

La célérité que mit le chef des Féterns à atteindre le bois sacré dépasse toute croyance; s'il est vrai qu'il arriva dans ses environs dès le lendemain avant les premières ombres de la nuit: il s'est pourvu d'une torche ardente, sa main arrache rapidement des herbes desséchées qu'elle tord et dispose autour de son front en manière d'épais bandeaux; il l'allume et pendant que la flamme le dévore, il se hâte d'aborder le bois sacré; il pourra en recevoir des blessures, mais il aura évité la mort; ainsi l'ordonnent les Dieux, ainsi doit agir tout Germain qui, sans être appelé par les prêtres, veut pénétrer dans le redoutable sanctuaire, le prix est le même pour tous, comme aussi pour tous est la certitude d'y trouver justice à leurs droits et protection à leur faiblesse.

Vinzi est parvenu à la forêt, il embrasse en suppliant un de ses chênes, il est sauvé; un garde s'avance et de la flèche que tient sa main le délivre du fardeau enflammé qui va menaçant ses tempes et ses yeux; mais le labeur du vaillant chef n'est point à son terme, il ne pourra être

admis en présence des prêtres qu'après l'aurore ; (ce jour-là
même avait eu lieu une éclipse de soleil), l'astre est tombé
en défaillance, déjà la mort l'a saisi, elle couvre ses cla-
retés d'horribles ténèbres, la terre et les cieux sont sans
partage le domaine de la triste nuit ; mais Teutatès aime
la Germanie, ses regards se plaisent à contempler les
vertus et les travaux de son peuple ; il ouvre son sein
immense, attire à lui l'astre mourant, le réchauffe, le for-
tifie de sa sueur et le rend aux mondes plein de vie et plus
éclatant de lumière que jamais ; c'est à célébrer cet événement heureux que les prêtres se préparent à employer le
cours de la nuit et aucune cause, quelle que soit son
importance, ne doit troubler les augustes cérémonies.

Il n'est point de paroles humaines capables d'exprimer
le tourment d'esprit, l'agonie que souffrit l'âme du vaillant
chef condamné à cette longue inaction.

Enfin le jour parut et dès que la nuit s'enfonçant dans les
cieux a entraîné à sa suite la dernière étoile, Vinzi est
présenté aux prêtres ; son récit les surprend, mais fixant
leurs yeux dans les siens, ils se rassurent, ils n'ont devant
eux qu'un insensé ; Vinzi le comprend, sa marche précipitée
et une nuit d'angoisse ont répandu sur sa vue un feu
étrange qui trompe les pontifes ; il s'approche d'un buisson,
en détache plusieurs fortes épines, se les enfonce lentement dans les yeux et, d'une voix aussi calme que peut le
permettre à un mortel l'affreuse douleur, il s'écrie : Ah !
que mes yeux se ferment donc à jamais, puisqu'ils peuvent
être un obstacle au salut de la Patrie.

Cet acte de terrible et froide énergie ramène les prêtres
au sentiment de la vérité, ils ne doutent plus, ils se font
répéter ce qu'il a vu, ce qu'il a compris et aussitôt expé-
dient les ordres pour s'opposer aux Romains, les atteindre,
les attaquer sur quelque partie du territoire de la Germanie
qu'ils puissent être.

Bientôt les feux d'alarme brillent sur toutes les montagnes, les peuples courent aux armes se demandant ou est l'ennemi? Mais déjà la marche rapide des Romains les avait portés sur les bords de la Diémel et ils achevaient de franchir ce grand cours d'eau lorsque vers le milieu de la nuit ils furent rencontrés et reconnus par les coureurs ; il n'y avait plus d'obstacle qui put leur fermer le chemin du bois sacré et peu d'heures après ils paraissaient en vue de ses saintes collines.

Cependant, avertis par les envoyés des prêtres, accourent les cantons les plus voisins ; ce sont les Thonons, les Eviates, les Allinves, ils ne forment qu'une faible partie des forces de la tribu Chérusque, l'une des vingt dont s'honore la Germanie, et la patrie n'a qu'eux pour sa défense, en leurs mains est son suprême salut ! Ils le savent et leurs oreilles semblent entendre les voix de leurs innombrables frères s'élevant par dessus les montagnes et leur crient : Frères, nous voici, nous accourons vous soutenir ou vous venger.

Ils marchent, les chefs chantent la gloire d'Odin et des héros tombés pour la patrie, les guerriers leur répondent en frappant leurs boucliers du fer de la lance; ils demandent aux Dieux non une victoire impossible, que peut leur faible nombre! mais la faveur de mourir en voyant de leurs yeux l'armée romaine arrêtée devant leur ardente attaque, en entendant de leurs oreilles la vraie voix de leurs frères s'écriant : Nous voici!

Les Romains renversèrent cette barrière de héros, mais son vœu fut rempli; retardé dans sa marche, Varus, en arrivant aux pieds de la colline, vit ses sommets se couronner de nouveaux défenseurs; il eut vivement désiré leur donner l'assaut, toutefois il dut céder à la considération de l'excessive fatigue de ses troupes que le furieux combat soutenu et une marche longue et précipitée rendaient incapables du vigoureux effort exigé par une telle attaque ; c'est pourquoi, après avoir pris l'avis de ses généraux, il ordonna de former le camp.

Le berger qui à son réveil aperçoit une famille d'ours dans la prairie, où la veille il avait laissé son troupeau, n'éprouve pas un plus douloureux effroi que celui causé aux Germains par la vue des blanches tentes dressées aux pieds des saintes collines, et de même que l'aspect des fauves allume dans l'âme du pâtre d'insatiables désirs de vengeance, de même ce repaire d'ennemis dont la présence est un attentat contre la patrie et ses Dieux amoncelle dans les poitrines germaines colère sur colère.

Dans l'indignation qui les possède, les Germains commettent la faute que désire Varus; abandonnant les hauteurs, ils descendent dans la plaine pour renverser son camp; ni la nuit, ni un épouvantable orage qui survient ne peuvent un instant arrêter leurs furieux efforts; au fur et à mesure qu'ils arrivent, leurs corps de troupes grandissent et multiplient les attaques; mais leurs élans désespérés, ignorants qu'ils sont de l'art des siéges, viennent échouer contre l'œuvre savante des Romains, ses pieux et ses fossés opposent aux assaillants une barrière infranchissable et ils tombent sous les traits lancés des remparts comme les feuilles d'une forêt battue par la grêle d'automne.

Bientôt même les fières légions sortant des retranchements qui ont abrité leur sommeil traversent et parcourent la plaine en renversant les Germains par milliers, chaque pas des cavaliers achève une vie, les chevaux piétinent dans le sang.

Cependant malgré leurs pertes, malgré leur fatigue, les Germains luttent à faire douter de la victoire, ici ne cédant la place qu'avec la vie, là ne se dispersant que pour de nouveau se réunir et mieux tenter l'attaque; s'ils tombent en grand nombre, nombreux aussi sont les Romains qui frappés par leurs grandes haches ou leurs lourdes lances mordent la poussière.

Mais dans le moment que la bataille absorbe toutes leurs forces et leur attention, sept cohortes sont sorties sans bruit du camp et gravissent la colline laissée sans défenseurs ; un cri suivi de mille clameurs a averti les Germains du danger, tous laissent le combat, tous courent, tous se précipitent pour s'opposer à cette marche sacrilège, ils devancent les légions dont l'allure en corps de troupe est moins rapide ; mais que d'efforts il leur faut pour rejoindre les cohortes, les dépasser ; ils y parviennent cependant, mais à quel prix ! Dans un épuisement tel qu'ils paraissent pendant quelques instants plutôt des victimes venant s'offrir aux glaives et aux foudroyants javelots des Romains, que des guerriers en face d'ennemis ; l'arrivée des légions brisa leur dernière résistance.

Entre les Romains et leur projet impie, il n'y avait plus qu'une barrière de cadavres, ils la franchirent et leurs yeux purent contempler ce que jamais œil non germain n'avait vu, le lieu saint de la Germanie, la forêt demeure de ses Dieux ; leurs regards sacrilèges les cherchent dans ses sombres profondeurs, ils se rient de ses mystères ; qu'ils apparaissent, s'écrient-ils, qu'ils se lèvent donc pour sa défense !

Laissant une force nombreuse sur le front de la colline, Varus la descend poussant devant lui les Germains ; bientôt les légions touchent à la plaine et divisent leur attaque pour tourner les étangs ; les forces germaines elles aussi se sont partagées, elles ne bornent plus leur défense à des chocs héroïques mais aveugles, une direction nouvelle préside à leurs efforts ; ne pouvant arrêter l'armée romaine elles savent se retirer devant elle et résistent en cédant.

C'est dans ce moment que la fidèle messagère des Dieux quitte l'Olympe ; bientôt elle voit sous ses pieds ces fameux

jardins dont les fruits d'or servirent l'amour du beau
Mélanion ; elle n'a que le temps d'apercevoir les Espagnes
si riches en troupeaux et les Gaules dont le vin généreux
produit une nation vaillante, elle abaisse son vol en tournant les rivages Bataves ; devant elle sont les forêts de la
Germanie, elle distingue le bois asile de Saturne exilé ;
une ondulation de terrains s'élevant par intervalles en
forme de hautes collines le protège contre les vents, des
ruisseaux en descendent et forment sur son front des maré-
cages qui lui servent de défense naturelle.

La déesse examine distraitement ces choses pendant que
son esprit cherche le moyen d'aborder le redoutable Dieu ;
mais que signifient ces tentes déployées, la déesse frémit
d'horreur à l'aspect de ce sang, de ces béantes blessures
par lesquelles s'est échappée la vie, des douloureuses con-
vulsions de ceux dont la bouche mord encore la poussière ;
elle détourne les yeux, elle a hâte d'accomplir son message
et entrant dans le bois sacré trouve Saturne sous la figure
du grand prêtre veillant aux préparatifs des sacrifices du
soir et qu'il s'offrira à lui-même sous le nom de Teutatès
comme Dieux des cieux et d'Odin comme chef suprême des
guerriers ; elle l'adore, le Dieu la relève et la baise au front
en signe de paix.

Jupiter mon fils et les Dieux de l'Olympe ont donc gardé
le souvenir de Saturne, car sans doute, ma fille, tu m'ap-
portes un message ; je dois tous mes instants au salut de
mon peuple, reviens dans trois jours je pourrai l'entendre ;
en attendant, examine ces lieux, reconnais mon œuvre
dans les mœurs et les lois qui y règnent ; va, c'est ma
volonté.

Ces brèves paroles n'ont point satisfait Iris, elle s'en
plaindra à Jupiter, mais elle n'ose insister tant elle craint
le redoutable Dieu ; suivant son ordre elle s'éloigne en lui
demandant comme une faveur ce qu'elle sait lui être entre

4

toutes choses agréable, de passer ce jour et la nuit qui va
suivre dans son bois sacré, afin de marcher elle-même dans
les sentiers qu'ont tracés ses pas et de prendre part aux
augustes mystères qu'il a établis ; le Dieu la loue, et malgré
son horreur des scènes de carnage dont les bruits lui parviennent, la prudente messagère ne cessera de rester
sous les yeux de Saturne et de composer son maintien pour
lui plaire.

Un instant suspendu, le combat venait de reprendre plus
terrible, plus furieux que jamais.

Quelles que grandes qu'eussent été les pertes des Germains, l'arrivée de quelques renforts et la disposition de la
plaine qui se rétrécit de plus en plus leur ont permis d'oc-
cuper toute sa largeur et de faire de nouveau front à
l'armée romaine ; de nombreux chars rangés dans le lointain ont fait connaître à Varus que les cantons éloignés
commençaient à paraître sur le théâtre de la lutte et
combien il lui importait de la terminer, car chaque instant
allait grandir la résistance et le péril ; aussi, il résolut de
tenter un décisif effort : plaçant les triaires en première
ligne et disposant à leur suite ses troupes en colonne serrée
et profonde, il les lança comme un formidable bélier, leur
choc fut irrésistible ; le centre de la ligne germaine fut
rompu, renversé avec une impétuosité telle que ses ailes
en demeurèrent comme frappées de stupeur et ne parurent
se ressouvenir de combattre que lorsque déjà les dernières
cohortes achevaient de traverser ; cette puissante attaque
des Romains eut terminé le combat sans un stratagème
que leur opposa Arminius. Ce chef expérimenté a compris
le dessein de Varus et l'effet foudroyant qu'il va produire ;
courant aux chars, il ordonne à une partie d'entre eux de
remonter à tout prix la colline comme s'il s'agissait de les
dérober aux ennemis ; cependant des guerriers, le glaive
en main, se tiendront prêts à un signal, à couper les traits ;

Arminius lui-même, aidé des plus robustes, entraîne d'autres chars à force de bras ; déjà la colonne romaine arrive, son front dépasse les chars qui se hissent sur la hauteur ; soudain Arminius repousse en arrière ses lourds chariots ; ils roulent sur l'herbe sans bruit, mais avec toute la force d'impulsion que peuvent leur donner les bras réunis d'hommes nombreux et puissamment forts; ils heurtent la colonne romaine avec le choc de rochers détachés d'une montagne, brisent ses premiers rangs, les renversent sur ceux qui suivent et qui, dans l'ignorance de ce qui s'agite loin d'eux, continuent ou ne peuvent eux-mêmes arrêter leur marche précipitée; il s'ensuit une confusion épouvantable ; dans cet instant même, les chariots perchés sur le flanc de la colline sont lâchés et viennent avec grand bruit s'abattre de tout leur poids sur cette infortunée colonne, ils pénètrent dans sa masse humaine écrasant, mutilant une infinité de guerriers et en poussent des rangs entiers dans l'eau fangeuse et profonde des étangs; chassés à grands coups les chevaux, les bœufs prenaient eux-mêmes le chemin des chars et venaient augmenter l'horrible tumulte et accroître ses malheurs.

A la vue de l'effroyable succès du stratagème d'Arminius, les Germains sortent de leur torpeur, ils jettent un cri de triomphe et se précipitent avec furie sur les Romains rendus comme incapables de mouvoir leurs armes tant leurs rangs sont troublés et pressés ; mais Varus veille à leur salut, trois puissants cris de clairon appellent à lui sa redoutable cavalerie, elle accourt conduite par Bubius Commode et charge les Germains qui combattent en désordre, en massacre une partie et oblige les autres à lui faire face ; dégagées par cette diversion, les cohortes ont elles-mêmes repris l'attaque ; cernés à leur tour, il ne reste bientôt aux Germains d'autre moyen de salut que de se jeter dans les étangs ou de chercher à rejoindre leurs

frères à travers l'étroit sentier qu'une bordure de rochers
forme sur le flanc à pic de la colline; combien dans ce tra-
jet de deux cents pas au plus trouvent la mort précipités
dans le vide par le vertige ou par les flèches des archers;
non moins déplorable est le sort des guerriers qui tentent
de traverser les marais, la plupart restent enfoncés dans
l'immonde vase, à la merci des traits que leur lancent mille
bras; le petit nombre de ceux qui, par un espèce de prodige, parviennent à échapper, n'apportent à Arminius
aucune aide; tous sont blessés et le froid des ondes a
répandu dans leurs membres bleuis d'intolérables douleurs
et un invincible engourdissement précurseur de la mort.

Arminius n'est point demeuré inactif; à son exemple,
les guerriers qui l'entourent tirant le glaive immolent
une multitude de Romains; mais pendant que sa main
frappe, il n'oublie pas que ceux qui le suivent sont la dernière barrière qui ferme aux ennemis l'accès du bois sacré,
aussi il se garde de les engager dans un combat qui puisse
leur interdire le retour; ses oreilles et ses yeux suivent et
consultent dans ce qui se passe autour et loin de lui ce que
prépare l'inconstante fortune, sa prudence le servit.

Laissant aux cohortes le soin d'achever la destruction
des forces germaines placées à l'entrée du défilé. Bubius a
partagé sa troupe et marchant de toute la vitesse de ses
chevaux sur les flancs de la colonne romaine court repousser les Germains qui pressent son front.

Arminius instruit par les bruits qui ont frappé ses oreilles du passager succès de ses frères et de leur irrémédiable
défaite, n'a pas suivi les Romains que Varus, pour reformer
leurs rangs, ramène dans la plaine; il s'est arrêté dans
l'intérieur du défilé.

Cependant les femmes germaines poussant elles-mêmes
les chars les ont rangés dans le lieu le plus étroit du passage; devant leur ligne, elles portent en hâte les feuilles et

les herbes sèches préparées pour recevoir les blessés, elles
en forment d'énormes monceaux et placée devant chacun
d'eux, une d'elles, une torche ardente à la main, attend le
signal d'y mettre l'incendie.

Bubius approche, son œil exercé a facilement reconnu
la faiblesse des Germains; sans pitié pour les blessés qui
ne peuvent suivre la retraite, il range sur leurs corps sa
cavalerie, et par une furieuse attaque, espère accomplir ce
que les cohortes ont vainement tenté. Pour le confirmer
dans son dessein, Arminius et les siens fuient; à ce signal,
les femmes mettent le feu aux herbes et se retirent bientôt
suivies par les guerriers qui traversent la muraille de
flammes par les intervalles de ses foyers; la cavalerie
romaine accourt à leur suite, elle arrive, la flamme et
l'immense fumée lui voilent l'espace, plus elle approche,
plus les cavaliers pressent leurs montures pour vaincre par
cet élan leur résistance à traverser la fournaise; poussés
à outrance, les chevaux franchissent l'obstacle et atteignent
les Germains, mais rangés devant leurs chariots et qui les
reçoivent à grands coups de lances et de haches, pendant
que du haut des chars les femmes accablent de flèches les
cavaliers: arrêtés par cette barrière, les rangs des Romains
se heurtent, s'enchevêtrent dans une effroyable cohue où
descendent et se relèvent avec une furie soutenue les
haches et les lances des Germains; tels des loups attaquant
un troupeau de brebis, chacun se réjouit de ses victimes et
hurle de rage de ne pouvoir les égorger toutes à la fois.

Manquant d'espace pour reprendre champ, les Romains
font des efforts inouïs pour se dégager et ne parviennent
qu'à ajouter à leur désastre en se blessant mutuellement;
que de beaux fiancés seront pleurés, que de mères et
d'épouses vont se vêtir de deuil, que de sœurs, que d'enfants au loin se réjouissent en pensant à l'instant désiré où
ils reparaîtront avec leur fière mine et leurs casques bril-

lants et ne doivent plus les revoir; bientôt les vagues vivantes des cavaliers de plus en plus amoncelées s'arrêtent pressées sur la fournaise, les chevaux piétinent, se dressent et se renversent mordant et frappant tout ce qui les entoure; les femmes germaines que n'ont pu contenir les chars apportent des linges imbibés d'huile qu'elles enflamment et qui saisis par les longues lances des guerriers sont jetés sur les infortunés Romains; les sillons de flammes que tracent dans l'air ces sinistres engins, leur odeur nauséabonde, les voiles brûlants qu'ils attachent, mettent le comble à l'épouvante des coursiers; c'est un tumulte immense où tout rue et s'agite et dont l'aspect affreux terrifie les Germains eux-mêmes en même temps qu'il les réjouit.

Bubius plein de honte et de douleur s'enfuit avec les débris de ses chevaliers.

Mais les feux des Germains s'éteignent et avec eux les dernières lueurs de cette terrible journée.

DÉCLAM IV.

Dès que la nuit enveloppant la terre et les cieux ne permet plus aux yeux humains de distinguer entre le corps et l'ombre qu'il produit, Iris laissant la sienne dans le bois sacré, revole vers l'Olympe rapporter à Jupiter le peu d'empressement de Saturne à déférer à ses ordres, Jupiter la console et la prie de se conformer aux désirs du Dieu.

Cependant sa grande âme réfléchit aux moyens de vaincre la volonté de son père : déjà par l'inspiration des songes il a conduit Varus à entreprendre sa funeste campagne ; pour la favoriser, il a retardé l'arrivée des âpres frimats ; c'est par son pouvoir qu'un orage affreux a surmené les Germains dans l'attaque du camp ; dans le moment même, il envoie un brouillard épais se répandre sur la route des secours qu'ils attendent, mais il ne peut aller plus loin dans son action pour le succès de l'œuvre romaine, car il lui importe de ne pas dévoiler à Saturne qu'il a pu protéger les ennemis de son bois sacré, par crainte d'aigrir à l'excès son cœur et de rendre impossible son consentement à sa volonté ; pourtant il faut, il est nécessaire au salut de l'Olympe que Saturne éprouve la douleur de voir la ruine de son œuvre, afin qu'il soit amené, réduit à désirer son retour parmi les Dieux.

Dans ce dessein, dès qu'Iris a quitté l'Olympe, Jupiter appelle auprès de lui son fils Mercure et lui ordonne de se rendre sur le lieu de la lutte et de favoriser secrètement les Romains.

Mercure attache à ses épaules et à ses pieds leurs ailes

rapides et se précipite des cieux ; bientôt, malgré la nuit
profonde, il a reconnu un passage sinueux, moitié découvert, moitié submergé, conduisant à travers les marais sur
les derrières de la troupe germaine et rendra inévitable
sa retraite ou son complet anéantissement ; aussitôt il prend
la figure d'un transfuge et va s'offrir aux Romains pour
leur servir de guide.

Pendant ce temps Varus et ses officiers délibéraient en
proie à une inquiétude mortelle : malgré tous leurs efforts,
ils n'ont pu traverser les forces ennemies et tout leur confirme que le prochain jour ne s'éclairera de lueurs que pour
leur montrer déployées devant eux les lignes immenses et
sombres des armées germaines qui accourent et avec elles
la presque certitude d'être accablés et l'attente d'une mort
honteuse et horrible ; pour comble de maux, ils se voient
ravis jusqu'à la possibilité de tenter de nouveaux combats,
tant est obscure la nuit qui les entoure ; aidées d'un intense
brouillard, ses ténèbres permettent à peine à celui qui agite
sa main de l'apercevoir devant ses yeux.

C'est au milieu de cette perplexité que le déserteur
Olympien se présentait à Varus, lui offrant de sauver son
armée, et que réclame le traître pour prix de son immense
service ? Un vêtement de soldat romain ! Quelle qu'étrange
que fut cette demande, Varus en demeura cependant moins
étonné que de l'acte même du guide, dans la persuation où
il était de l'impossibilité que l'appât de l'or ou de toute
autre récompense put d'un Germain faire un traître à sa
patrie ; aussi par pudeur il consent à le gorger d'or, mais
il ne peut se résoudre à le laisser revêtir les insignes
romains, ce serait pour eux une flétrissure ; il dut cependant céder devant l'inébranlable obstination du transfuge
et l'impossibilité de trouver pour son armée un autre
moyen de salut.

Mais ce secours inespéré n'était pas le seul qui arrivait

aux Romains, ils en recevaient un non moins important de cette obscurité de la nuit contre laquelle s'élevaient leurs plaintes ; surpris par les ténèbres, les secours attendus par les Germains ont dû ralentir sinon suspendre leur marche ; plusieurs même, égarés de leur route, errent dans les montagnes et n'arriveront que trop tard.

D'abord que l'aurore entr'ouvant les portes du ciel a comme à regret permis au jour de rendre sa lumière aux combattants, dès qu'ils peuvent diriger une lance sur une face ennemie, aussitôt leurs cris provocateurs retentissent et de nouveau leurs bras se lèvent ardents à se frapper.

Quels qu'heureux qu'aient été les derniers combats livrés par Arminius, ils n'ont pas laissé de coûter la vie à beaucoup des siens, et ceux qui survivent, presque tous blessés, sont affaiblis par leurs pertes de sang ; au lieu de puissants renforts, quelques guerriers seuls ont pu rejoindre leur faible troupe, et les femmes appelées elles-mêmes dans les rangs suffisent à peine à remplir leurs vides.

Malgré leurs blessures, malgré la faiblesse de leur nombre, les Germains résistent ; mais l'armement des Romains est si supérieur et leur force numérique est en même temps si écrasante, que cette lutte prolongée restera toujours un objet d'étonnement pour la postérité et sera l'éternel honneur de la nation germanique ; chaque guerrier qui tombe gémit, non de mourir, mais de ne pouvoir plus rien pour la défense de ce bois sacré en qui, pour eux, vit la patrie ; aussi, quelle n'est pas l'angoisse de ces héros, lorsqu'à travers les brouillards que dissipe le soleil, ils découvrent la force romaine que conduit Mercure s'avançant dans les marais, sans qu'ils puissent disposer d'aucun guerrier pour s'opposer à sa marche ; le vaillant chef Arminius voit le danger, il sanglote, il ne connaît que les Dieux qui puissent les sauver, il les appelle au secours de la patrie et de leurs autels ; il dépêche aux prêtres leur demander dans cette

extrême détresse l'aide de leur garde, ne restant plus dans
un instant aux Germains qu'à abandonner le combat, ou à
succomber jusqu'au dernier dans une mort devenue inutile.

A l'annonce des pertes immenses subies par les fils de la
Germanie, le grand prêtre lève vers les cieux ses bras
augustes, il s'écrie : heureux les guerriers morts, ils sont
tombés en hommes vaillants, Odin les a reçus près de lui :
mais en entendant le message d'Arminius, le visage du
pontife a pris soudain une expression triste et sévère, sa
voix s'est abaissée : quelles paroles viens-je d'entendre,
quoi ! Tes guerriers ont pu penser à fuir, lorsqu'ils combattent pour ton bois sacré, tes autels ! Et quelle occasion
auront-ils jamais de se mériter une place distinguée dans
ta cour : grand Dieu, pardonne : la douleur les égare, leur
cœur vaillant est toujours digne de toi : allez, guerriers, je
hâte mes pas vers l'autel pour empêcher vos indignes paroles d'y arriver.

A l'autre champ de la lutte, la situation des Germains
n'était pas moins désespérée : en descendant la colline une
partie de l'armée germaine avec Arminius avait couvert le
défilé ; les Astéques, les Chevins, les Boriges, les Bootes et
quelques Bulviens étaient restés à la défense des passages
à droite, ayant devant eux la plus grande partie de l'armée
romaine : les ravines formées par les ruisseaux avaient
rendu pendant longtemps la défense possible ; mais malgré
sa résistance, le petit nombre des Astèques et de leurs
voisins n'avait pu empêcher les Romains de franchir un à
un ces obstacles et une surprise favorisée par le brouillard
venait de leur livrer le dernier. Laissant quelques troupes
pour contenir les derniers efforts des Germains, Varus a
débouché dans la plaine avec le reste de son armée et ses
premières cohortes achevant de tourner les étangs allaient
diriger leur marche vers les clairières du bois sacré, lorsque parurent les Cauques, tribu innombrable qui couvre de

son peuple les plaines et les collines qui des marais de Bourtange s'étendent à l'Elbe.

Au premier signal, cette tribu s'est levée en armes, et l'armée de ses cantons situés en deça du Weser est rassemblée lorsque Tylde Frame se montre à elle, lui qu'elle pleurait déjà comme mort ; sa présence la fait frémir d'enthousiasme, un cri puissant sorti comme d'une seule poitrine le salue, l'acclame ; mais la vue de son corps affaibli, n'offrant du mouvement et de la vie que par un prodige de patriotisme. par une force surhumaine de volonté, remplit de pleurs les yeux de presque tous ces guerriers ; pour lui. montrant un visage calme malgré ses atroces souffrances, il cherche à leur inspirer sur lui-même une confiance qu'il ne partage point mais qu'il sait utile à la patrie ; il n'est pas seul, Etelvige l'accompagne, sa beauté, sa grâce n'ont pas d'égales parmi les filles de la Germanie ; vêtue de la tunique de guerre, sa tête est couverte d'un casque d'acier poli, un bouclier d'acier est à son bras gauche, et sa main est armée d'une courte javeline artistement travaillée ; ses regards ne quittent pas un instant son noble père, ses yeux voilés de pleurs brillent à travers un triste sourire ; Tylde n'a pu refuser à ses caresses et à ses larmes la grâce de ne pas se séparer de lui. de lui servir de fille dévouée et d'écuyer ; elle aussi les guerriers l'acclament avec transport ; elle est la couronne de son père, elle est l'orgueil de l'armée.

Levant son redoutable glaive et implorant le secours des Dieux, Tylde a donné le signal du départ ; l'armée Cauque a marché jour et nuit, ne comptant ni la fatigue ni la faim, et quel guerrier eut pensé se plaindre devant le sublime dévouement de son chef ; c'est dans cet état d'exaltation qu'elle arrive en face des Romains ; sa confiance illimitée dans Tylde, son obéissance aveugle à ses ordres donnent à tous ses mouvements une unité d'action qui jointe à la

grande valeur personnelle des guerriers, en font dans la
main de ce chef habile un instrument d'une puissance formidable contre lequel viendront se briser la bravoure de
l'armée romaine et la science de ses généraux.

Arrivés à double portée de trait, les Cauques s'arrêtent
et rétablissent rapidement leurs rangs; la promptitude et
la précision de ce mouvement qui dénote dans l'armée qui
s'avance une forte organisation et chez ses chefs des con-
naissances de la chose militaire, n'apprennent que trop
aux Romains la grandeur du péril qui les menace.

Une égale nécessité de vaincre pousse l'une contre l'autre
les deux armées, une égale fureur les anime; bientôt elles
se joignent; quels cris horribles remplissent les airs, cris
de victoire et de désespoir; que de fers frappent le fer,
bruit cher aux vaillants. Les hauts chênes s'interrogeaient
entre eux des phases du combat, les pins, les hêtres et
jusqu'aux humbles bruyères écoutaient et attendaient
avec anxiété; arbres sacrés, réjouissez-vous, que la
voix de vos oracles se joigne aux cris de triomphe de
vos défenseurs; les oppresseurs sont vaincus, leur force
est détruite, vos fleuves s'enorgueillissent d'être rougis
de leur sang, leurs cadavres couvrent par monceaux
votre sol profané; que de boucliers épars, les coursiers
errent par milliers privés de leurs cavaliers, où sont les
menaçants étendards, leurs machines de guerre elles-
mêmes sont rompues !

Pour briser la résistance des Cauques, Varus a voulu
renouveler la manœuvre qui lui a réussi à traverser la
gauche des Germains; appelant à lui les deux cohortes
placées sur la colline, il range à leur suite son armée; le
puissant effort de cette troupe fraîche sera comme la tête
du sanglier dont la solide hure ouvre passage au reste du
corps à travers l'obstacle qu'elle brise ou renverse.

La formidable masse s'avance sombre et silencieuse, l'irrésistible choc va se produire ; toute l'âme de Varus est dans ses yeux qui en suivent et attendent l'effet ; une anxiété pleine d'une cruelle joie se fixe sur ses traits ; soudain le centre de l'armée Cauque cède et recule en bon ordre, tandis que les deux ailes transformées en colonnes d'attaque se précipitent sur les flancs des Romains.

Pressée dans ce puissant étau, la colonne romaine est brisée, rompue en deux tronçons ; le centre Cauque a fait face, il enveloppe et massacre les cohortes séparées du reste de l'armée ; à ce terrible spectacle, Varus accourt au secours de son armée en péril à la tête des cohortes prétoriennes, il les pousse sur l'aile gauche des Germains, pendant que Bubius et le reste de ses chevaliers font des charges furieuses entre la droite ; mais dans ce moment même s'ébranle la cavalerie Cauque ; restée spectatrice du combat, elle frémit d'impatience d'y prendre part, enfin Tylde Frame l'y appelle ; elle accourt jetant son cri de guerre, le sol tremble sous les pas de ses dix mille chevaux, l'effrayant bruit de fer que rendent les armes de ses cavaliers couvre les clameurs et les mille fracas de la bataille ; les chevaliers romains cessant leur combat, s'avancent pour soutenir son choc, ils rendent aux Germains charge sur charge, mais leur faible nombre de plus en plus réduit, de plus en plus pressé, disparaît comme emporté par une dernière vague d'ennemis.

L'attaque des cohortes prétoriennes fut terrible, digne de l'antique réputation de leurs vétérans, mais en vain les premiers rangs des Germains sont renversés et couvrent le sol de leurs cadavres, d'autres succèdent, leurs frères mourants eux-mêmes les animent ; loin de faiblir la résistance redouble d'énergie ; cependant grâce à l'effort des prétoriens à droite, des chevaliers à gauche, les ailes immenses de l'armée germaine, arrêtées dans leur marche n'ont pu achever d'enfermer dans leur cercle de fer l'armée romaine; revenue de sa surprise, elle a dans un instant reformé son ordre de bataille et repris la lutte; mais déjà l'inquiétude pèse sur ses soldats, ce n'est pas encore la défaite, mais ce sentiment pénible qui fait croire qu'on ne peut plus vaincre, qui grandit à outrance dans l'âme du guerrier la force de son ennemi, rend ses regards moins assurés et égare les coups que frappe sa main.

La lutte cependant continuait ardente, indécise; mais Tylde, en qui l'approche de la mort semble éclairer d'une lueur inconnue le génie, va se procurer des secours en même temps qu'il ôtera aux ennemis jusqu'à l'espoir de changer leur accablante fortune; il ordonne à ses cavaliers de porter la victoire à leurs frères germains qui combattent loin de lui.

Fédern suivi de son avalanche de cavaliers court et la précipite sur les Romains qui, à l'extrémité de la plaine, cernent les vaillants Astèques et s'efforcent de les jeter dans l'étang; la lutte était si acharnée, l'arrivée des Cauques fut si subite, si impétueuse que les Romains ne les aperçurent que lorsque déjà ils levaient sur eux leurs lances, ce fut moins un combat qu'un massacre.

Les Astèques délivrés contre toute espérance, poussent des cris de triomphe, ils oublient leurs fatigues et les douleurs de leurs blessures, la joie de pouvoir vaincre et se venger décuple leur force, ils courent dans la plaine comme si le temps devait leur manquer à reprendre part au combat; et leur approche, leurs clameurs de victoire, bien plus que leur faible nombre causent aux Romains une appréhension plus vive que n'eussent pu le faire les charges mêmes de la cavalerie germaine, par la certitude qu'ils en reçoivent de l'écrasement d'une partie de leur armée.

L'immense cavalerie a repris sa marche, elle escalade et bondit à travers les ravines, c'est une vague furieuse qui

ne rencontre d'obstacles que pour mieux montrer la grandeur et l'irrésistible puissance de son flot ; un instant lui a
suffi pour se reformer dans la plaine et c'est masse entière
qu'elle se présente et ferme le défilé.

Le combat s'y maintenait acharné, incessant ; Arminius,
tantôt à la tête des plus valides, pousse contre les Romains
des charges furieuses pour les éloigner des chars, tantôt
du haut même des chars comme du haut des murs d'une
citadelle, il les accable de formidables coups de javelots ;
les traits des Romains frappent à l'envi son solide et grand
bouclier, il retentit de leurs coups comme le toit d'or du
temple de Cérès lorsque la déesse irritée le frappe de la
grêle pour obtenir du patient laboureur des offrandes et
des prières.

Privé de secours, Arminius n'espère pour résister qu'en
l'aide des Dieux, les Romains attendent tout de la cohorte
qui traverse l'étang ; mais d'où vient que sa marche est
ralentie, quel obstacle a pu surgir sous ses pas et les rendre si embarrassés et hésitants ?

Les matrones germaines, à qui leur âge et leur faiblesse
n'ont point permis de prendre place dans les rangs des
guerriers, ont voulu elles aussi apporter leur concours
au salut de la patrie ; ne pouvant combattre, elles s'efforcent d'empêcher l'approche de ceux dont l'arrivée serait la
mort de leurs frères, de leurs fils, de leurs époux.

Leurs mains alertes quoique débiles ont coupé une multitude de buissons épineux et, entrant héroïquement dans
l'onde, elles en ont couvert par lignes nombreuses l'étroite
chaussée suivie par les Romains ; une infinité de fourches
aigues les y fixent ; de plus, d'énormes clous, des lames
tirées des chariots menacent de leurs pointes tout pas
imprudent dans ces eaux saumâtres et troublées.

C'est à écarter ou éviter ces barrières que les Romains
engagés dans le marais employaient un temps d'où dépen-

dait le salut de l'armée, ils comprenaient l'impatience du
général et de tous les soldats incapables d'apprécier l'obstacle qui causait la lenteur de leur marche, et le ridicule
qui semblait s'y attacher les enivrait de colère; celui seul
qui aurait pu les tirer de peine, Mercure, était tenu garotté
et à chaque instant menacé de payer de sa tête sa quasi
trahison; certainement ils lui devaient de n'avoir pas
essayé de tourner la colline, ce qui eût peut-être réussi.

Avertis de la marche des Cauques par un vaste nuage de
poussière, bientôt même de leur approche par le grand
bruit de fer des lourdes armures et par les commotions
qu'impriment au sol les pas de tant de coursiers, les Romains ne manifestent aucune crainte; se resserrant dans le
défilé, leurs derniers rangs ont fait face à l'ennemi qui
arrive et attendent son choc; loin de le redouter, ils semblent plutôt se réjouir du tumulte affreux, du désastre
auquel il court; mais Fédern trompe leur espoir; au lieu
de lancer dans l'étroit passage ses fougueux cavaliers dont
les rangs serrés, et s'embarrassant de leur propre nombre,
eussent offert aux Romains une facile victoire, il a fait
prendre terre à sa troupe et c'est à la tête d'une vraie
armée de fantassins d'élite qu'il charge les Romains; ceux-
ci, à cette vue, sentent leur assurance se changer en consternation, ils comprennent que toute chance de vaincre
leur est ravie; affolés de honte, beaucoup brisent leurs
armes, cependant le plus grand nombre trouvant dans leur
désespoir même un redoublement d'énergie, vendirent
chèrement leur vie, mais tous morts ou vivants restèrent
au pouvoir des Germains.

Arminius et les siens tournent ensuite leurs coups contre
les Romains placés dans le marais, ces infortunés ne pouvant ni fuir ni déployer leurs rangs pour combattre, péri-
rent jusqu'au dernier sans vengeance et sans gloire comme
une bande de loups cernée par les chasseurs.

Le retour triomphant de la cavalerie germaine n'apprit que trop à Varus le second désastre que venait de subir son armée; pressé, accablé de toutes parts, le malheureux général ne vit plus de salut possible qu'à regagner son camp, il fait sonner la retraite et reprend le chemin de la colline, harcelé par les charges incessantes de la cavalerie des Cauques et serré de près par leurs ardents fantassins; l'armée romaine recule, mais cependant toujours redoutable et terrible; ses cohortes décimées comptant autant de blessés que de combattants étaient encore dans leur écrasement dignes de la gloire de Rome, elles tombaient comme devaient tomber les premiers soldats du monde.

A l'angoisse dont le péril de l'armée remplissait Varus était venue se joindre une inquiétude nouvelle; une lueur rougeâtre semblait éclairer les nuages dominant la colline et étreignait son âme d'un doute affreux.

Son pressentiment n'était que trop fondé; une armée de Cattes avait suivi les pas des Romains, elle accourait comme pressée par le besoin de venger par un coup d'éclat l'espèce de honte qui pesait sur sa tribu, l'une des plus puissantes de la Germanie, d'avoir servi de théâtre à la ruse des Romains; la vue de leurs tentes excita en elle une fureur indicible, et elle n'eut laissé à aucun autre peuple l'œuvre de destruction de cet asile des parjures, de ces contempteurs de la sainteté des serments et de la majesté des Dieux.

Plus en rapport avec les Romains que toute autre tribu germanique, ils étaient aussi plus qu'aucune d'elles avancés dans leur art militaire; ne possédant pas les machines propres à assiéger le camp, ils y suppléeront au moins en partie.

Leur nombreuse armée leur a permis de composer plusieurs puissantes colonnes, ils s'avancent à l'assaut, leurs premiers rangs sont munis de fagots; au signal du Ping

Citalis ils s'élancent et les déposent en guise de pont dans
les fossés, tandis que les derniers rangs font pleuvoir sur
les retranchements mêmes une telle grêle de traits, que le
petit nombre des Romains laissés à leur garde devient impuissant à empêcher de toutes parts l'œuvre des travail-
leurs ; les blessés eux-mêmes se trainent à la défense, ils
jettent des torches enflammées ; l'incendie éloigne momentanément l'ennemi, mais remplit son but en ruinant les
machines des remparts et en détruisant sur plusieurs points
l'infranchissable palissade ; de nouvelles colonnes d'assaillants, de nouveaux ponts se succèdent ; qui de tant de
combattants eût l'immortelle gloire de poser le premier son
pied sur les retranchements ? Ce fut le vaillant fils de
Vendate, mais il ne devait pas apporter à son Odule chérie
le trophée, signe de sa victoire, un vétéran le frappe de
son long javelot, l'élan du jeune chef en s'élançant sur le
rempart l'a empêché de porter son bouclier à bonne
défense et la pointe meurtrière s'enfonce dans son cou
délicat, il tombe et regrette en mourant les doux yeux de
son épouse ; mais déjà il est vengé, pendant que le vétéran
retire sa lance, le fort Suter le frappe de sa hache ; la
redoutable arme brise le casque et atteint la cervelle qui
se répand et entraîne avec elle la vie ; le fer n'avait pas
achevé de pénétrer dans l'horrible plaie qu'une flèche perce
la main de Suter et la cloue au manche ; impuissant à relever la hache, son bras paralysé la suit dans la chute du
vétéran, Tatius en profite pour décharger sur sa tête pen-
chée un coup de glaive qui la sépare du tronc. Qui parut
troisième sur le rempart ? Ce fut toi, formidable Téburn !
Sans doute l'illustre tribu des Cattes possède de robustes
guerriers, d'autres mieux que toi savent lancer une flèche,
ou diriger d'une main sûre la pointe du javelot pour
agrandir la fissure qui déchire le bouclier, ou briser à
travers les muscles le nerf ou l'artère d'où s'évanouissent

la force ou la vie de l'ennemi; mais aucun n'oserait se
comparer à toi pour manier une lourde hache, aucun n'a
un bouclier aussi pesant, aussi vaste que le tien, une tour
n'est ni plus forte ni plus élevée, une entière peau de taureau suffit à peine à recouvrir sa plaque d'acier; d'un élan
prodigieux tu bondis sur le rempart, mais tu trouvas un
terrible adversaire dans le centurion Cagnola, il accourut
et pendant que tu redresses ta grande taille et relèves ton
bouclier, son bras a deux fois tourné autour de son front
son solide javelot; console-toi, grand Téburn, le coup qui
te terrassa ne fut pas poussé par une main inhabile, par un
mortel sans vigueur, tu ouvrais la bouche de joie, la lance
y pénétra et à travers ta langue et ton menton se fixa dans
ton gosier; l'horrible cri qui s'en échappa n'arriva qu'à
moitié jusqu'à tes lèvres, le reste s'enfuit avec les flots de
sang de ta blessure; ne pouvant lever ta hache avant d'être
saisi par la mort, tu abattis sur ton ennemi ton immense
bouclier, le coup éteignit le rire de ses lèvres et l'ensevelit
dans son triomphe; la chute d'un rocher ne l'eût pas plus
sûrement écrasé.

Cet effort du géant a brisé le dernier lien de sa vie, il
étend convulsivement les bras et tombe, la chute d'un
grand chêne ne produit pas un bruit plus horriblement
sourd, n'imprime pas une plus vaste secousse au sol; pour
ne pas être écrasés par la lourde masse, les Romains
accourus ont reculé de quelques pas; ce fut une irréparable
faute; vingt mains suivies bientôt de mille hissent les
Germains sur le rempart, et ce qu'eussent pu empêcher dix
guerriers est devenu en un instant l'œuvre difficile de cent;
devant le nombre croissant des ennemis, les Romains ne
peuvent suffire à la défense, c'est une mer dont les grandes
ondes montent et couvrent le récif aux pieds duquel se
brisaient ses flots; le camp est forcé, et les lueurs de son
incendie que suivent bientôt les cris de victoire des Cattes

qui paraissent sur la colline apprennent aux deux armées qui luttent dans la plaine quel gage de victoire ou de défaite chacune doit en attendre.

C'est au milieu des cris de triomphe des Germains que les prêtres ont achevé les sacrifices du jour, la voix calme et puissante du grand sacrificateur, les chants majestueux qui répondent à sa prière, les bruits étranges qui l'accompagnent, sa sublime quiétude, malgré les fracas de la bataille ont jeté dans l'âme des combattants d'invincibles sentiments de vénération et de crainte; il semble aux Romains qu'aux invocations des prêtres vont à chaque instant succéder les voix courroucées des grands Dieux pour leur reprocher leur impiété et les accabler de leurs bras immenses; les Germains au contraire y croient reconnaître les voix divines remettant aux héros les couronnes à distribuer sur les fronts de ceux qui tombent; qu'a besoin Odin de leurs efforts, il se lèvera à son heure pour anéantir les ennemis de son bois sacré, mais il aime voir les siens combattre pour sa cause, il se plaît dans leur dévouement, il veut peupler sa cour; Indépendance, Amour de la patrie, quel plus noble, plus sûr soutien trouverez-vous parmi les hommes que dans ce respect des Dieux?

Cependant, le désespoir dans l'âme, Varus voit la perte irrémédiable de son armée, nul effort humain ne peut la sauver et les Dieux dont il a menacé les autels semblent combattre contre lui; la honte, la douleur de sa défaite l'accablent, la pensée d'y survivre ne vient pas même à son grand cœur, il ne songe qu'à faire une mort digne d'un chef romain, il examine quelle action d'éclat il exécutera pour tomber d'une manière qui, même dans le désastre général, le recommande à l'admiration des siens et des ennemis.

Il arrête ses pleurs et se couvrant de son bouclier, il se précipite avec furie sur l'armée des Cauques, ses yeux

s'injectent de sang et cherchent quelque adversaire de
renom, quelque chef illustre digne de ses coups.

Le génie de la colère lui fait reconnaître dans la foule
des Cauques un guerrier qu'il a distingué depuis le commencement de la bataille, la beauté de son coursier, les
ailes qui dominent son casque, le désignent comme un
chef; mais chose inexplicable, ce chef, suivant la coutume
des Germains, ne combat pas au premier rang, tantôt mêlé
à leur multitude, mais plus souvent seul derrière leurs
lignes, il se borne à les animer sinon de la voix au moins
du geste, tout respire en lui un air de dignité et de commandement qui le marque comme l'organisateur, l'âme de
cette armée Cauque qui vient d'infliger aux aigles romaines
un si sanglant affront.

C'est ce chef que Varus désigne aux coups de sa colère,
se ramassant sous son armure, sa forte épée à la main, il
presse les flancs de son noble coursier, les traits, les coups
de glaive le frappent de toutes parts, sa splendide armure
en retentit, il n'y semble pas prendre garde; sans frapper,
il s'avance comme un tourbillon ; il n'a qu'un but,
s'ouvrir un passage par la rapidité de sa course et atteindre son ennemi.

Les cris, l'espèce de trouble qu'excitent l'acte audacieux
du cavalier ont été observés par Tylde, un vague pressentiment l'instruit qu'il en est lui-même l'objet, son cœur
magnanime accepte la lutte qui lui est offerte ; il pousse
son coursier à la rencontre du superbe ennemi dont l'audace et la vigueur excitent l'admiration même de l'armée
Cauque.

Noble Tylde, c'est à une mort certaine que tu cours, tu
n'as pas même ton solide bouclier pour te protéger, la
puissance de ton bras s'est évanouie et son poids lourd
excéderait sa force; un simple bouclier d'osier défend ta
poitrine, lorsque celui qui s'avance contre toi plein de

force et de vie couvre ses épaules d'un impénétrable bouclier, et une cuirasse, qui semble l'œuvre des Dieux, garan-
tit sa poitrine et ses reins contre toute atteinte.

Les deux ennemis sont à portée de combat ; à la vue du
péril imminent de leur illustre chef, les guerriers Cauques
poussent un cri d'angoisse, ils s'élancent à son secours, le
désespoir dans l'âme, de ne pouvoir lui porter qu'une aide
tardive ; sa redoutable épée levée, Varus s'apprête à en
décharger un coup terrible sur son ennemi : l'épée s'abat,
mais Ethelvige veille sur les jours de son père, elle arrive,
elle pousse avec force son coursier entre les deux combattants et reçoit elle-même le coup mortel ; sous le choc des
coursiers, le glaive a tourné dans la main de Varus, mais
l'arme est si tranchante, le bras qui l'a lancée est si robuste,
que même porté à faux, le coup a enlevé la riche bordure
du bouclier d'Ethelvige et a pénétré dans sa hanche.

Varus lève de nouveau sa foudroyante épée, opposant
son bouclier aux coups de Tylde, il veut dans sa colère
achever d'immoler le Germain dont l'intervention a dé-
tourné sa vengeance ; mais quel changement s'opère dans
son esprit, ses yeux enflammés de fureur s'apaisent, son
bras puissant reste immobile, une force mystérieuse semble
l'enchaîner ; au lieu d'un guerrier redoutable, c'est une
jeune fille qu'il menace, le casque détaché a découvert son
visage d'une beauté divine, ses grands yeux d'une infinie
douceur ; sa riche et belle chevelure inonde son cou et en
fait ressortir l'éclatante et suave blancheur ; Varus est hors
de lui, instinctivement il retient avec une force irrésistible
son puissant coursier ; il regarde, ses yeux fixes ne respirent que l'intérêt profond, que la douloureuse crainte des
souffrances et du danger que peut courir celle qui fascine
ses yeux, la beauté elle-même embellie du dévouement.

Déjà vingt épées sont suspendues sur sa tête et aucune
ne frappe, le grand cœur des Germains ne sait combattre

que des ennemis et ils n'ont devant eux qu'un guerrier
inconscient et comme désarmé.

Tylde, Odin t'appelle à lui, les innombrables guerriers
tes frères morts pour la patrie, accourent à ta rencontre,
ils élèvent dans leurs fortes mains leurs glorieuses couronnes, Odin lui-même s'est levé de son trône, il tient une
couronne brillante comme les étoiles, elle attend ton noble
front; Tylde n'est plus, épuisé par la souffrance, les terribles émotions qu'il vient de subir ont emporté son dernier
souffle de vie, avec son dernier souffle s'exhale le nom de
sa fille aimée la joie de ses jours et la gloire de sa mort.

Les Germains ne peuvent que recueillir dans leurs bras
les corps inanimés de Tylde et de sa fille mourante; Varus
oublié au milieu de l'universelle douleur les suit : ses yeux
et son âme sont attachés à sa belle ennemie devenue comme
la seule partie de lui-même qu'il comprenne, la seule dont
il veuille et puisse se souvenir.

DÉCLAM V.

Les Germains ont cessé leurs cris de triomphe, à l'ardeur guerrière a succédé dans leurs fortes poitrines un profond sentiment de respect pour les Dieux et de soumission craintive aux pratiques imposées par la célébration de leurs mystères.

Le peuple n'y assiste qu'en tremblant ; des traits partis de mains invisibles frappent de mort tout téméraire ou imprudent qui hasarde ses pas aux abords de la forêt ; aucune limite n'est tracée, elle est fixée le jour par l'ombre extrême des arbres, la nuit et lorsque les nuages obscurcissent le soleil par la portée de trait d'un puissant archer.

Seuls les princes chefs du peuple, sans armes, les pieds nus et la tête découverte, sont admis à pénétrer dans les clairières sacrées, c'est là qu'ils délibèrent sur les intérêts de la patrie, c'est là qu'est le conseil suprême de la justice ; sept énormes pierres servent de trônes aux sept juges, vieillards vénérables choisis parmi les anciens des prêtres ; tout est soumis à ce tribunal ; les délibérations des chefs du peuple n'ont d'autorité que par sa sanction ; c'est à lui qu'est réservé le choix de ces chefs ; c'est à lui qu'appartient de contrôler leurs actes, de leur maintenir ou enlever le pouvoir ; sous la salutaire influence de ce redoutable tribunal, les chefs ne doivent la continuation de leurs fonctions qu'autant qu'ils se montrent les plus sages, les plus capables et les plus dévoués au bien public ; les prêtres eux-mêmes sont choisis parmi les plus méritants, les plus anciens chefs du peuple, et l'honneur d'arriver à ces fonctions est la plus haute, la plus insigne récompense des services rendus à la patrie; c'est le but suprême de l'ambition de tout Germain, la plus grande faveur accordée au mérite et à la vertu par les Dieux.

Ainsi l'autorité des sept juges est illimitée, rendue indiscutable par son caractère divin; elle est le rempart indestructible de l'indépendance de la nation, la sauvegarde et la gardienne assurée des libertés du peuple et de ses droits à une prompte et exacte justice.

De là aussi vient que le bois sacré et les prêtres sont pour les Germains l'existence même de la patrie; le devoir de leur défense et d'y sacrifier bien et vie semble inné en eux, il leur paraît si naturel qu'aucun ne peut même avoir la pensée de s'y soustraire.

En attendant l'heure où les Dieux consentiront à recevoir les prières et les sacrifices, les épouses et les sœurs des Germains, dirigées par d'habiles matrones, relèvent les blessés, versent sur les plaies béantes des baumes qui calment leurs douleurs et les recouvrent de plantes dont le suc divin ressoudra promptement les chairs et rendra aux muscles lacérés leur souplesse et leur force.

Ensuite de grandes et profondes fosses sont creusées, elles y placent les morts debout, les recouvrent de terre et, tristement assises sur ces tombes, elles célèbrent par leurs larmes les vertus des héros.

Arminius le grand chef des Germains préside à ces devoirs, couvert de nombreuses et profondes blessures, il ne songera à les panser que lorsque tous ses frères auront été soulagés; sa noble et belle figure les réjouit, ils poussent des cris de joie de le retrouver vivant, échappé aux terribles luttes, aux plus sanglantes phases des combats où sa valeur et sa qualité de chef le poussaient aux premiers rangs.

Lorsqu'il est assuré que tous les blessés ont reçu des soins, il se dirige vers son chariot où l'attend sa fidèle nourrice Lafé, il a hâte de se remettre à ses mains, car la douleur de ses blessures l'accable et son corps, épuisé par la perte de son sang, frisonne, il sent courir dans ses veines les atteintes d'un froid mortel.

Cependant Mercure irrité du peu de succès de son premier stratagème, cherche quel autre moyen il emploira pour parvenir à son but et accomplir l'ordre de son père Jupiter; le Dieu des entreprises hardies, le Dieu de la ruse et du mensonge a bientôt combiné un autre projet et en a commencé l'exécution ; il s'est rendu près du chariot d'Arminius, il a pénétré dans l'abri de feuillage où l'attend sa nourrice, l'a plongée dans un profond sommeil et portée en lieu sûr; ensuite il a pris sa forme et ses traits et c'est lui-même qui reçoit Arminius croyant s'adresser à sa nourrice.

Chère Lafé, ton fils a besoin de ton secours, hâte-toi de le soulager. Ah! mon fils, lui répond Lafé, tu es sans pitié pour moi, tu ne te soucies point de mes angoisses; méchant que tu es, pourquoi tant tarder à venir te confier à mes soins, te voilà dans un état affreux ! Combien de fois j'ai composé et rejeté les baumes et les plantes que je destine à tes blessures, de crainte que le retard à te les appliquer n'eut altéré leur vertu; tout en lui adressant ces reproches, le Dieu enlève à Arminius son lourd baudrier, il détache des chairs les vêtements qu'un sang coagulé y tient adhérent, mais il a soin, quoi qu'en paraissant y apporter toute la délicatesse et l'habileté que l'opération exige, d'opérer cette partie du pansement de manière à le rendre aussi douloureux que possible; l'atroce douleur qu'il ressent arrache à Arminius de sourds gémissements; ses lèvres sont prêtes à adresser des paroles d'impatience et d'amers reproches à sa nourrice, mais ses yeux fixés sur les yeux de l'opératrice y découvrent une si touchante affection, des larmes si sincères, que les reproches expirent sur ses lèvres, retenu par la crainte d'ajouter à une affliction qui lui paraît si profonde. Ah! mon fils, lui dit la fausse Lafé, si jamais mon amour pour toi m'a inspiré un vif désir, c'est bien celui de te voir prendre place parmi les prêtres, eux au moins ne sont pas blessés, ils pourront reposer avec délice sur leurs couches, aucun d'eux ne ressentira les chaleurs cuisantes des plaies enflammées; que dis-je, ne devrais-je même pas désirer de te voir simple garde du bois sacré, leur vie est sacrée et précieuse comme celle des prêtres puisqu'ils leur appartiennent, au lieu d'être comme tu l'es, ce chef suprême du peuple dont la part est d'être exposé à plus de périls, et parce que tes blessures t'auront rendu moins robuste ou moin dispos, demain peut-être tu verras les prêtres te ravir le commandement pour y élever un plus jeune, pourvu encore que ce ne soit pas un jaloux de ta gloire, un ennemi; ah! mon fils, le peuple pourtant t'aime, à quel chef obéira-t-il avec plus de dévoue-ment qu'à toi, mais que comptent ses désirs, les prêtres seuls disposent du pouvoir et cependant..... mais je dois me taire; un guerrier tel que toi voudrait-il s'abaisser à pren-dre conseil d'une femme? Arminius ne répond rien à ces paroles de Lafé, ce qu'elles expriment est trop sa propre pensée pour qu'il songe à le contredire; bien plus, il est dans le plus profond étonnement que ces réflexions de sa nourrice soient exactement la reproduction et la suite des siennes; cette perspicacité l'étonne, les yeux fixés sur les siens il cherche mais en vain d'approfondir ce mystère.

Dans ce moment Mercure lui tend une coupe pleine d'une liqueur qu'il doit prendre à temps espacés et propre à réta-blir la chaleur dans ses membres; Arminius la saisit et l'approche avec hésitation de sa bouche, car il connaît l'amertume de ce breuvage bienfaisant; mais à peine ses

lèvres y ont-elles touché, qu'il ne peut les en détacher
qu'elles ne l'aient vidée, et savouré la dernière goutte; ses
yeux sont redevenus pleins de feu, une chaleur douce,
réparatrice, s'est répandue dans tout son corps, il se sent
une vigueur et une force inconnue, tout son être est comme
transformé; il tend à Lafé sa coupe : nourrice chérie, par
l'amour que tu as pour moi, redonne de cette boisson, mes
lèvres ont hâte de s'en abreuver, quelle est cette liqueur
divine dont Jupiter et les Dieux seraient jaloux? Ah! Je te
savais habile, mais maintenant je vois que nulle femme ne
sait mieux que toi préparer un breuvage et donner les
soins que demande une profonde blessure; nourrice, ne
retarde plus mon impatience, redonne-moi de ce nectar;
Arminius en faisant cette prière ne savait pas être si près
de la vérité, car c'était bien de nectar qu'il avait abreuvé
ses lèvres; Mercure, au lieu du filtre préparé par Lafé, lui
avait présenté une coupe de cette liqueur divine; mais le
Dieu semblait sourd à la prière d'Arminius, il étend sur la
terre des branches flexibles, les recouvre d'épaisses fourrures et s'adressant au chef germain l'invite à se livrer au
repos; viens, mon fils, reposer sur cette couche tes membres fatigués, un sommeil réparateur seul t'est nécessaire;
à ton réveil, ma main t'offrira une autre coupe pleine de
cette liqueur dont le goût te réjouit, mais pour l'heure tu
ne saurais impunément en boire encore, sa force énivrante
nuirait au calme de ton esprit; elle dit, et prenant Arminius par la main l'oblige par un tendre effort à s'étendre
sur la couche, aussitôt elle sort de la tente: satisfait du
premier résultat de sa ruse, Mercure revole vers les cieux.

Alors Lafé la vraie nourrice s'éveillait, honteuse de se
trouver en un lieu écarté; elle accourt éplorée vers la
tente d'Arminius: Ah! mon fils, que dois-tu penser de ta
nourrice, n'as-tu pas sujet de faire éclater ta colère contre
moi; Ah! paresseuse que je suis, comment ai-je pu me

livrer au sommeil loin de ta tente; excuses, mon fils, le
poids de mes années; oui, tes yeux étonnés me regardent,
tu ne comprends pas que Lafé aie pu oublier son fils dans
un tel moment, ni moi non plus; mais que vois-je tes
blessures sont pansées, hélas! malheureuse que je suis,
funeste sommeil, mon fils s'est confié à d'autres mains
qu'aux miennes, son impatience et l'irritation de ses blessures ne lui ont pas permis d'attendre mon retour; mais
quelle main divine a soigné tes plaies? Grande Phœbé!
comme les chairs sont habilement rapprochées; juste
Teutatès! déjà elles ont repris leur couleur on les dirait
guéries; cependant je ne connais point de femme germaine
plus habile que moi dans l'art de connaître la vertu des
plantes et d'en préparer les sucs! parle mon fils, quelle est-
elle? mais tu ne me réponds rien, la colère sans doute t'en
empêche, maudit soit ce sommeil trompeur qui m'a retenue
loin de ta tente, mais comment en suis-je sortie? le puis-je
dire moi-même, ah! que je voudrais connaître cette femme,
mais au moins ne refuse pas de ma main cette liqueur que
je t'avais avec tant de soins préparée; prends, mon fils, elle
rendra à ton corps une douce chaleur, elle raffermira tes
esprits.

Pendant ce long colloque de sa nourrice, Arminius profondément absorbé ne répond rien, sa pensée est tout
entière à ce qui se passe sous ses yeux, il ne peut s'empêcher d'y reconnaître l'intervention, la présence d'une
divinité.

Son esprit encore hésitant se résout soudain à ne plus
différer les projets que nourrit son âme et qui doivent lui
ouvrir les voies où aspire son ambition cachée, car si
Arminius est habile et vaillant, il est encore plus ambitieux.

Sûr de l'appui d'une divinité, il se hâte d'agir.

Au lieu de saisir la coupe que lui tend sa nourrice, il se

lève, charge sa main de sa lourde épée et les épaules cou-
vertes de son pesant et vaste bouclier, il appelle de sa voix
retentissante les principaux chefs et leur ordonne, sans
l'assentiment, sans prendre l'avis des prêtres de convoquer
un conseil des princes en présence de toute l'armée.

Dociles à son ordre, les robustes chefs se dispersent,
leur forte voix appelle les guerriers, ils accourent pressés
comme les flocons de neige au solstice d'hiver; Arminius
a fait avancer son char dans la plaine; c'est à l'entour que
les phalanges se rangent et sont maintenues en un vaste
cercle par quelques chefs; bientôt les princes eux-mêmes
arrivent, au milieu d'eux est Arminius.

A sa vue, un cri immense s'élève poussé par des milliers
de poitrines; quelle n'est pas, disent les guerriers, la vigueur étonnante, la robuste constitution de notre grand
chef; c'est en vain que la mort cherche à l'abattre par des
blessures, c'est en vain que lui-même oubliant ses plaies
pour ne songer qu'aux soins à donner aux nôtres, s'expose
par ce retard à les rendre plus dangereuses; ce qui serait
mortel pour chacun de nous semble ajouter à sa force et à
sa vigueur; les Dieux de la Germanie l'aiment et le protègent, car il est le rempart et la gloire de la patrie; et
comme pour confirmer ces paroles, ces murmures approbateurs, Arminius arrivé près de son char s'y élance d'un
bond prodigieux, il retombe debout et ferme, ses armes
rendent un son formidable; cet acte de puissance chez un
guerrier qu'on sait couvert de nombreuses et profondes
blessures accompli en présence de toute l'armée germaine,
sous les yeux de ces robustes peuples pour qui la force du
corps et une taille élevée sont en une estime infinie; cet
acte transporte les Germains, leurs acclamations deviennent frénétiques, Arminius tout grand, tout vaillant qu'il
est déjà grandit encore et s'élève à leurs yeux à la taille

d'un Dieu, il est leur grand chef et aucun autre ne peut l'être que lui.

Arminius lève son vaste bouclier, les chefs rangés autour du char frappent du fer de la lance le bord du leur ; Arminius pousse trois acclamations en l'honneur des Dieux, de la patrie et des héros morts pour sa défense, les chefs et toute l'armée les répètent d'une seule voix ; il baisse son bouclier, les chefs élèvent le leur pour indiquer qu'Arminius va parler.

Le silence est fait : Arminius d'une voix puissante prononce ces paroles :

Compagnons et amis, je n'ai pu résister plus longtemps à l'ardent désir qu'éprouve mon âme de me retrouver au milieu de vous pour nous réjouir ensemble de notre grande victoire ; avant tout remercions les Dieux qui protègent notre chère Germanie ; mais j'ai personnellement d'éclatantes et éternelles actions de grâce à leur rendre de ce qu'ils ont daigné me choisir pour être le chef de compagnons d'armes tels que vous ; ah ! les ombres de nos pères ont dû tressaillir de joie dans leurs tombes, ils doivent soulever la terre qui les recouvre pour acclamer votre victoire ; nous étions vaillants, vous crient-ils, et notre joie est d'avoir donné le jour à des fils plus vaillants que nous.

Tous vous êtes des héros.

Je ne sais ce que me garde l'avenir, les nombreuses blessures que j'ai reçues en combattant à vos côtés, en affaiblissant ma force, feront peut-être que votre chef aujourd'hui je ne le sois plus demain, le conseil des prêtres jugeant plus digne de vous commander un guerrier plus jeune, moins usé que moi par les fatigues de la guerre, par les blessures des batailles ; ces mots excitent un long murmure dans l'assemblée et nombre de guerriers s'écrient : Arminius, toujours tu seras notre chef, où les prêtres en

trouveraient-ils un plus digne que toi; Arminius les remercie de la voix et du geste; merci, mes chers compagnons, de votre preuve d'estime, elle vaut pour moi la
récompense la plus enviée, la plus précieuse, la seule que
désire mon cœur, elle me tiendra lieu de toute autre, car
nous devons nous soumettre à l'ordre des prêtres, quelque cachés, quelque incompréhensibles, dirais-je, que
soient les motifs qui les déterminent; d'ailleurs tous vous
êtes des héros et je mettrai ma gloire et mon bonheur à
marcher sous les ordres du quelque ce soit d'entre vous
que les prêtres élèvent à ma place à la dignité de chef. Je
ne saurais oublier, je parle au nom de la patrie, que dans
ce moment terrible et qui eut été désespéré pour tous autres
guerriers que vous, que dans ce moment où la Germanie
pouvait périr faute d'un secours qui nous était refusé,
aucun de vous cependant n'a douté de son salut, aucun de
vous n'a manqué de foi en moi vous assurant de l'aide des
Dieux, tous vous avez regardé le péril en face et votre
confiance et votre bravoure n'ont fait que grandir; ah! la
gloire qui couronne vos fronts est sans égale, l'honneur de
la victoire vous appartient à tous à égale part, et portée
par nos mains la palme du triomphe celle du plus vaillant
sera comme déposée par la patrie elle-même sur l'autel des
Dieux au nom de chacun de vous, car chacun de vous la
mérite; des acclamations enthousiastes accueillent ces
paroles; Arminius reprit ainsi son discours : aussi, ai-je
désiré avec toute l'ardeur de mon âme de vous donner,
pendant que je le puis encore comme votre chef, un éclatant témoignage de votre héroïsme.

Bientôt le tribunal des prêtres va appeler vos princes
pour délibérer sur les résultats de la victoire et les suites
à donner à cette guerre; ne pouvant vous accorder d'autre
récompense que celle de l'honneur, j'ai cru, et en cela je
crois être l'interprète de tous les chefs nos amis et

compagnons, que vous en étiez tous dignes et que tous vous deviez y prendre part, afin que la décision qui en sortira soit votre œuvre comme la nôtre, qu'elle soit celle de la volonté de tous.

Vous devez donc vous considérer comme assistant au conseil, car les résolutions que vous allez prendre seront celles mêmes que la réunion de vos princes proposera et soutiendra devant les prêtres, puisque seuls ils ont le droit de paraître devant eux.

Que ceux d'entre vous, et ils sont nombreux, que la sagesse inspire s'avancent ; élevés à ma place sur le char, l'armée les verra et écoutera leur voix et leur sagesse.

Suivant mon devoir, je vous exposerai à mon tour ce que je crois le plus utile à vos intérêts, à la sûreté et à la gloire de la patrie ; votre prudence pèsera ensuite les avis et décidera sur ceux qui vous auront paru préférables et les plus dignes d'être soutenus par vos princes devant les prêtres.

Et pour que cette décision, cette volonté de l'assemblée soit immuable et telle que vous l'aurez acceptée ; je crois, et peut-être ceci vous paraîtra juste de charger un seul de vos chefs de l'exposer au tribunal, et parlant ainsi non-seulement en leur nom, mais en celui de toute l'armée, les prêtres en devront tenir d'autant plus compte qu'elle sera la ferme expression de la Germanie elle-même.

Je prie en conséquence, car le temps presse, les guerriers qui peuvent donner d'utiles avis de s'avancer et de monter sur mon char ; pour les rassurer et les encourager, je resterai, s'ils le désirent, près d'eux ; j'étendrai sur leur tête mon bouclier, afin que leur forte poitrine puisse se faire entendre jusqu'aux extrémités de l'armée.

Arminius se prépare à sauter de son char, mais des milliers de voix l'y retiennent ; elles s'écrient : c'est toi Arminius que nous voulons le premier entendre, personne mieux que toi ne peut nous conseiller.

6

Arminius s'y attendait, néanmoins ces paroles le remplissent de joie, tant elles vont au devant de ses vœux.

Je me rends, dit-il, au désir pressant de l'assemblée et malgré le péril où ma sincérité peut me conduire, je répondrai à votre confiance en vous découvrant toute ma pensée. Ces mots prononcés d'un ton peu élevé et ému redoublent la curiosité pour ce qui va suivre; haussant peu à peu la voix le chef germain continua ainsi son discours:

Les lois et coutumes imposées à la patrie et que nos pères ont reçues des prêtres avec l'assentiment des Dieux, ont jusqu'ici, nous devons leur rendre ce témoignage, constitué sa force et sa sécurité; et parmi elles, celle qui qui y a contribué le plus puissamment est de vouer à la mort tout homme non germain qui pénètre armé sur le sol de la patrie.

Cette loi est juste, elle est salutaire, par elle les nations ont appris à respecter la Germanie, elles ont connu que si elle est généreuse et hospitalière pour le suppliant, elle dévore celui qui ose la braver.

C'est d'après cette loi que tout guerrier ennemi tombé dans nos mains doit mourir immolé sur ses autels.

C'est le sort auquel cette juste mais terrible loi condamne tous nos prisonniers romains.

Devons-nous et pouvons-nous l'appliquer?

Je sais qu'en prononçant ces paroles, je sais que le doute seul qu'elles expriment va peut-être amasser sur ma tête de grandes colères, m'exposer à un imminent danger; oui, je crains qu'aux yeux des prêtres, elles puissent paraître empiéter sur leurs sacrées attributions, sur le pouvoir qu'ils possèdent seuls de discuter et modifier nos lois; mais les Dieux me sont témoins de la pureté de mes intentions, de mon dévouement sans borne à leurs saints autels; c'est en eux que j'espère et que pourrais-je attendre d'eux, quel droit aurais-je de les implorer si, par la crainte d'un péril personnel, j'hésitais un instant à me sacrifier lorsque les plus grands intérêts de la patrie, son existence même me semblent menacés.

Je ne faillirai pas à mon devoir.

Germains, j'ai besoin de toute votre attention, je serai court :

Nous avons remporté sur Rome une grande, une immense victoire, mais tout son éclat ne peut me faire oublier combien pour l'obtenir sont morts de nos frères, combien d'autres chargés de glorieuses mais cruelles blessures sont à la porte du tombeau ; pour vaincre, la Germanie a dû faire appel à tous ses enfants, mettre en œuvre toutes ses forces et toutes ses ressources.

Aussi, malgré moi, suis-je conduit à me demander :

Si la Germanie pourrait supporter un nouvel et aussi terrible assaut, ou plutôt combien elle en pourrait soutenir, car Rome possède nombre d'armées aussi redoutables que celle vaincue.

Loin de moi la pensée qu'aucun de nous refuserait la lutte, non pas dix, mais autant de fois qu'elle serait offerte ; mais la Germanie elle-même périrait par ses victoires, elle resterait sans enfants.

Le salut de la patrie ne nous commande-t-il pas d'éviter une telle extrémité?

Germains, deux résultats de la victoire sont dans nos mains :

Envoyer nos prisonniers à la mort ainsi que le veulent nos lois, et par là même engager une lutte à outrance avec Rome qui peut sans honte voir une de ses armées vaincue par des guerriers tels que vous, mais qui ne saurait jamais pardonner le froid massacre de ses enfants;

Ou bien renvoyer généreusement nos prisonniers qui comptent parmi eux les fils des plus illustres familles de Rome; la vaillance du peuple romain nous est un sûr garant qu'il ne serait pas ingrat et qu'il n'oublierait jamais le service signalé que nous lui aurons rendu.

Certes, la Germanie n'a besoin de l'appui d'aucun peuple, sa gloire et sa force lui suffisent; mais l'amitié et la reconnaissance d'une grande nation n'est-elle pas un bienfait des Dieux qui augmentera chez tous les peuples le prestige de notre patrie, et portera jusqu'aux cieux la renommée du nom Germain.

Oui, en présence des Divinités tutélaires de la patrie, je déclare, dussè-je m'exposer aux plus grands malheurs, que le bien et l'intérêt de tous, que le salut même de la Germanie réclament non la mort, mais le renvoi des prisonniers romains.

C'est ainsi qu'Arminius voilant ses projets ambitieux sous l'apparence du plus pur patriotisme, et flattant l'amour propre des guerriers germains, sapait par sa base l'antique constitution de la Germanie et servait à son insu les projets de Jupiter, en préparant la ruine de la suprématie des prêtres fondement de l'œuvre de Saturne.

Le conseil d'Arminius approuvé par la plus grande partie de l'assemblée avait cependant trouvé d'ardents contradicteurs et son premier résultat était ainsi d'être fatal à l'unité de vue des Germains.

Cependant, Iris témoin de la convocation de l'armée et de son caractère séditieux était venue en informer Saturne espérant par ce service se le rendre plus favorable.

Aussitôt un sacrificateur suivi de trois gardes du bois sacré se transporte sur les lieux du trouble.

Il paraît, le fer rougi par le feu se refroidit moins vite dans un bain glacé que ne s'apaisèrent les colères; toute l'armée semble à sa vue comme une troupe d'enfants dociles surpris en faute par un père vénéré mais sévère; tous les guerriers déposent leurs armes et la tête nue se tiennent dans une posture de suppliants.

Le sacrificateur levant vers les cieux ses bras vénérables, s'écrie :

Divinités tutélaires de la patrie, puisse le sang qui va couler apaiser votre colère, qu'il efface de votre mémoire le crime de votre peuple ; grands Dieux, s'il a pu un instant oublier qu'il vous doit tout, voyez-le humilié à vos pieds, pardonnez à son repentir.

Il dit, et les archers abaissant leurs arcs contre la foule, on entendit trois fois le bruit strident de leurs cordes et chaque fois trois guerriers tombèrent frappés de mort.

Après cette terrible expiation, le prêtre s'adressant à Arminius l'apostrophe par ces véhémentes paroles :

Arminius, que signifie cette assemblée réunie sans l'assentiment des Dieux, est-ce pour apprendre au peuple à les méconnaître qu'ils t'ont donné le pouvoir ; infortuné, tu t'es laissé séduire par l'orgueil et tu vas perdre en un jour le fruit et la gloire de tes longs travaux ; les Dieux dont tu as cru pouvoir te passer te rejettent ; par ma bouche, ils te déclarent déchu de ton rang ; déposes, Arminius, les insignes de grand chef du peuple, reconnais ta faute et suppliant présente-toi au tribunal des prêtres te soumettre à sa justice et réclamer contre toi la vindicte des lois.

Vous aussi chefs du peuple, aurez à vous justifier devant le tribunal sacré ; quoi ? parce que la discipline vous défendait de vous opposer aux ordres d'Arminius comme votre grand chef, vous autorisait-elle à l'encourager dans son acte coupable par vos gestes et vos paroles ? Ne deviez-vous pas plutôt protester par votre silence et, par une attitude digne et sévère, lui faire comprendre l'indignité de sa conduite et qu'il ne saurait trouver en vous ni complices, ni approbateurs.

Germains ;

Ils préparent votre ruine ceux qui vous détournent du respect dû à vos antiques lois et coutumes ; elles sont l'œuvre des Dieux ; c'est à leur maintien qu'ils ont attaché la grandeur et le bonheur de la Germanie, il n'appartient qu'à eux de les modifier à leur heure par la voix inspirée des prêtres.

Ils vous abusent ceux qui osent vous proposer de renvoyer les prisonniers et d'en faire le prix d'une alliance avec Rome :

Et qu'a de commun votre vertu avec ses vices, votre honnête et sobre vie avec ses crimes et ses débauches.

Et où serait la justice, devrons-nous la mesurer à la puissance et à la faiblesse de nos ennemis ?

Quoi, une nation voisine viendra en contestation avec nous pour un droit qu'elle croit juste mais n'est à nos yeux que douteux ; une guerre s'ensuivra ; d'après nos lois, ses prisonniers périront sur nos autels ;

Et le peuple romain, contre toute justice, sans provocation, sans motif, poussé par sa seule soif de dominer, viendra le fer et le feu à la main ravager nos campagnes, incendier nos demeures, massacrer nos épouses et nos mères, insulter nos Dieux, leur justice offensée nous le livrera et nous devrons renvoyer ses prisonniers et mettre notre main dans sa main ; Ah ! que ne vous conseille-t-on plutôt de brûler vos bois sacrés, de renverser vos autels et sur leur dernière pierre d'égorger le dernier de vos prêtres, car tant qu'un seul d'entre eux restera vivant, il s'opposera à ce que la Germanie se couvre d'une telle honte, à ce qu'elle se souille d'un tel crime.

On vous parle de la vengeance de Rome ; inquiétez-vous de la vengeance des Dieux dont Rome est l'instrument pour punir les peuples coupables, jusqu'à ce que leur justice les rende à leur tour l'instrument de son effroyable ruine ; et déjà, entendez-vous frémir les nations que Rome tient dans les fers, elles apprennent votre victoire, elles poussent des cris de délivrance, elles savent que Rome est humiliée, que ses armées ne sont plus invincibles; oui les Dieux patients ont attendu que Rome ait mis le comble à ses forfaits par son audace impie à attaquer le sol sacré de la Germanie, ses saints bois et ses autels; votre vertu, votre respect pour les Dieux vous ont valu la gloire sans égale de voir sa puissance se briser à vos pieds; d'être, entre toutes les nations, la seule restée debout pour abattre son orgueil et venger l'univers de sa cruelle servitude.

Les Dieux qui protègent la Germanie élèvent son nom au-dessus de celui de tous les peuples, toutes les nations l'acclament comme l'espérance du salut du monde.

Germains, ennemis de Rome vous êtes la première, la plus glorieuse des nations de l'univers; son alliée, vous ne seriez plus qu'une nation descendue au second rang, éclipsée, noyée par l'éclat des richesses de Rome et de sa suprématie sur tous les autres peuples; vous perdriez vos droits à être les instruments des Dieux pour la délivrance du monde, et les Dieux dont vous ne mériteriez plus les faveurs donneraient à une autre nation cet honneur et cette gloire incomparable.

Non Germains vous ne pouvez renoncer à cette gloire, vous ne pouvez vous allier avec Rome; ce serait reconnaître ses crimes, vous associer à ses injustices, à ses usurpations, en lui donnant par votre alliance l'appui du nom germain; ce serait vous rendre coupables du joug plus lourd qu'elle imposerait aux opprimés et attirer sur vous leurs cris de désespoir et de malédiction.

On vous a dit les forces de Rome sont immenses, qui peut leur résister?

Ils manquent de patriotisme ceux qui tiennent ce langage, car il humilie le nom germain.

Sans doute Rome est puissante, car autrement où serait

pour nous la gloire de la lutte; mais en quoi les forces de la Germanie le cèdent-elles à celles de Rome?

Votre bravoure égale celle du Romain, mais il n'a ni votre taille, ni votre force; vous êtes aussi infatigable que lui, mais il ne peut comme vous rester sans abri; votre corps plus robuste supporte sans danger les privations et les intempéries qui pour lui seraient mortelles.

Si vous l'emportez comme individus, vous ne lui êtes pas moins supérieurs comme nation.

Ils vous trompent ceux qui vous soutiennent que Rome peut indéfiniment renouveler ses armées et réparer ses défaites;

Pour elle, la perte d'une bataille équivaut à un désastre, elle peut mettre en péril son existence.

Rome invaincue a bien pu fixer à sa fortune et traîner à sa suite nombre de peuples.

Mais que la renommée publie votre victoire, Rome frappée au cœur dans son prestige ne tardera pas à voir se lever contre elle les nations frémissantes sous son joug et que sa main de fer contient à peine.

Et dussions-nous être seuls à soutenir la lutte, qui osera dire qu'elle est au-dessus des forces de la Germanie.

Nous avons pu anéantir une grande armée Romaine sans les Cimbres, les Teutons qui par deux fois ont suffi à mettre Rome près de sa perte; sans les innombrables Frisiens, Sicambres, Teuctères; sans les Borusses, les Gots et les Vénètes dont les limites sont celles de l'aurore; je n'aperçois ni les Cauques des îles et des lointains rivages, ni les peuples de la grande tribu Chérusque qu'éloignent les ondes troublées du Wéser; vous-mêmes Adères, Tudères, Voncles, Messates, Tudinbes, Clotes, Emaviens arrivés trop tard, qui peut douter que votre choc uni à celui de vos héroïques frères les Cauques, les Cattes n'eût refoulé l'armée romaine comme une paille du chemin devant le souffle de l'orage.

Et puis n'oublions pas que le sort des nations est entre les mains des Dieux.

Si les peuples que Rome courbe sous le joug ne peuvent nous secourir de leurs armes, du moins leurs prières et leurs larmes supplieront les Dieux de se ranger avec nous.

Les prières sont les filles des trônes des Dieux, seules elles peuvent en monter les degrés pour solliciter leur secours.

La sainteté et la justice de notre cause qui est celle de l'humanité outragée, les supplications qui de toute l'étendue de la terre monteront vers leurs trônes toucheront les Dieux en notre faveur, et forts de leur appui, chaque signal de combat sera pour nous la certitude d'une nouvelle victoire et pour Rome l'annonce de plus en plus prochaine de sa ruine.

Germains, conservez toute votre confiance à vos prêtres, elle a fait l'honneur et la force de vos pères ; par elle, vous resterez comme eux invincibles et vertueux.

Il dit, et d'un geste plein de noblesse et d'autorité dissout l'assemblée.

Elle se disperse autour du bois sacré où l'appelle la volonté des Dieux, car avec les ombres de la nuit est arrivée l'heure redoutable des sacrifices.

Déjà les profondeurs de la forêt s'éclairent, les lumières augmentent d'instant en instant en nombre, une fumée épaisse et odorante couvre jusqu'aux grands arbres, ses masses fuyantes à travers l'épaisseur des bois ne permettent que par intervalles aux yeux du peuple de suivre les rites sacrés.

Une voix d'une grande puissance s'élève :

Gloire à toi Odin, tu es le plus grand, le plus puissant des Dieux, le fer de ta lance couvre la germanie, ton bou-

clier voile les cieux ; Dieu invincible, qui osera se comparer
et échanger avec toi un regard provocateur.

Tu as vaincu Mursée le mauvais génie de la Germanie,
en vain il appela à son aide les monstres des régions de la
nuit, en vain il en anima les noirs nuages et les changea en
combattants d'un aspect horrible, d'une grandeur et d'une
force démesurées, ils ne purent résister à tes coups, leur
sang inonda la Germanie ; son sol glacé qu'hérissaient des
joncs épars réchauffé par ce bain de sang et remué par ton
bras victorieux se couvrit bientôt de grands bois et de
riches moissons.

Grand Odin, sois-nous propice, c'est par toi que la Germanie existe, c'est par tes louanges que toujours elle
commencera ses chants.

Treize énormes pierres isolées placées en forme d'angle
sont autant d'autels, en face de chaque autel est le sacrificateur ; derrière lui sont ses sept aides ; l'autel du sommet
d'une masse plus grande est celui du grand sacrificateur ;
le côté ouvert du triangle est fermé par des siéges de marbre sur lesquels sont assis le grand prêtre et les six prêtres
membres du tribunal sacré.

A distance sont dix-huit pierres creuses où brûlent
d'immenses feux de résine ;

Elles sont disposées circulairement, mais les deux placées aux côtés de l'autel principal sont plus vastes, leurs
flammes plus grandes, l'intervalle qui les sépare forme
l'entrée du cercle dont toute la surface est couverte de
sable fin.

Un fossé étroit est creusé sur le front des autels et cor-
respond à un bassin profond placé dans l'espace triangu-
laire formé par les autels et les siéges des juges.

L'invocation au Dieu Odin est terminée, le grand pontife
les précédant ils s'avancent sur une seule ligne, leurs
pieds marquent dans le sable le sentier sacré, la marche

est silencieuse, lente et solennelle ; le pontife retrace par des gestes imposants imités par les prêtres qui le suivent les migrations, les combats et les travaux d'Odin.

C'est ainsi que Saturne préside aux rites qu'il a établis en son honneur ; c'est ainsi que sous le nom d'Odin il reçoit les prières des Germains, sous celui de Teutatès il recevra leurs sacrifices.

Pendant cette marche symbolique, les gardes sacrés frappent d'énormes massues de bois les grands chênes ; ces géants de la forêt rendent sous les coups qu'ils reçoivent un son sourd, caverneux qui mêlé aux bruissements des branches compose une harmonie mystérieuse, étrange, semblable à une grande plainte, à des gémissements prolongés, qui frappe d'une crainte indicible, respectueuse, l'esprit des Germains.

Les juges reprennent en silence leur place en face de l'autel, le visage tourné vers le grand sacrificateur auquel les aides présentent deux bœufs accablés d'années, une gerbe de blés est attachée sur leur front.

Il s'écrie :

Teutatès sois-nous propice, agrée les prémices de nos sacrifices, ils plaisent à ton cœur ; ce sont deux bœufs dont les jeunes années ont été vouées à ta gloire ; privés des plaisirs de l'amour, leur large et puissant front ne lutta jamais pour la possession d'une blanche génisse ; mais robustes sous le joug, ils ont déchiré la terre de nombreux et profonds sillons ; leurs cornes usées par le joug t'apportent le fruit de leurs travaux, un grain pesant source féconde de la force des hommes ; daigne, Dieu puissant, jeter sur ces dons un regard favorable, reçois-les comme les prémices de ceux que nous devons t'offrir ; nous couvrirons ton sentier sacré des présents qu'entre tous tu préfères ; Dieu redoutable, jamais tes pieds n'auront foulé de si nombreuses et si illustres dépouilles, Dieu terrible, tes pieds comme la terre de Germanie se plongeront dans un bain de sang.

Il dit, place une gerbe sur l'autel, répand sur elle la flamme du trépied sacré, dépouille les bœufs des longs crins qui ombragent leur front et leurs yeux et pendant qu'ils pétillent sous l'action de la flamme qui les dévore, il plonge le couteau sacrificateur dans le cœur des nobles victimes ; leur grand corps éprouve par le froid du fer un cruel frémissement, leurs yeux étonnés se voilent, ils semblent par un mouvement convulsif retenir le fer homicide et avec lui un instant de vie, mais le fer retiré, ils s'étirent et tombent.

Les aides recueillent le sang dans des urnes, ils dépouillent les victimes et étendent leurs peaux devant le front de l'autel, elles deviennent le chemin de la mort des prisonniers.

Les restes des victimes sont enlevés, le sacrificateur a ravivé le feu sacré près de s'éteindre ; il a jeté la moitié de la seconde gerbe, les chevelures des morts lui sont présentées sur des boucliers, il les dépose à pleines mains sur la flamme et chante :

Les héros tombés en combattant pour la patrie sont aux côtés d'Odin, sa main leur distribue des couronnes, couverts de nobles armures, ils jouissent d'une éternelle jeunesse ; les blessures par où s'est échappée leur vie sont plus brillantes que l'étoile du soir, et pendant que le Dieu continue ses combats et ses triomphes sur le Dieu Mursée, les héros s'élancent à sa suite et renouvellent leurs luttes contre les ennemis de la patrie ; devant chaque héros se lève un affreux géant, intrépide il engage le fer, à qui appartiendra la victoire ? mais l'aspect de la blessure du héros offusque ses yeux, il s'en détourne, le héros au contraire la découvre avec orgueil et s'efforce de l'exposer à ses regards ; la vue du géant se trouble, il pâlit, il recule ;

le héros le presse et s'attache à ses pas, il le poursuit ivre
de joie jusqu'à ce que la fatigue le plonge dans un sommeil
réparateur qui efface le souvenir de sa victoire de la veille
et lui prépare pour le lendemain une nouvelle victoire, une
nouvelle ivresse du triomphe.

Acceptez, héros, ces présents de la patrie, elle ne possède rien de plus précieux, ce sont vos propres dépouilles.

Pour la seconde fois le sacrificateur a ranimé le feu en
y jetant le reste de la seconde gerbe ;

Un cheval dans sa première jeunesse et éclatant de
blancheur est devant l'autel, le grand sacrificateur coupe
son ondoyante crinière et la jette sur la flamme, il chante :

Non rien n'égale la gloire des héros morts en tombant
sur leurs boucliers ; mais le sort des guerriers blessés, des
hommes vertueux observateurs fidèles des lois saintes
d'Odin est aussi digne d'envie.

Quelle foule de beaux chasseurs se réveille aux cris des
meutes ; leurs coursiers ardents frappent du pied la terre,
ils frémissent impatients de s'élancer dans l'espace ; des
cerfs d'une taille colossale, des sangliers monstrueux, des
ours énormes fuient dans la plaine ; chaque chasseur
s'élance sur son coursier et s'attache à la poursuite d'un de
ces monstres ; quelle chasse émouvante ! il presse son fougueux coursier, vallons, collines, précipices, tout est franchi ; le monstre épuisé, acculé à des rochers à pic, se
retourne, sa fureur ! ses yeux injectés de sang ! il est
horrible, il charge le chasseur avec furie, son beau coursier frappé par le pied ou la dent meurtrière du monstre
s'affaisse en poussant un effroyable et plaintif hennissement ; le chasseur loin de tout secours semble irrémédia-
blement perdu ; mais il a pu se dresser debout, sa forte
main a lancé le javelot, le coup a frappé le monstre avec
tant de force, il a atteint les sources de la vie avec tant de

bonheur, que la bête tombe et avec des flots de sang exhale sa colère et sa vie.

Le héros est baigné de son sang, il se trouve comme plongé dans une atmosphère de senteurs divines ; ses esprits et tous ses sens en reçoivent une si délicieuse sensation, un bien-être si puissant, un apaisement si agréable qu'il tombe plongé dans un assoupissement profond qui efface de son esprit tout souvenir de sa chasse ; et avec l'aurore, de nouveaux cris de meutes l'éveilleront pour retrouver près de lui son ardent coursier impatient de le recevoir sur son dos et de lui procurer les ineffables émotions de poursuites, de dangers et de triomphe de la veille.

Le coursier ne tombera pas sous le fer du sacrifice, il ne sera pas consumé par le feu de l'autel ; il est le compagnon du guerrier dans les combats, son soutien dans les travaux de la paix ; comme lui il périt frappé par le glaive ou termine ses jours victime des accidents ou accablé par la vieillesse.

Odin le chérit et l'aime dans ses forêts sacrées ;

Et le sacrificateur le frappant du bord de sa robe lui rend la liberté.

Cependant, des gardes se rendent aux limites de la forêt, quelques prisonniers leur sont remis, ils les conduisent dans l'enceinte du sacrifice et les placent en nombre égal aux autels sur les peaux des bœufs.

L'urne pleine de sang est sur l'autel, le sacrificateur l'agite avec une branche de houx, il prononce :

Les victimes dont les prémices ont été vouées à Teutatès sont encore dignes de toi, Germanie ;

Elles suffisent à tes vengeances.

La flamme mugissante est moins redoutable à l'épi que ta colère à tes ennemis.

A ces mots, il amasse sur le foyer les pailles écartées sur les bords de l'autel, puis il continue :

Ils t'ont abordée non en suppliants, mais armés et en foulant avec mépris ton sol sacré.

Leur nombre était immense; presque innombrables sont ceux tombés sous le glaive de tes vaillants fils, c'étaient les moins coupables.

Mais la mort respecte les volontés de Teutatès, Teutatès aime que ses autels ruissellent de sang, il aime à marcher dans son sentier sacré sur de nobles et sanglantes dépouilles; et la mort pour satisfaire Teutatès a suspendu son impatience, elle attend ses proies après que Teutatès aura assouvi sur elles sa jouissance de leurs souffrances et de leur humiliation, en ne les rendant à la mort qu'avilis, dégradés de leur qualité d'homme et comme mourant d'une double mort.

Qu'ainsi périssent tous tes ennemis.

Que les cent voix de la Renommée publient tes vengeances, que tous les peuples soient saisis de crainte de s'y exposer, et n'abordent qu'en tremblant ton sol sacré.

Fleuves, soyez les remparts de la patrie; à l'approche de l'ennemi soulevez vos eaux profondes, poussez les vagues sur vagues; que le bruit et le terrifiant aspect de leurs tourbillons ôtent tout espoir de les surmonter.

Vénérables forêts, que la vue de vos profondeurs remplisse leur âme de crainte, que vos bruits lointains, le froissement de vos feuilles mortes paraissent à leurs yeux fascinés l'approche redoutable de spectres effrayants.

Que ton sol sacré, patrie, s'amollisse sous leurs pieds, que chacun de leurs pas en y pénétrant plus profondément rende inutile leur courage et détruise leur force.

Que la poussière de tes chemins se soulève en essaims de moucherons irrités, que leur bouche et les naseaux de leurs coursiers les respirent, que leurs yeux en soient voilés, que la douleur trouble leur esprit et devenus furieux, qu'ils engagent entre eux le combat.

Que tous les survivants deviennent le festin des vengeances de Teutatès et que les souffrances de leur mort
soient un objet d'épouvante pour la mort même.

Il dit et macule de sang le visage des victimes en les
frappant de sa branche de houx.

Les aides s'en emparent et les portent sur les autels.

Les prisonniers sont ainsi remis par groupes aux gardes
sacrés et livrés aux prêtres pour subir une mort affreuse.

Les Romains marchent au supplice avec courage, leur
maintien est fier et digne, la pâleur qui couvre leur visage
trahit non la crainte, mais les douleurs de leurs blessures
non pansées.

Vaincus et enchaînés leur air noble et intrépide décèle
en eux les vainqueurs et les maîtres du monde.

Les Germains admirent leur fermeté, et leur cœur vaillant se sent ému de leur sort affreux ; leur âme éprouve un
sentiment de pitié qu'étouffe avec peine la pensée de la
patrie qui se déclare outragée par toute compassion envers
ses victimes.

Mais combien de femmes compriment leurs sanglots et
cachent leurs larmes dans l'ombre en voyant ces beaux et
nobles guerriers qui marchent à la mort et qu'attendront
en vain leurs épouses, leurs sœurs, leurs mères ; en pensant à l'horrible douleur qu'elles éprouveront à la nouvelle
de leur cruelle et épouvantable agonie, elles maudissent
dans leur cœur les lois de sang de la patrie ; combien pour
sauver ces nobles victimes consentiraient elles-mêmes à
périr ; car le courage joint à la beauté, à la renommée des
Romains excite dans le cœur de beaucoup d'entre elles un
sentiment plus puissant que la pitié, presque un désir
d'amour. Leurs yeux enflammés les suivent à travers les
clairières du bois sacré, sur ce chemin dont les pas ne
marquent plus de retour ; les lumières de la forêt leur semblent grandir et comme des fantômes les attirer à elles ;

mais bientôt un cri affreux d'un infini désespoir retentit ; c'est le cri qu'arrache aux nouvelles victimes la vue de l'horrible mutilation et des atroces douleurs dans lesquelles expirent leurs compagnons et dont la honte les attend à leur tour.

La dernière victime a expiré, un bouc noir est conduit au grand sacrificateur. il répand sur lui le reste du sang de l'urne, fixe à ses cornes la branche de houx et le conduit au grand prêtre qui étendant sur lui les mains le maudit et le charge des péchés du peuple; pendant ce temps, les prêtres découpent en lanières la peau des bœufs et les donnent aux aides qui en frappent le bouc et le chassent du bois sacré pour le remettre au peuple qui à son tour le poursuivra dans les montagnes et s'abstiendra de toute nourriture jusqu'à ce qu'il l'ait vu dévoré par les loups.

Cependant le grand prêtre s'est levé et suivi des prêtres s'avance dans le sentier sacré, leurs larges pieds nus foulent les nobles et affreux lambeaux humains qui le couvrent, dernier et suprême affront fait aux victimes.

Le grand sacrificateur est revenu près de l'autel dont le feu s'est éteint, il prononce d'une voix basse et comme avec hâte :

La vallée de perdition est un lieu horrible, une eau noire et infecte suinte de toute part, elle pousse dans l'abîme de lentes vagues de vase puante où surnagent des troncs pourris repaires de reptiles affreux; les flancs de l'abîme sont profondément creusés, un jour terne y pénètre à peine à travers les arbustes sans écorce, presque déracinés et pendants à la bouche du gouffre; c'est là que les lâches, les infidèles observateurs des lois sont plongés jusqu'au dessus des épaules, sans cesse ils enfoncent dans cette boue immonde et cherchent par des efforts désespérés à en sortir leur bouche; leurs cheveux sont hérissés, leurs yeux hagards voient avec épouvante des serpents allonger de la

7

voûte leurs têtes hideuses pour couvrir de morsures leurs
bras nus et leur visage ; ils ne peuvent mourir et leurs
angoisses mille fois plus horribles que la mort sont la nourriture de leur vie, elles effacent celles passées et se présentent toujours nouvelles et entières.

Ils ont été délaissés et maudits par les Dieux, qu'ils restent à jamais dans leur malheur.

A ces dernières paroles, le sacrificateur jette aux quatre
vents les cendres refroidies de l'autel.

Les aides se hâtent de puiser dans des urnes le sang dont
regorge la piscine et courent le répandre sur les lumières ;
bientôt une fumée âcre et épaisse remplit l'enceinte et en
chasse les bourreaux.

Pardonnez, Muses, si j'ai emprunté votre langage divin
pour retracer des horreurs dont la nature frémit ; mais qui
peut résister à la force de la Vérité? elle a été la première,
elle sera la dernière survivante des Divinités ; vous-mêmes,
Muses, ne vous a-t-elle pas obligées naguère à la célébrer
dans vos chants au banquet des Dieux, au risque de les
irriter tous contre vous et de vous voir accablées de coups
par la grande Junon. Si, malgré votre essence divine, malgré votre voix infatigable, la puissance de la vérité est
ainsi pour vous irrésistible, comment pourrais-je ne pas
lui céder, moi chétif mortel dont le cri gémit dans la main
de la mort impatiente de l'étouffer.

DÉCLAM VI.

La dernière étoile disparaît dans les clartés du jour et les Germains entourent encore la forêt sacrée, un grand acte leur reste à accomplir.

Pour éterniser les vertus de Tylde, en récompense de son dévouement, de son abnégation de lui-même pour obéir à la voix de la religion, les prêtres ont décidé qu'un honneur insigne serait rendu à sa dépouille, que par un privilège sans exemple, elle serait reçue dans l'enceinte sacrée du conseil, en face du siége vénéré du chef des prêtres et que la pierre qui couvrirait ce tombeau deviendrait le siége du prince des Germains, la place de gloire et le signe d'investiture à cette haute et redoutée dignité ; et pour rendre sa gloire près d'Odin aussi éclatante que parmi les mortels, les prêtres ont voulu que le général romain Varus illustre entre tous les hommes par son rang et l'éclat de la naissance ne serait pas soumis au sort horrible des victimes de Teutatès, mais frappé par le glaive sur le tombeau de Tylde et couvert avec ses armes par la pierre du tombeau comme témoins immortels et glorieux de sa sujétion au chef Germain.

Les chefs Cauques pleurent autour du grand Frame, ils chantent ses louanges, mais ne peuvent se consoler de sa perte ; ils s'écrient en frappant leurs boucliers du fer de la lance : il n'est plus celui qui nous conduisait à la victoire, Odin l'a appelé près de lui pour être l'étoile de son trône, la solide poignée de son glaive, mais la patrie le pleure, elle a perdu en lui sa force et sa sagesse.

Terpsichore, élève ta voix plaintive, Muses, ses sœurs, demeurez en silence, détends les cordes de ton luth, qu'il ne donne que des sons sans harmonie, étouffés, pour rendre les émotions de l'âme d'Ethelvige.

Muse des douleurs, sur quel ton assez triste pourras-tu préluder à tes chants, pour qu'il s'accorde avec l'état digne d'une éternelle pitié de la douce et vertueuse princesse.

Amour, tu es le plus cruel des Dieux d'avoir choisi cette belle et chaste enfant pour une de tes plus douloureuses victimes.

Infortuné Varus, tes malheurs et ta fin sont à envier, l'instant de bonheur qui a terminé tes jours mériterait d'être acheté au prix d'une mort mille fois plus cruelle que la tienne.

L'amour avait blessé le cœur de Varus, mais de quel trait saignait celui d'Ethelvige.

La beauté de ce guerrier, son audace, sa noble stupeur devant elle, son armure d'une richesse inouïe avaient causé dans l'âme de la princesse un trouble non moins puissant que celui fait par elle-même sur le Romain par l'éclat de ses yeux.

Varus suivait Ethelvige inconscient de son existence, et Ethelvige, l'âme pleine de son image, cherchait en attachant ses regards sur le corps inanimé de son bien-aimé père un refuge contre son amour, un motif de colère et de haine pour apaiser le feu dévorant qui envahit son cœur, et qu'avec une épouvante mêlée d'un irrésistible charme, elle sent en elle grandir et la posséder sans retour.

Comme dernier secours contre elle-même, elle se réfugie dans l'inconnu de ce Romain, elle veut se le figurer d'un rang obscur, indigne de ses pensées; mais ce secours désespéré s'évanouit devant les chants des principaux chefs Cauques qui mêlent ses louanges à celles de son père.

Ta gloire, Ethelvige, est plus étincelante que celle du

soleil, ta beauté fait pâlir son éclat; l'auréole de tes jours restera un objet d'envie pour tous les héros.

Ton bras, incomparable Ethelvige, a soutenu le choc du plus illustre prince de Rome, ton bouclier brisé est digne d'orner le trône d'Odin;

Le grand Dieu te chérit, il t'a élevée au rang des siens et seule d'entre les femmes il confiera à tes mains une lance pour te joindre à sa suite et t'admettre à la gloire et au bonheur réservés aux seuls guerriers;

Calme tes pleurs, noble Ethelvige, à cause de toi la gloire de ton père ne le cèdera qu'à celle d'Odin;

Odin a pour suite la foule des héros, mais ton père seul dans sa cour aura un suivant d'armes; non point un guerrier obscur, mais le chef d'un grand peuple;

D'un peuple seul sous le soleil égal en puissance et en gloire au peuple Germain.

Ces chants sont comme une huile brûlante versée sur la plaie, elle atteint les sources de la vie, elle ôte au blessé son dernier espoir.

Eperdue, l'infortunée tend vers les restes vénérés de son père ses bras suppliants:

O mon père, suis-je encore digne d'être ta fille, pourras-tu me regarder sans horreur, que dois-tu penser de ton enfant en la voyant aimer celui dont le bras s'est levé sur toi, un ennemi de la patrie.

O mort! pourquoi m'as-tu épargnée; Clartés des cieux, oserai-je porter mes yeux vers vous; quel tourment, quelle expiation pourra racheter la faiblesse de mon cœur, mon crime!

Odin et les héros vont s'avancer à ta rencontre, la vue de ta gloire immense leur paraîtra digne de celle des Dieux, ils croiront ton cœur déborder de joie; ah! mon père, mon noble père, pardonne à ton enfant, tu paraîtras devant eux le visage triste et abattu, l'âme atteinte d'une éternelle et irrémédiable douleur, son dernier regard sur la terre emportera le regret de l'indigne conduite de ta fille.

Cœur faible et lâche, est-ce là le prix des soins et de l'amour du plus aimé des pères, du chef le plus vénéré et le plus glorieux de la patrie.

Aie pitié de ton Ethelvige, elle veut encore être digne de toi, non, ton enfant que tu te plaisais à appeler ta couronne de gloire et la lumière de tes yeux ne veut pas dégénérer de tes vertus; ouvres, père chéri, ouvres ton cœur à toute l'allégresse de ton triomphe, ton Ethelvige triomphera d'elle-même, elle veut rester ta joie.

Mais où le fuir, quel remède est-il à mes maux; mère chérie, que ne puis-je comme toi rentrer dans la nuit, la mort au moins serait mon refuge, mais seule entre les femmes je suis douée d'immortalité, et je devrai ce triste bienfait à celui que la religion et la patrie me défendent d'aimer; où fuir mon amour, hélas! mon malheur est éternel, rien ne peut guérir ma blessure, le temps lui-même peut cesser, mais mon mal me restera.

Où me fuir, père vénéré, le secours même de ton souvenir m'est ravi, ma pensée effrayée ne pourra se souvenir de toi sans y joindre l'image de mon coupable amour, il sera près de toi! ainsi le veulent les Dieux pour m'ôter tout appui contre moi-même et rendre implacable mon malheur.

La source de mes larmes ne sera jamais tarie, elle éteindra mes yeux et le vide de mon cœur sera sans fin.

Mais quelle clarté se fait dans mon esprit, qui que tu sois, Divinité bienfaisante, qui viens à mon aide, sois bénie; je suivrai ta voix : oui, pourquoi ne serais-je pas moi-même cet écuyer promis au grand Frame par Odin.

O mon père, puisque en te perdant j'ai perdu ma lumière et que sans toi je ne puis me conduire dans le sentier de la vertu; puisque ta sagesse et ta présence vénérée seules peuvent me défendre contre lui ; ah ! permets que je sois moi-même le compagnon de tes pas, que je ne me sépare plus de toi.

Je le sais, je n'ai pas l'éclat du haut rang et de la dignité illustre du chef romain, mais je te serai plus dévouée et l'on dit que je suis incomparablement belle ; je ne le sais pas moi-même, je ne me suis comparée à aucune femme ; il me suffisait d'être la gloire de tes yeux ; mais ma beauté sera ton œuvre, ta couronne ; sur ma poitrine brillera le cercle d'argent où ta main a gravé l'image chérie de ma mère si agréable à ton cœur ; tout informe qu'elle est, elle rappelle ses traits ; que manquera-t-il à ton bonheur en possédant la vue et le souvenir de ceux que tu as le plus aimé, et dont tu étais le seul amour.

Elle dit et sort d'un coffret de chêne ciselé sa seule parure, la chaîne d'argent précieux don de sa mère ; suspendu à son cou, le métal brillant semble perdre tout son éclat, il paraît terne devant l'éblouissante blancheur de son teint.

Déjà, les chefs germains s'apprêtent à porter dans son glorieux tombeau le corps de Tylde.

Ethelvige se lève, elle suspend en secret à son côté deux courts glaives à la riche poignée, elle met à ses pieds des sandales que fixent une légère courroie et les yeux gonflés de pleurs, elle se mêle à la troupe des chefs appuyée sur le bras du plus illustre et du plus vénéré d'entre eux après son père.

Elle entre dans cette enceinte sacrée qui ne fut jamais foulée par un pied de femme, les prêtres eux-mêmes cédant au charme de sa beauté et à l'admiration due à son noble courage l'introduisent avec respect.

Bientôt une fosse est creusée, les chefs y descendent la dépouille mortelle de Tylde et comblent la fosse ; des gardes sacrés apportent une large pierre grossièrement polie, d'autres amènent Varus.

D'un mouvement aussi rapide que le permet sa blessure, Ethelvige a jeté ses sandales et quittant le bras du vieux chef s'est placée sur la tombe, ses mains armées des deux glaives en percent ses pieds et les fixent au sol.

Prêtres et chefs germains, dit-elle, la fille de Frame seule doit être son écuyer, c'est la volonté d'Odin ; c'est pour cette fin que seule d'entre les femmes il m'a élevée au rang de guerrier, qu'il m'a aimée et jugée digne d'être de sa suite ; et toi, étranger, mon sacrifice te rend la liberté, va et publie les vertus et la gloire des Germains.

Varus quoique enchaîné se dégage par un effort puissant des mains des gardes, un sourire mêlé de joie et de douleur est empreint sur son noble visage, il s'élance vers la tombe et se laisse choir de tout le poids de son corps sur les pieds d'Ethelvige, les poignées des glaives lui entrent profondément dans la poitrine, son sang coule à flots.

Ethelvige sent ses pieds s'inonder du sang tiède de Varus, elle le contemple, ses yeux pleins de pleurs s'illuminent, elle se penche et enfonçant sa main dans la soyeuse et abondante chevelure du guerrier, elle lui relève la tête.

Leurs regards se rencontrent et leur âme confondue dans une indicible ivresse sort de leurs lèvres et monte aux cieux.

L'imprévu, la rapidité de ce qui vient de s'accomplir ont profondément ému les chefs germains ; cette fin d'Ethelvige, cette scène d'amour arrachent à ces cœurs farouches de profonds soupirs, leurs yeux habitués à des spectacles de sang se voilent malgré eux de pleurs, et pour la première fois ils maudissent dans leurs cœurs leur habitude de verser le sang, la loi de sang qui pèse sur eux leur paraît odieuse.

Les prêtres en paraissent atterrés, ce qu'ils ont cru faire pour raffermir leur autorité se tourne contre elle, doivent-ils y voir un avertissement du Destin sur la chute prochaine de leur règne ? Tout impossible qu'un tel événement paraisse, leur âme s'y arrête malgré elle et en est troublée.

Cependant le temps assigné par Saturne pour recevoir son message est près d'expirer et Iris se rend près du redoutable Dieu.

Suivant son ordre et l'assentiment de Jupiter, la messagère divine a employé le délai fixé à s'instruire des mœurs et coutumes des Germains, des rites religieux et du gouvernement établis par Saturne.

Les Germains sont divisés en trois classes ; les prêtres, le peuple, les célibataires.

Les prêtres forment la classe privilégiée, une vaste étendue de terrains renfermés dans la forêt sacrée pourvoit abondamment à leur entretien, elle est cultivée par les sacrificateurs, leurs aides et les gardes, ceux-ci sous la direction des premiers ; seuls les prêtres du conseil ne prennent point part à ces travaux dont ils sont dispensés par leur grand âge, plutôt que par leur suprême dignité.

Les jeunes gens des deux sexes sont libres de contracter des affections mutuelles mais une seule ; cette liaison consentie, toute infidélité est considérée comme une infraction aux bonnes mœurs et punie d'atroces supplices ; rien n'est pardonné à la fougue des premières passions, à l'inexpérience de l'âge.

Un simple mensonge est puni comme un crime.

Sans égard aux caractères, aux tempéraments ; la crainte, un signe de peur sont notés d'infamie ; le guerrier dans le combat doit périr ou conserver son rang, une mort affreuse attend le timide ou le lâche capable de l'abandonner.

Les heures de travail et de repos sont soumises à des règles, la culture des terres elle-même est règlementée et chaque année les prêtres ou leurs délégués indiquent pour chaque terrain son genre de labour et quelles semences doivent lui être confiées.

Le travail est réparti suivant la force, l'âge et l'intelligence de chacun, et nul ne peut sortir du genre d'occupation que les prêtres ou les chefs du peuple lui ont assigné.

Tout Germain arrivé à l'âge de puberté reçoit comme fiancée de la main de ses parents la jeune fille qu'enfant il s'est choisie; mais il ne peut devenir époux qu'après s'en être rendu digne; en outre, il reçoit de la patrie soit des prêtres une part de terrain à cultiver, ou est commis à la garde des troupeaux dont la propriété appartient à l'Etat qui en confie un certain nombre à un nombre déterminé de familles pour la culture des terres et les besoins domestiques.

Rien n'est en commun, et cependant personne ne peut disposer d'aucune chose, même de son superflu, sans le consentement des chefs du peuple.

Il n'existe pas de commerce intérieur, mais on procède à l'échange des produits naturels de famille à famille, ou de canton à canton, suivant que la nature des cultures, leur diversité et leur réussite le recommandent et sont jugés utiles par les chefs du peuple.

L'industrie se borne à la fabrication des ustensiles de ménage, des instruments d'agriculture, des engins de pêche et d'armes grossièrement façonnées mais dont la masse énorme devient dans leurs robustes mains excessivement redoutable.

Les rapports commerciaux avec les autres nations sont exclusivement dans les mains des prêtres et se limitent à l'échange de fourrures contre des armes gauloises ornementées dont ils gratifient les chefs comme signes honorifiques de leurs dignités.

Comment avec si peu de besoins et de liens internationaux avait pu se constituer la grande Confédération ger-

manique? Elle eut été impossible pour tout fondateur
humain, car il fallait à ce fondateur la disposition des
siècles; d'abord, Saturne forma à ses lois les Thonons,
peuple entre tous honnête et vaillant; puis il employa des
milliers d'années à leur acquérir, à leur assimiler nombre
de peuples moins glorieux.

A ceux qui demandent pourquoi Saturne ne donna pas le
nom de Thonon à son empire, réponds-leur, Muse, que ce
Dieu épousa Germa fille de Dantand; que mon ancêtre
n'eût pas lieu de s'applaudir de cette alliance qui le préci-
pita du trône, mais nos droits y restent entiers; que ce fut
en souvenir de son épouse mortelle mais chérie que Saturne
appela Germanie l'Etat qu'il fondait; que ce fut par douleur
de sa perte qu'il établit le bois sacré où aucune femme
n'était admise.

A d'autres qui voudront en outre s'enquérir pourquoi les
Thonons et leurs voisins ont quitté le sol de la Germanie,
qu'il te suffise, Muse, de leur répondre que le soleil produit
l'un après l'autre les jours qui forment l'année, et s'ils ne
comprennent point et insistent encore, lapide-les.

Les mariages chez les Germains ne peuvent avoir lieu
que jusqu'à trente ans; les lois n'ont pas prévu la célébration des secondes noces elles sont en conséquence impos-
sibles.

Tout Germain est artisan, il doit lui-même construire sa
maison, fabriquer ses instruments d'agriculture, ce n'est
qu'après ces travaux qu'il est jugé digne d'être époux; mais
il reçoit de la patrie ses armes, elles deviennent comme
une partie de lui-même et sont ensevelies avec lui.

La dot de l'épouse consiste en filets de pêche, en vêtements faits de ses mains et dont elle a elle-même filé la
laine et tissu le drap, la chaussure seule reste aux soins de
l'époux; elle seule doit avoir préparé les mets des trois
festins qui accompagnent les fiançailles.

Nul n'est exempt de ces conditions d'aptitude au mariage et leur rigoureux accomplissement est sous la surveillance directe des prêtres.

Avec le titre d'époux le Germain acquiert le titre de guerrier, le droit aux plaisirs de la chasse et de la pêche ; mais seule la naissance des enfants lui ouvre l'accès aux dignités de l'Etat.

Le Germain qui arrive à l'âge de trente ans sans avoir contracté de mariage devient la propriété de la patrie ou des prêtres qui disposent de lui, soit en l'attachant comme serviteur à quelque chef du peuple, soit en l'employant au travail des mines, au desséchement des marais et à tous travaux insalubres ou humiliants ; il perd surtout ses droits au titre de guerrier, et son âme comme celle des femmes privée d'immortalité va après sa mort s'ajouter aux nuées dont Teutatès forme et épaissit les portes du jour.

Dans ce moment de ses observations, Iris arrivait chez les Suones, tribu où n'étaient point encore parvenus les signaux d'alarme, elle vit une grande foule suivre un prêtre ;

Le pontife tient dans ses mains un verrou et une crémaillère qu'il élève de temps à autre vers les cieux, et chaque fois la foule se prosterne ; pour la septième fois il s'arrête et d'une voix forte s'écrie : Gavet ! A cette parole sacrée, le chef du peuple s'avance, il mesure dès les pieds du prêtre neuf fois la longueur de son javelot, cette longueur devient le rayon du cercle qu'il trace et autour duquel la foule se range et va assister à la dernière épreuve exigée par la loi avant de consacrer l'union de deux époux.

La demeure élevée par l'époux attend ses habitants, sa porte est ouverte, elle ne doit se fermer que par le verrou béni par le prêtre ; son foyer est encore vierge de fumée, le bois qui doit produire sa première flamme et qu'ont déposé dans l'âtre des mains amies attend l'étincelle que fera jaillir sur lui le prêtre, si les Dieux agréent qu'il se fonde une nouvelle famille.

A l'extrémité de la ligne tracée par le javelot s'est placée la fiancée qu'entourent et rassurent ses compagnes; le jeune époux est agenouillé aux pieds de ses parents qu'il prie de le bénir, ils étendent sur lui leurs mains vénérables et le consolent; pendant ce temps le prêtre, le visage tourné vers le nord, tient suspendus derrière lui aux bandelettes sacrées le verrou et la crémaillère, il prie Odin de faire luire sur cette nouvelle famille un rayon du fer de sa lance et que son éclat ne permette point aux mauvais génies de porter jusqu'à elle leurs regards.

Son invocation achevée, le prêtre pour la seconde fois s'écrie: Gavet! Le jeune homme s'est levé et s'avançant seul dans l'enceinte reçoit du prêtre la crémaillère qu'il va confier aux bras tendus de sa fiancée, lui-même retourné près du prêtre en reçoit une hache, il la saisit par l'extrémité du manche, la soulève horizontalement et la présente au pontife qui dépose sur son fer le verrou; chargé de ce poids énorme il s'avance à pas lents vers sa fiancée qui, les bras raidis, suit, le cœur plein d'angoisses, chacun de ses pas; enfin l'époux a parcouru le court mais redoutable sentier, sa main ferme et robuste a introduit le verrou dans un chaînon de la crémaillère; quelle joie illumine le visage de la fiancée, quel soupir de satisfaction s'échappe de toutes les poitrines de cette foule; pour la troisième fois le prêtre a prononcé la formule sacrée; les adolescents s'avancent et les mains réunies dans les siennes jurent de s'aimer et d'observer les lois; le pontife au nom des Dieux reçoit leurs serments, il les embrasse et les serrant contre son sein joint leurs têtes qui se donnent le baiser d'époux; mais le chef du peuple abaisse sa lance sur le front du jeune guerrier, la main du prêtre l'y presse et le marque du signe d'Odin.

A la vue du sang qui jaillit, la foule répète avec respect
le nom mystique prononcé trois fois par le pontife, elle
remercie Odin d'avoir donné à la patrie un guerrier de
plus; bientôt elle s'éloigne de l'enceinte accompagnant de
ses cris de joie les parents et les amis de l'époux qui marchent avec hâte les premiers suspendre au foyer la crémaillère, les seconds fixer à la porte son verrou.

Le prêtre tenant par la main les époux les introduira
dans la demeure, il allumera son foyer et consacrera aux
Dieux les prémices de ses festins en répandant sur la
flamme l'hydromel et le froment.

De même qu'avec le guerrier périssent ses armes, de
même avec la mort des époux périra leur demeure; son lit
nuptial, ses ameublements œuvres de la main de l'époux,
les vêtements faits par l'épouse seront la proie des flammes;
ses murs seront renversés, leurs débris dispersés; et sur
son sol balayé par les vents s'élèvera une nouvelle demeure
abri de nouveaux époux qui, à son tour, disparaîtra ne laissant pas plus de trace sur la terre que la tente dressée par
le voyageur pour une nuit; ainsi le veut Teutatès, c'est le
sacrifice dû par les passagères générations à son immuable immortalité.

L'épreuve de la hache est l'œuvre redoutable, l'œuvre
capitale de la vie du Germain; aucun n'est assuré d'en
sortir vainqueur; l'on dit, et qui oserait en cela douter que
c'est l'œuvre des Dieux? que l'indocile et surtout le fron-
deur trouve infailliblement à l'extrémité de son bras une
hache trop lourde à sa force; est-ce au manche, est-ce au
fer même que les Dieux ajoutent le surpoids? les prêtres
seuls le savent, car eux seuls et leurs aides peuvent manier
ces instruments sacrés; mais toujours les Dieux ont étouffé
dans son germe la race de ces pervers, toujours ils ont
puni en empêchant la porte de leur maison de se clore,
leur foyer de s'allumer, leur apathie à suivre les coutumes

et les rites, leur inclination, leur coupable curiosité à en
approfondir les mystères.

Le Germain qui a succombé à une première épreuve
peut cependant la renouveler après un temps et l'observation de pratiques déterminées par les prêtres ; les unes
bénignes comme une plus fidèle observation des rites,
d'autres cruelles comme des jeunes rigoureux, des inci-
sions profondes sur certaines parties du corps ; heureux
encore le patient à qui il est permis de se les opérer lui-
même ou par une main amie, car celles que fait le prêtre
laissent peu d'espoir de salut ; et cependant à quoi ne se
résout pas le Germain pour échapper à la dégradation à
laquelle l'interdiction du mariage le condamne.

Iris crut voir de plus, ses yeux se refusèrent à le mieux
observer, que les nouveaux nés difformes ou privés de
beauté sont livrés aux prêtres qui les retournent à Teutatès
pour pourvoir leur âme d'un autre corps.

Tels sont les faits qu'a signalés la déesse Iris et dont elle
entretient son esprit en abordant le bois sacré, devant elle
est la demeure inviolable de Saturne : cette demeure était
simple mais spacieuse, sa structure d'une grande solidité
ne présentait à l'extérieur de remarquable que ses portes
sur lesquelles étaient sculptés les attributs des Dieux et les
symboles de leurs lois.

Quel en était l'intérieur, quel ameublement extraordi-
naire allait-il offrir à ses regards curieux, la messagère
divine se le demande ? mais introduite, ce qu'elle vit l'em-
pêcha d'abord de voir le Dieu, cet intérieur n'avait d'autre
ameublement qu'une exquise propreté ; ses murs blanchis
et entièrement nus n'offraient aucune espèce de meubles,
pas même un siége, pas même un lit ; seules les dalles usées
témoignaient de la route immense faite par Saturne dans
son enceinte ; il ne se couchait donc jamais ; jamais, même
pour méditer il ne suspendait sa marche ; cette pensée de

la Déesse lui fit instinctivement envisager ce vieillard qui
ne connaissait ni le repos ni le sommeil, elle eut préféré
s'en abstenir; quelques durs et sévères que ses traits lui
eussent auparavant semblés, les événements qui venaient
de s'accomplir avaient répandu dans son regard et sur son
visage un tel caractère d'aigreur qu'elle en demeura comme
suffoquée; mais bientôt reprenant ses esprits, sans attendre la demande du Dieu, elle prononce ces paroles : grand
Dieu, j'ai visité ton peuple, mais pardonne à mon cœur de
femme, je n'ai pu supporter la vue de ses vertus, elles
m'épouvantent autant qu'elles m'étonnent; j'ai cherché, et
je n'ai pas trouvé un seul des tiens vouer ses jours à pleurer
une fiancée : Saturne sourit, sans doute c'était son premier
sourire, car il s'y prit si mal et le fit si affreux que sa vue
et celle de l'horrible tache que le sang de ses enfants a
laissée sur sa barbe, faillirent arracher à la Déesse un cri
d'horreur, elle le réprima cependant et se hâta d'exprimer
son message.

Iris, répondit Saturne :

Annonce aux Dieux qu'ils perdent l'espoir de voir Saturne
reprendre sa place dans l'Olympe, tant qu'il n'aura pas été
vengé de Jupiter et des Dieux qui l'en ont chassé, ou qui
ont applaudi à l'injure faite à mon front.

Que m'importe que le Destin menace l'Olympe et en brise
les trônes, à quelle condition plus dure pourra-t-il me
réduire, quel aggravement apportera-t-il à mon infortune?
Du plus puissant des Dieux je suis descendu à l'humble et
triste condition d'un mortel chargé d'années, vivant comme
eux du travail de mes mains, et sauf que je ne puis mourir,
exposé à tous les accidents, à tous les dégoûts de leur misérable vie.

Accablé par le malheur, obligé de chercher en moi-même
une consolation à mon exil, je l'ai trouvée en pratiquant la
sagesse et en l'enseignant aux hommes; mais l'expérience

que j'ai faite sur bien des peuples m'a appris que le cœur
de l'homme, invinciblement porté à se soustraire à tout
joug, ne peut être contenu que par la pesanteur et la solidité même de ce joug qui courbant de force son front et
maintenant sa tête rigide lui ôte, le délivre jusqu'à la
pensée même de le secouer.

C'est ainsi que par des lois dont la sévérité, la dureté
même te confondent, mais dont la sagesse t'échappe, j'ai
plié l'esprit indomptable, farouche des Germains ; que j'en
ai fait un peuple à part, pratiquant par habitude les plus
difficiles vertus, presque incapable de vices, exempt de
toute faiblesse même de celle de la crainte, robuste et
invincible aux plus durs travaux.

Ce peuple est mon œuvre ; ses rudes qualités plaisent à
mon cœur, le jus amer de ses fruits est plus doux à mes
lèvres que le nectar dont elles s'abreuveraient dans
l'Olympe en compagnie de Divinités dégradées par leurs
vices et leurs faiblesses ; d'un Dieu impudent comme
Momus, d'un protecteur de la fraude et du mensonge
comme Mercure, d'une Vénus infidèle et parjure, d'un
Plutus sourd à tout sentiment généreux, de tant d'autres
Dieux et Déesses qui, par l'habitude du crime, ont détruit
en eux jusqu'à la notion de la vertu, et dont le pouvoir sur
les hommes ne se manifeste que par des attentats aux lois
éternelles de la vérité et de la justice ; vous en êtes un
exemple, vaillant et vertueux Idas, Jupiter n'a point trouvé
que le crime fut assez secondé par la mauvaise foi et la
violence, il met à son service sa foudre pour vous punir
de prendre contre ses fils la défense de votre frère, et
d'avoir voulu être le vengeur des saintes lois de l'hospitalité et de la foi conjugale outragées.

Iris, rapporte fidèlement mes paroles à mon fils Jupiter
et à tous les Dieux, dis leur que je les maudis et que loin
de rien faire pour les préserver du malheur qui les menace,

8

je conjure le Destin de hâter le jour fortuné qui verra la consommation de leur ruine.

C'est avec cette réponse pleine de fiel que s'éloigne Iris, elle dirige son vol vers ces régions de la nuit que leur profondeur soustrait aux rayons directs du soleil, mais que l'auguste Vesta console de la privation des clartés du jour en les baignant de lumières magiques dont l'éclat et les splendeurs variant à l'infini offrent un spectacle dont la richesse et la puissance de décors sont dignes de l'admiration des hommes et des Dieux.

La Messagère divine repasse dans son esprit les paroles de Saturne et ses reproches mérités envers l'Olympe, elle secoue ses ailes comme pour chasser le reste de crainte que lui a fait éprouver le redoutable Dieu ; ses menaces et sa soif de vengeance la font frémir et lui donnent à pressentir avec quelle difficulté les Dieux calmeront sa colère.

Et cependant, ce n'est qu'à ce prix qu'ils peuvent consulter le Destin et chercher dans ses arrêts les moyens de prévenir ou d'atténuer les dangers qu'ils craignent pour leurs trônes.

Le mauvais succès de son message l'afflige, elle délibère si elle remontera de suite vers les cieux ou si elle se rendra auprès de Vesta ;

Enfin elle se décide à suivre les ordres formels de Jupiter.

Le caractère altier et irrascible de Vesta lui fait prévoir le froid accueil qui l'attend, mais Vesta est une Déesse, elle pourra employer auprès d'elle les voies du conseil et de la persuasion, son cœur est secrètement flatté de l'éloquence qu'elle déploira, des moyens de séduction qu'elle mettra en œuvre pour la gagner, et au besoin, elle affrontera sa colère moins à craindre que celle du redoutable Dieu ; elle affermit et précipite son vol à travers les brouillards qui fertilisent la Bretagne, les épaisses brumes qui calment l'Océan et s'enfonce dans les solitudes ténébreuses dont l'ours en promenant garde les portes ; son œil pénètre dans la nuit et cherche les palais séjours de Vesta.

Bientôt une lueur lointaine apparaît, une seule; mais d'où vient qu'une multitude d'autres brillent déjà, comment les distinguer, elles sont confondues ; c'est une fournaise dont les flammes comprimées se dilatent en roulant sur elles-mêmes, tourmentent et élargissent l'espace demi lumineux qui les enveloppe et dont le rouge sombre est devenu immense.

Le volcan s'ouvre, c'est une mer de feu, des jets de vive lumière la sillonnent, s'élèvent jusqu'aux limites de l'espace et épandent des flammes dans toute la profondeur des cieux, l'incendie les dévore! Mais comme si les cieux eux-mêmes étaient insuffisants à l'alimenter, il perd peu à peu sa force d'expansion, le cercle des ténèbres se resserre et étreint une à une les vastes flammes, telle la divine Proserpine livre, chaque jour avant son repos du soir, sa tête aux tristes Euménides qui enserrent l'une après l'autre, sous une coiffe sordide, les boucles soyeuses de sa longue et abondante chevelure.

L'éclatant foyer n'est plus qu'une lueur rougeâtre traversée par intervalles de colossales étincelles ; les ténèbres le pénètrent, le divisent et ses lambeaux de plus en plus sombres s'éteignent dans la nuit.

Tel est le spectacle que Vesta considère de ses mille palais œuvres de Borée.

Le Dieu des frimats s'efforce de retenir la Déesse dans son sombre royaume; elle seule par sa présence embellit ses solitudes immenses; Borée, à sa vue, n'a plus de tristesse et ne changerait pas contre un palais de l'Olympe les nuages et les brouillards sous lesquels il repose; les neiges qui couvrent sa tête, les glaçons suspendus à sa barbe lui semblent plus précieux, cent fois plus étincelants que les myriades de diamants qui ornent la couronne des Dieux.

Sa reconnaissance envers l'auguste Déesse construit pour elle palais sur palais dont la forme toujours nouvelle et toujours gracieuse attire et fixe ses désirs.

Elle erre à travers leurs majestueux portiques, leurs rangées innombrables de colonnes, leurs galeries aériennes; leurs sculptures fines et variées, la hardiesse de leurs dômes, leurs formes étranges étonnent et plaisent à la fois; aux pieds de ces palais, les monstrueuses baleines, les morses, les phoques prennent leurs ébats; les ours blancs se jouent devant leurs parvis; les renards bleus en parcourent les mille colonnades; c'est à travers leurs découpures élégantes, leurs vitraux d'une délicatesse infinie que la Déesse assise sur des lits éclatants aime à promener ses regards sur la voûte des cieux et à contempler la splendeur des feux qui les illuminent.

Quelques fois, le Dieu, pour varier les émotions de la Déesse, débarrasse l'air de toute vapeur ou l'en charge avec art de manière à rendre mensongère la distance des objets placés sous sa vue; trompée par l'apparence, la Déesse voit fuir devant elle les palais dont le seuil paraît presque à ses pieds, ou sa main heurte la porte d'autres qu'elle croit encore éloignés; d'autres fois, il condense l'atmosphère de poussière glacée, les objets baignés dans ces brouillards qu'il agite d'un mouvement lent et uniforme prennent des formes vagues, indéterminées, fantastiques; un animal de stature colossale, d'aspect effrayant, s'avance par bonds énormes, sa tête atteint la hauteur des collines, sa bouche monstrueuse semble le cratère d'un volcan, sa queue immense paraît frapper les nuages, la Déesse effrayée fuit dans son palais, elle appelle à son secours le grand Dieu, Borée satisfait écarte le brouillard et la Déesse surprise, étonnée, voit à ses pieds un élégant renard argenté qui accourt demander une caresse à sa main.

Vesta honteuse de son trouble menace Borée de s'éloigner de son noir empire, et le Dieu pour l'apaiser lui construit un plus merveilleux palais et met à ses ordres ses nuages, ses vents et ses neiges pour une nouvelle et plus splendide illumination des cieux.

C'est après une de ces brouilleries amicales qu'arrivait Iris, et elle était témoin de l'aurore boréale qui avait été le prix de la réconciliation.

Le grandiose spectacle qui s'offrait à sa vue ne put faire oublier à la fidèle messagère le but de son voyage: son amour-propre froissé d'un premier échec voulait au moins en éviter un second, elle tenait surtout à ce que son habileté ne fut en défaut et, en cas d'un nouvel insuccès, qu'on ne put l'attribuer à son manque de tact ou à son imprévoyance de n'avoir pas su mettre à profit les occasions, les circonstances mêmes imprévues qui pouvaient sinon assurer, du moins aider en quelque manière au succès de son message.

Mais Iris est la messagère des Dieux ; quel ambassadeur peut réunir plus de sagesse et d'autorité.

Entre les nombreux palais qui forment ses séjours, elle ne tarde pas à distinguer celui qu'habite dans ce moment Vesta par le respect que lui portent les vents et le soin qu'ils prennent de modérer leur souffle dès qu'ils en approchent, ils savent que Borée leur serait inexorable de troubler la douce quiétude de la Déesse.

L'écharpe d'Iris apparaît bientôt dans l'immense salle où, nonchalamment assise sur un trône éclatant, la Déesse de la lumière considère d'un œil satisfait les merveilles de son voile exposées avec un art infini par le Dieu des neiges.

Quelque brillante que fût l'écharpe d'Iris, quelque riches que fussent ses couleurs, sa vue interceptant l'objet de sa contemplation causa à l'auguste Vesta un mouvement d'im-

patience promptement réprimé auquel succéda une exclamation de surprise pour saluer la présence d'Iris; la
messagère divine s'incline sans répondre et s'asseyant sur
un trône placé près de celui de Vesta se met elle-même à
contempler les feux objet de l'attention de la Déesse, en
prenant une attitude et en donnant à ses regards et à son
visage l'expression d'une naïve et profonde admiration.

Les derniers feux ont disparu, qu'Iris semble à peine
revenir de son étonnement, elle n'en sort qu'à la voix de
Vesta.

Chère Iris, quelle joie pour mon cœur de vous revoir,
mais quel cas pressant a pu vous obliger de quitter
l'Olympe pour descendre jusque dans ces régions affreuses,
objet d'effroi pour les hommes et les Dieux.

Grande Déesse, répondit Iris, que ne puis-je continuel-
lement près de vous satisfaire mes yeux et mon cœur des
merveilles dont votre présence sait embellir ces lieux. Ah!
je ne m'étonne plus que vous ayez pu sans regret quitter
l'Olympe, celui que vous créé votre science divine a pour
vous le double attrait des splendeurs inconnues et d'être
votre œuvre; tout y est soumis à vos ordres, rien n'y trouble la paix, la joie de votre âme; les bruits importuns et la
crainte fuient vos paisibles palais; que votre sagesse a été
bien inspirée de venir dans ces lieux loin des troubles et
des hontes qui accablent l'Olympe; à ces paroles, un éclair
de haine satisfaite se trahit sur le visage de Vesta.

De quels malheurs, s'écria-t-elle, peuvent donc être menacés Jupiter et les Dieux pour que leurs bras ne puissent
les écarter?

Compatissante Vesta, répondit Iris, pourquoi faut-il que
la nécessité m'oblige à troubler votre repos et à remplir
votre cœur de tristesse par le récit des maux qui frappent
l'Olympe et ne semblent être que le présage de plus redoutables.

La messagère divine raconte ensuite à Vesta l'émoi causé à l'Olympe par les chants tombés des hauts cieux et précédés de signes menaçants ; elle pleure en parlant du soleil refusant son char et de la douleur de Phœbus, elle dit comment les Dieux impuissants à pénétrer les causes de cës effrayants prodiges, n'ont vu de remède aux malheurs qui les menacent qu'à recourir au Destin ; mais, continue Iris, où se trouve l'autel qui soutient le livre de ses décrets ? Jupiter et tous les Dieux l'ignorent, c'est le secret de Saturne ; ce qu'ils savent, c'est que le chemin à parcourir est immense, couvert de ténèbres rebelles à toute autre lumière qu'à celle produite par l'étincelant anneau qui retient votre voile, et que toute Divinité de l'Olympe non présente à l'ouverture du livre perd sans retour son trône et l'immortalité.

A ces dernières paroles, un sourire ironique effleure les lèvres de Vesta.

Belle Iris, dit-elle, permets que je t'épargne le reste de ton message, aussi bien ta peine resterait sans but.

Tu l'as dit toi-même, qu'ai-je à envier aux splendeurs de l'Olympe, n'ai-je pas dans ces lieux de quoi satisfaire pleinement mes yeux et mon cœur ; pourquoi te le cacher ? je hais l'Olympe, ses palais et ses Dieux ; leur vue m'est plus odieuse que celle des horribles bords supposés au Styx ; mon immortalité, mon trône, j'en ferai avec joie le sacrifice, si à ce prix je puis empêcher l'Olympe d'éviter sa ruine, si mes yeux en se voilant des ombres de la mort me permettent d'entrevoir la chûte de tous les trônes des Dieux et leur fin misérable.

L'Olympe, dis-tu, a besoin de ma lumière, qu'il s'éclaire, s'il peut, du flambeau de l'Amour ; les Dieux ne me l'ont-ils pas préféré ? puissent-ils ne pouvoir faire un pas que les yeux serrés sur sa torche fumeuse, puisse cet affreux aveugle dans son empressement à les servir la leur fourrer dans les yeux, j'aurais soin moi-même qu'elle ne s'éteigne pas pour qu'il distribue à tous son présent.

Va, Iris, informe Jupiter et tous les Dieux des vœux que je fais, dis leur que tout malheur qui me frappera me paraîtra un bienfait pourvu que chacun d'eux en soit accablé.

A cette cruelle réponse, Iris déploie son éclatante écharpe noble insigne de ses attributs et armure redoutée des Dieux à l'égal des foudres de Jupiter.

Vesta, dit-elle, le bras du grand Jupiter est toujours invincible, la foudre n'est pas tombée de sa main ; suivant votre désir, je rapporterai fidèlement à l'assemblée des Dieux vos souhaits et vos mépris.

Déesse, vous avez reçu un affront, tremblez que Jupiter ne vous en inflige un plus grand, craignez qu'en présence de tous les Dieux qui applaudiront à sa vengeance il ne descende sur vous sa chaîne d'or, il liera vos mains pour qu'elles ne puissent nuire, il vous enveloppera, votre résistance ne servira qu'à votre honte et éclairerez malgré vous la marche des Dieux.

Et si mes conseils peuvent être écoutés de Jupiter, je le prierai de confier à la main de l'Amour un anneau de la chaîne, elle servira à le conduire, et il secouera sur votre visage les cendres de son flambeau.

La Déesse Vesta ne put que frémir de colère, sa réponse irritée ne parvint même pas aux oreilles d'Iris qui s'appuyant sur son écharpe avait repris son vol vers les cieux.

DÉCLAM VII.

Muse Terpsichore, laisse détendues les cordes de ton luth, qu'il continue à ne rendre que des sons sourds et sans suite; les chants monotones dont l'homme accablé de lourds travaux se sert pour tromper sa fatigue, ne conviennent même pas à celui qui est dans l'angoisse; l'infortuné qu'un songe affreux oppresse laisse-t-il sortir de ses lèvres des accents autres que des cris douloureux.

Tel est l'état de l'Olympe pendant qu'Iris accomplit son message, tout y est discorde et affliction, et rien ne fait prévoir la fin de ses peines.

Le soleil a déjà parcouru onze fois sa carrière depuis qu'il refuse d'être conduit: il accable de ses feux les Dieux de l'Olympe, sa marche triomphante est une honte pour leurs trônes.

Phœbus renfermé dans la partie la plus reculée de son palais reste toujours inconsolable, il refuse à ses yeux la lumière du jour par horreur d'apercevoir les rayons du rebelle; mais dès que la nuit a étendu son voile et enveloppé les cieux de ses ombres, le Dieu sort de sa profonde retraite et se rend sur les lieux d'où il a vu la vaste mer se refermant par ondes immenses sur les cadavres de ses coursiers.

Feux vengeurs de la robe de Nessus qu'êtes-vous comparés à ceux dont la colère impuissante torture l'âme du grand Dieu, au souvenir de ses coursiers mourant de désespoir et non vengés?

Moindres étaient les imprécations d'Hercule demandant

un bûcher, moindres étaient les plaintes de Philoclète
arrachant de son pied la flèche empoisonnée, moins abon-
dantes étaient les larmes d'Egée à la vue des voiles en deuil
du vaisseau de son fils.

Les cris du grand Dieu remplissaient l'Olympe; tout
sommeil en était banni; tous les Dieux souffraient de sa douleur et son immensité ne laissait d'espoir ni à son terme, ni
à ses limites.

L'état de l'Olympe devenait intolérable, car avec le jour
renaissaient les pénibles disputes et avec la nuit tombait
toute espérance de se livrer au repos.

Les Dieux sont assemblés pour remédier à ces maux ;
Vénus s'approche du trône du grand Jupiter, ses beaux yeux
sont voilés de larmes, sa chevelure négligée avec art
inonde et ajoute à l'éclatante blancheur de ses épaules, sur
sa robe flottante modestement parée brille la merveilleuse
ceinture des Grâces, sa tenue réservée, sa noble démarche
donnent à sa personne divine une puissance de beauté irrésistible.

Devant tant de charme, le voile de tristesse qui ombrage
le front du grand Dieu se dissipe, son regard s'adoucit et
semble encourager la Déesse à s'avancer avec confiance.

Mais Junon est sur son trône, la vue de Vénus s'appro-
chant de Jupiter réveille ses jalouses terreurs, une sourde
colère fait bouillonner son âme, le souvenir de ses antiques
luttes avec cette Déesse se ravive, son front devenu menaçant s'appuie sur sa noble main pour prêter une oreille
plus attentive aux paroles que la belle Déesse se dispose
d'adresser à son époux.

Le père des Dieux relève lui-même le voile de Vénus
et l'embrassant sur le front la rassure; fille chérie, pourquoi ces larmes, quel sujet d'affliction peut troubler ton
cœur, n'as-tu plus confiance en moi, peux-tu douter qu'aujourd'hui comme toujours je ne sois disposé à écouter les

prières qui sortent de ta bouche et à seconder tes désirs.

Père vénéré, répondit la Déesse, je connais ton affection pour moi, elle m'est plus précieuse que tous les biens de l'Olympe, elle plaît plus à mon cœur que les joies mêmes de l'Amour; père chéri, les pleurs qui inondent mes yeux, la douleur qui m'oppresse n'ont pas pour cause ma propre infortune, aucun danger, aucun malheur ne me menace; mais puis-je rester indifférente, mes yeux peuvent-ils rester sans larmes à la vue de l'immense chagrin, du désespoir de mon frère Phœbus ton bien-aimé fils.

Il n'entend plus ma voix, son cœur est sourd à toute parole amie; ma vue, celle même de sa nourrice chérie semblent lui être à charge, il nous fuit! Grand Jupiter, ne viendras-tu pas en aide à ton fils, aie pitié de nos angoisses, sois nous propice.

Elle dit, un torrent de pleurs inonde ses beaux yeux, la douleur la suffoque, les roses de ses joues disparaissent et font place à une émouvante pâleur, sa tête divine s'incline, les sanglots qui oppressent sa poitrine en déchirent le corsage, d'un geste rapide mais plein de charme elle ramène son voile et comme privée de la vie s'affaisse aux pieds du trône de Jupiter; le grand Dieu la reçoit dans ses bras, son souffle puissant la ranime; dans l'émotion qui le domine, il semble oublier sa sagesse et se dispose à jurer par sa foudre qu'il accomplira son désir, qu'il accueillera sa demande quelle qu'elle puisse être.

Mais Junon et Minerve veillent, Minerve a tourné son bouclier d'or, son bras l'expose de manière que les rayons du soleil réfléchis par sa surface polie se concentrent sur les yeux de Jupiter; l'éclair d'attention qu'ils obtiennent a suffi pour réveiller la sagesse du grand Dieu et le rendre à lui-même.

Le serment prêt à s'échapper de ses lèvres n'est pas prononcé, un nuage de tristesse passe sur son front et c'est

d'une voix où se trahit un léger accent d'amertume qu'il dit
à Vénus :

Fille chérie, découvre moi ta pensée, que puis-je
faire pour calmer la douleur de Phœbus et sécher tes
pleurs.

Puissant roi de l'Olympe, répondit Vénus, ta majesté a
ébloui mes yeux et son éclat trouble mon esprit, mais
puisque ta bonté m'y autorise, je tâcherai dans la confusion
de mes pensées, de t'exposer ce que mon cœur croit
être le remède à la douleur de mon frère et la fin de nos
larmes.

Père chéri, tu connais l'affection, l'amour profond de
Phœbus pour Thétis ; c'est pour elle qu'il était fier de sa
gloire, c'est pour plaire à ses yeux qu'il aimait à faire rentrer dans les ondes ses coursiers écumants ; sa gloire
perdue est peut-être son amour détruit ; la fière Thétis vou-
dra-t-elle encore d'un amant humilié ? Si j'en crois mon
cœur, si ses pressentiments ne me trompent point, voilà la
cause, voilà la source pour mon frère d'une douleur sans
limite, la crainte de son malheur bouleverse son âme, lui
commande de se fuir lui-même ; car pour lui se reconnaître, c'est s'avouer, c'est voir la réalité de tout son bonheur
perdu.

Dieu puissant, tu es le dominateur de l'Olympe, c'est de
ta gloire que brillent les trônes de toutes les Divinités ; com-
pense l'auréole pâlie sur le front de mon frère par celle
dont tu peux orner le front de Thétis en l'élevant dans
l'Olympe à la dignité de Déesse pour prix de son consentement à devenir son épouse ; Thétis est mortelle ; l'orgueil
de rendre sa fière beauté impérissable la trouvera docile à
tes ordres, favorable aux vœux de ton fils :

Ce ne fut pas Jupiter qui répondit à Vénus, mais l'impétueuse Junon.

Aux dernières paroles prononcées par la belle Déesse,

l'auguste épouse du grand Dieu s'est levée de son trône, la colère gonfle son sein, sa voix brisée et éclatante indique l'état violent de son âme.

Déesse impudente, s'écrie-t-elle, tu ne trouves pas sans doute les malheurs de l'Olympe assez grands pour que tu oses conseiller au roi des Dieux mon époux un sujet de querelle avec moi pire que tous ceux qui ont jamais divisé l'Olympe? Malheureuse, qu'oses-tu proposer: il ne te suffit donc pas que les perfides suggestions de ton fils réduisent son cœur à m'oublier avec des mortelles, tu veux poursuivre jusque dans mon palais, jusqu'en face de notre sacrée et inviolable couche tes funestes et coupables trames; quoi, par tes pervers conseils, je verrai une rivale que sa naissance et sa beauté éphémère ne rendent pas digne de délier ma chaussure, prendre place dans l'Olympe, élever son trône contre le mien et à mes yeux prétendre, ce qu'aucune Déesse n'a jamais osé tenter, régner sur le cœur de mon noble époux; ah! plutôt qu'une telle injure soit faite à mon front, dut Jupiter me foudroyer, dut-il me précipiter de l'Olympe les pieds chargés d'enclumes, je vengerai mes droits de reine et d'épouse, je briserai Thétis et réduirai ses os à ne plus être distingués de la poussière que soulève mes pas.

Et toi, Déesse, fuis de ma présence, redoute que mon bras ne s'appesantisse sur toi, qu'il ne te dépouille de ton voile trompeur, de ta ceinture source de tous les maux; crains que je ne brise sur tes épaules l'arc de ton odieux fils et que lui arrachant sa torche je n'éteigne sa flamme sur vos visages et ne vous rende pour jamais des objets d'horreur.

Elle dit et s'avance pour chasser Vénus, mais le regard courroucé de Jupiter l'arrête.

Junon, s'écrie-t-il, la colère t'aveugle, Vénus est sous ma défense, cesse de l'outrager; épouse vindicative, tu ne

crains point, en présence de tous les Dieux, de me rappeler mes torts ; tremble que mon courroux poussé à l'extrême
ne tire enfin de toi une vengeance qui épouvante l'Olympe ;
crois-moi, modère tes emportements, loin de te servir, ils
t'éloignent de mon cœur et te rendent odieuse à mes yeux.

Pour ne pas susciter de nouvelles querelles, je m'abs-
tiendrai d'introduire Thétis dans l'Olympe, je trouverai
bien dans ma puissance d'autres moyens de consolation à
la douleur de Phœbus ; mais, Déesse jalouse, je me vengerai de tes soupçons en appelant dans l'Olympe l'ombre
défigurée d'Endymion, sa présence confondra ta fausse
vertu et me délivrera de tes incessantes importunités à
scruter mes plus secrètes actions.

Aucune parole, aucun accent ne pourra jamais exprimer
l'affreuse douleur, l'immense désespoir qui s'emparèrent
de l'auguste Déesse à cette accusation de Jupiter, elle
retombe sur son trône, son regard est fixe, un mouvement
convulsif agite tous ses membres, sa stupeur effraie les
Dieux et émeut Jupiter, il se prépare à la secourir, mais la
grande Junon d'un geste désespéré refuse son secours, elle
se dresse, elle va apostropher Jupiter, quand Minerve
assise à ses côtés lui presse doucement la main et, par un
amical effort, la replace assise sur son trône.

C'est à la puissante Minerve, à la vénérée Déesse de la
sagesse qu'échoit le noble rôle de défenseur de la reine
des Dieux.

Aucune Déesse n'est plus agréable aux yeux de Jupiter
que Minerve, un seul de ses doux et nobles regards suffit
pour écarter du front du grand Dieu les nuages qui l'obscurcissent, elle est son bras droit, son conseil ; c'est son
image même, l'enfant de son cœur, sa fille chérie.

La Déesse est debout, sa fière et mâle beauté ressemblance de celle de Jupiter, son maintien noble et assuré, sa
formidable armure, tout dénonce en elle la puissance et la
force unie à la sagesse.

Tout l'Olympe semble suspendu à ses lèvres, sa voix forte et harmonieuse a un accent irrésistible de vérité qui d'avance lui subjugue les cœurs.

Père vénéré, dit Minerve, apaise ta colère, ne blesse pas le cœur de ta noble épouse, elle est digne de toi ; ses défauts mêmes prennent leur source dans son invincible désir de posséder seule ton cœur.

Mon père et vous tous Dieux et Déesses de l'Olympe, prêtez à mes paroles une oreille attentive, je dois à la grande Junon, à l'auguste reine des Dieux l'éclatante justification que mérite sa vertu ; je lui dois que l'ombre d'un doute ne puisse effleurer l'auréole de pudeur et de chasteté qui convient à son front de reine et d'épouse du roi des Dieux.

Père chéri, ta grande âme ne se courroucera pas, si le besoin de justifier ton épouse dont je fais ma gloire d'être la compagne et l'amie m'oblige de rappeler le souvenir de torts dont son noble cœur gémit, mais qui n'ont pu altérer son amour profond pour toi, ni le respect qui t'est dû.

Que de nuits ses yeux n'ont point connu de sommeil, que de larmes elle a inondé ta chaste couche pendant que ton grand cœur épris de beautés mortelles te tenait éloigné de l'Olympe et la privait de tes baisers.

Déjà dix fois la lune avait rempli le cercle de ses jours, la noble Alcmène t'avait rendu père du grand Hercule, Danaë et Electre sentaient dans leurs flancs tes illustres fils Persée et Dardanus et ta chaste épouse délaissée arrosait ton lit de ses larmes brûlantes, t'appelait en vain de ses cris ; en vain les Dieux et les Déesses cherchaient à adoucir sa douleur, en vain je lui prodiguais toutes les consolations d'une voix amie, tu étais absent, rien ne remplaçait pour elle ta présence aimée.

Pardonne, père chéri, de rappeler des souvenirs qui auraient pu faire pâlir ta gloire, si ta gloire immense

pouvait diminuer et qui sont la source de la commune
haine que je partage avec ton auguste épouse contre le
perfide amour et sa mère ; ce Dieu cruel et sans respect de
ta gloire après avoir soumis ton cœur à des mortelles filles
de héros, voulut, au mépris de ta majesté, l'asservir à des
mortelles indignes, à une Charmé fille d'esclave, à une Io
en démence, à une Dia parricide ; l'angoisse de ta noble
épouse ne connut plus de bornes et moi-même, père bien-
aimé, tu sais combien ta gloire m'est chère, je ressentis à
cette injure faite à ton front une douleur si profonde,
qu'elle eut couvert mes yeux des ombres de la mort, si la
vie que je tiens de toi n'était pas exempte de ses atteintes ;
dans mon affliction, je cherchais en moi-même de te sauver
des cruels desseins de l'Amour et je ne trouvais dans ma
sagesse qu'un moyen d'y parvenir, ce fut d'employer les
armes mêmes de l'Amour en ramenant dans ton cœur
l'amour de ton épouse par la jalousie ; mais que de peines,
que de sollicitations, que de larmes n'ai-je pas dû mettre
en œuvre pour obtenir de sa pudeur alarmée de prêter un
faible et presque involontaire appui à ce projet salutaire.

Endymion était le plus beau des hommes ; Junon, sur mes
instantes et incessantes prières, me permit enfin de pré-
senter à sa vue son ombre ; il la vit et enflammé d'amour
osa la suivre, ta pudique épouse ne put même souffrir cette
atteinte à la vertu de son image et indignée se disposait à
frapper l'infortuné, je m'empressais de le soustraire à sa
colère, je l'enlevais et le déposais plongé dans un sommeil
d'une durée sans limite au sein du mont Lathmos.

Non, Endymion n'est pas descendu chez les morts, il vit.

Père vénéré, daigne avec les Dieux abaisser ton regard
vers la terre, la montagne dans un instant ouverte par ma
main te présentera ce roi endormi et livré à ta vengeance,
si tu le juges coupable ; elle dit et se précipite des cieux.

A cette solennelle justification de la grande Junon, un

immense soupir de soulagement s'échappe de la poîtrine
de tous les Dieux, leurs yeux rayonnent de joie et fixés sur
Jupiter attendent de lui le signal d'une ovation à leur reine,
le noble cœur de l'auguste Déesse ne peut rester insensible
à cette éclatante preuve d'amour de tout l'Olympe, elle se
voit noblement vengée et ses yeux se couvrent de larmes,
la majesté de son front brille d'un éclat éblouissant et
semble grandir la gloire du front de Jupiter cependant sans
limites : une joie profonde mêlée de tristesse est répandue
sur le visage du Dieu, son cœur souffre de l'affront immé-
rité fait à sa noble épouse, mais éprouve un bonheur
immense de sa vertu et que tous les Dieux en soient
témoins.

Dans ce moment, un grand bruit retentit à la porte du
palais de Jupiter, c'est le Dieu Momus qui défait le sien et
en décharge les débris.

Mandé devant l'assemblée des Dieux, il s'écrie :

Jupiter père des Dieux je n'aime point à te voir irrité
contre moi, tu conviendras toi-même que ce que je fais est
acte dicté par la sagesse ; bien des fois je me suis plaint
que tu admettais trop de Dieux dans l'Olympe ; cependant,
bien que pour la plupart la divinité de la naissance fut loin
de me satisfaire, elle était, je dois en convenir, couverte
par les apparences; mais lorsque tout-à-l'heure je t'ai
entendu quereller notre reine ta vénérée épouse parce
qu'elle s'opposait à ce que tu fis une Déesse de Thétis, je
n'ai pu m'empêcher de réfléchir que si pour obtenir une
place dans l'Olympe, il va suffir aux mortelles d'avoir le
mérite d'être fières de leur beauté, non-seulement nous
devrons serrer nos palais, mais que la place te manquera
bientôt pour y bâtir ceux des nouvelles Divinités fussent-ils
construits portes contre portes, fenêtres contre fenêtres, à
n'en permettre l'entrée que par le toit ; j'ai donc cru aider
à l'exécution de tes desseins en remuant mon palais pour

le rebâtir contre le tien, car si je dois manquer d'air et de lumière, j'entends au moins me garder une honorable place; je conseille aux Dieux de profiter de mon avis pendant qu'il en est encore temps et de se hâter de suivre mon exemple.

Cette sortie de Momus souleva les rires de tout l'Olympe, Jupiter lui-même ne put s'empêcher d'y prendre part; Ganimède profitant de ce retour inespéré de joie s'empressa de remplir de nectar les coupes d'or et de les déposer devant les Dieux; mais leurs lèvres ne devaient pas en approcher, le Destin avait soulevé la balance de l'Olympe et ajouté un nouveau poids au plateau de ses malheurs.

Muse des tendresses maternelles, Féna divine, viens remplir mon âme de ta flamme, aide-moi à révéler ce que mes yeux ont lu en pleurant dans une larme tombée des tiens.

DÉCLAM VIII.

Où vont ces nobles épouses, pourquoi sortent-elles pâles et tremblantes de leurs palais? Cependant elles sont vêtues d'habits de fête, leurs nombreuses suivantes forment autour d'elles des danses joyeuses, et leurs jeunes et beaux époux les suivent montés sur d'ardents coursiers et entourés d'une vaillante et folâtre jeunesse parée d'armures étincelantes et jetant à tous les échos ses cris de joie et ses chants guerriers.

Ah! mères infortunées, au moins s'il vous était permis de donner un libre cours à votre douleur, de laisser vos yeux se noyer dans les larmes, mais cette suprême ressource du malheur est refusée à vos angoisses: ce fils la joie de vos jours, ce fils que vos suivantes portent devant vous et parent de fleurs aux sons doux et énivrants des luths et des harpes, vos yeux avant la fin de la journée le verront torturer, mourir; et il ne vous sera point permis de le pleurer, vos lèvres devront sourire à ses souffrances, vous devrez vous réjouir de ses cris de désespoir; embrassez-les, mères malheureuses, repaissez vos yeux de leur vue aimée; ces caresses, ces baisers sont le seul baume aux plaies dont leur mort va ravager vos cœurs sans espoir d'autre calme que celui de la tombe.

Prêtres barbares, vous n'avez jamais aimé et vous êtes indignes d'aimer vous qui soumettez à de telles souffrances les cœurs des mères; malheur à vous, jamais votre âme ne tressaillira à la voix d'une femme, cette joie indicible, ineffable vous restera inconnue, sourds à la pitié vous ne sauriez la comprendre.

Des sacrifices sont dus à Moloch le Dieu de Thur, de
Mesraïm et de Rabbath, ses prêtres ont élevé vers lui leurs
mains suppliantes, il a écouté leurs prières et accueilli
leurs promesses de victimes; aussi la rosée de ses bienfaits
est descendue sur Moab et son roi; l'abondance et la paix
règnent dans ses riches cités et l'heureux Noor voit s'accomplir l'œuvre objet de l'ambition et de tous les désirs de
son long règne.

Des courriers arrivés de la grande Palmyre annoncent
qu'Athamor fils du vieux roi revient glorieux dans les États
de Moab, la belle Sam dont la main est sollicitée par cent
fils de roi a été accordée à ses vœux et mille chameaux
ploient sous le poids des richesses infinies offertes en dot
par le puissant roi de la grande ville.

Les sacrifices à offrir aux Dieux doivent être dignes de
ses faveurs et deux cents enfants des plus nobles familles
sont exigés par les prêtres pour être son festin, Moloch n'a
accordé tant de bienfaits qu'à ce prix.

Qu'est le supplice d'Ixion, que sont les tortures inventées à
l'affreux Tartare auprès des angoisses imposées aux cœurs
des mères par l'effroyable arrêt; chaque pas entendu, chaque froissement de feuilles autour de leurs demeures leur
semble apporter l'horrible sentence de mort; leurs yeux
hagards collés aux vitres de leurs palais en consultent avec
épouvante toutes les avenues, l'ombre des branches agitées
par le vent, tout ce qui se meut dans le lointain cause à
leur âme des transes mortelles; affolées de douleur, elles
aperçoivent dans tout ce qui les entoure l'approche redoutée de ces prêtres odieux messagers de la mort.

Mères éplorées, cachez vos enfants, délaissez-les dans
les grottes du désert, dans les antres de la montagne; le
lion que la faim ne tourmente plus pourra oublier de les
dévorer, la louve féroce émue de leurs gémissements leur
distribuera peut-être le lait que sa mamelle porte à ses pe-

tits ; mais n'espérez ni oubli, ni pitié des prêtres, ils se riront des souffrances de vos fils et de vos larmes de désespoir.

Enfin, avec un soin jaloux, les barbares ont recensé les victimes : la monstrueuse figure du Dieu est garnie de ses cables sacrés, elle sort du temple traînée par le peuple et s'avance sur un lit de fleurs répandues par les mains de jeunes filles dont les pas légers forment des danses symboliques.

Entourées par les prêtres marchent les mères, une suivante les précède portant dans une corbeille d'or l'enfant qui vagit, devant chaque victime un bel adolescent balance un encensoir d'or sorti des cassettes du roi ; mille lumières odoriférantes brillent sur des flambeaux d'argent offerts par les princes dont les familles ont été épargnées, leurs porteurs ploient sous le fardeau, et pour les soutenir s'aident de riches écharpes avec agrafe d'or.

L'immense cortège est fermé par la foule des princes faisant fièrement caracoler leurs coursiers et exposant avec orgueil aux rayons du soleil leurs boucliers ornés de plaques d'étain, à leurs côtés pendent à d'éclatants baudriers leurs glaives dont la poignée est garnie de clous d'argent, ils agitent avec adresse des lances embellies de bannières et dont le fer est assujetti par un anneau d'or.

Les somptueux et étincelants vêtements des prêtres, la puissante harmonie de leurs chants qu'accompagnent les voix de mille harpes énivrent de respect la foule prosternée dont à chaque pas quelque pieux se lève et court se faire écraser sous la marche de la colossale figure du Dieu.

Mais un des cables sacrés vient de se rompre, c'est le signal donné par Moloch qu'il a choisi ce lieu pour recevoir son festin.

Les prêtres se rangent autour de l'idole, devant eux sont

les victimes et leurs mères, les princes les enveloppent
de leur brillante escorte, la foule se tient au loin le front
dans la poussière.

Pendant que les prêtres entonnent un nouveau cantique
alterné par le chant des harpes, leurs aides déposent autour du Dieu leurs fardeaux de bois d'aloës, de palmier et
d'olivier et les rangent en bûcher, le sacrificateur une
coupe d'or à la main puise dans des urnes d'or la précieuse
myrrhe et l'encens et les répand avec profusion.

Le bûcher est prêt, l'horrible grincement d'une lourde
porte de fer tournant sur ses gonds se fait entendre, c'est
le flanc du Dieu qui s'ouvre; sa vaste poitrine, son ventre
rebondi qui traîne presqu'à terre ressemblent par leur
profondeur et leur vaste dimension à l'aspect sombre d'un
gouffre; c'est dans cette caverne obscure et bientôt brûlante que le sacrificateur précipite et entasse les tendres
victimes.

Muse brise la dernière corde de ta lyre et renonce à dépeindre la douleur navrante des mères entendant les appels
désespérés de leurs enfants et ne pouvant sans crime laisser
leurs yeux se voiler d'une larme.

La perte de leurs petits arrache aux tigres de plaintifs
gémissements; Prêtres, de quel fauve êtes-vous donc nés
pour ne pas même avoir mis dans vos cœurs la pitié des
tigres?

Cependant, dans le sentier conduisant aux collines om-
bragées d'oliviers et de sycomores qui dominent la plaine,
marche un vieillard accompagnant une jeune femme portant dans ses bras un nouveau né.

La foule qui se rend aux sacrifices, à la vue du costume
des voyageurs jette d'abord sur eux un regard de mépris,
le long vêtement de laine du vieillard, le voile de lin de la
jeune femme décèlent leur origine juive nation ennemie
et exécrée de Moab; mais l'air de profonde fatigue du vieil-

lard, son beau et noble visage empreint d'une majesté qui
contraste avec l'état de suprême dénument qu'offre sa
personne, la douce figure de sa compagne dont la beauté
étrange a quelque chose de divin, l'attention touchante et
mêlée de respect avec laquelle elle surveille son enfant et
l'entoure de soins, désarment les colères et changent l'aversion en sympathie ; toutefois l'heure presse et chacun hâte
le pas, aucun ne sacrifie un instant à saluer les nobles fu-
gitifs, à adoucir l'amertume de leur exil par une offre de
secours, par une parole amie ; la foule s'écoule et les de-
vance ne portant sur eux qu'un regard d'intérêt stérile, de
pauvres et inconnus voyageurs méritent-ils d'être autrement remarqués ?

Malgré la lassitude du vieillard, sa course ne semble pas
près d'être à son terme, car ces collines sont inhospitalières
et souvent, la nuit, retentissent des rugissements du lion
qui vient s'abreuver à leurs sources dont le faible courant
dévoré par les sables ne peut parvenir à atteindre le lit du
Zared desséché ; et au-delà du prolongement des collines
est le désert dont il faut gagner l'oasis avant le coucher du
soleil, car ils trouveraient fermée la porte du caravansérai
dont l'enceinte fortifiée les protégera pendant la nuit contre les attaques des fauves et la rapacité des voleurs qui,
à défaut de butin, pourraient les réduire en esclavage.

Un long bâton aide les pas du vieillard, sa compagne et
son enfant le suivent montés sur un âne chétif qui semble
comprendre l'infortune de ses nobles maîtres, et met à
les servir une docilité et une intelligence dignes d'étonnement.

Les augustes voyageurs n'avaient pas été sans être surpris de l'affluence de peuples qui couvraient les routes
de Moab, mais connaissant son aversion pour leur race,
leur convenait-il d'adresser une demande qui pouvait
donner aux passants une occasion d'insulte ou de mépris.

La foule a suivi le pied de la colline, seuls ils montent le sentier qui par une pente douce conduit sur son front, dans cette partie, elle est sans ombrages et sans transition présente à leur vue l'immense plaine où Moab sacrifie à son Dieu ; la flamme de l'énorme bûcher commence à envelopper les flancs de l'idole, et le son lointain des harpes dominé par le chant des prêtres arrive jusqu'à eux.

Une douleur profonde a subitement altéré les traits du vieillard, il élève vers le ciel ses bras suppliants et ramenant ses mains tremblantes sur ses yeux, il s'en voile la face ; le gracieux visage de sa compagne s'est empreint de tristesse, elle s'adresse à son fils comme s'il pouvait la comprendre, et au milieu des larmes dont elle l'inonde sa voix douce et suppliante lui murmure : ils sont faibles ! l'enfant a tressailli sous les larmes de sa mère, il lui sourit et tourne vers la plaine ses yeux humides de pleurs.

Mais le sentier pénètre de nouveau sous des ombrages, il a dérobé aux voyageurs la vue de la plaine et bientôt ils disparaissent sous l'épais feuillage des bosquets.

A ce moment, quel prodige ! les flammes s'affaissent, elles paraissent fuir l'idole, on n'entend plus le gémissement des victimes ; les prêtres s'étonnent, leurs chants cessent, le sacrificateur s'avance et puise à pleine coupe l'encens, mais ses efforts sont impuissants à le jeter sur le bûcher, les flammes déjetées couvrent au loin le sol et le poursuivent ; il recule devant leur menace, et l'urne d'or abandonnée se tord et bientôt se fond à leur ardeur, sans toucher à l'encens qu'elles semblent regarder comme un aliment indigne et souillé.

Les prêtres terrifiés se dépouillent comme d'un commun accord de leurs bandelettes sacrées et s'élancent pour les jeter dans la fournaise et, par ce sacrifice, obliger leur Dieu à entrer lui-même en lice pour défendre son culte et sa gloire.

Pour se rapprocher du foyer, ils ont repoussé derrière eux les mères des victimes, mais les flammes qui jusqu'à ce moment ont comme respecté ces infortunées se relèvent et rebondissent contre les prêtres, elles rejettent au loin leur bandelettes noircies, comme aussi elles noircissent, sans autrement les endommager, leurs riches costumes et ornements, elles brûlent leurs barbes et leurs cheveux et couvrent d'affreuses blessures leurs mains et leurs visages; ils fuient, et les flammes les poursuivent de leurs langues ardentes à travers les rangs des mères qu'elles épargnent de toute atteinte.

Viens, vaillant fils de Tydée, viens me prêter les accents éperdus et sauvages dont ta forte voix remplit les promontoires de Samos à la vue de ton ami Sthénélos changé en corbeau et de tes compagnons devenus des pies, eux seuls peuvent exprimer la stupeur et la colère insensée des prêtres de Moloch à la vue du prodige qui s'opère contre eux.

Fous de douleur, aveuglés par la colère, ils tournent leur rage contre le trône du roi, mais ses gardes fidèles l'entourent, dans leur impuissance de le briser, ils exhalent en imprécations le fiel dont déborde leur âme.

Les traits affreusement contractés et effrayant de pâleur, le grand sacrificateur s'est approché du trône et d'une voix où il ne reste plus rien d'humain s'écrie :

Roi sois maudit, Moloch ne veut plus être ton Dieu ni celui de ton peuple, il t'a comblé de bienfaits et tu lui mesures ta reconnaissance; roi avare de tes trésors et du sang de ton peuple, Moloch ne veut plus de toi et de tes sacrifices; roi ingrat, quel Dieu a plus fait pour son peuple que lui pour le tien, et lorsque pour prix de ses faveurs il te demande pour sa faim deux cents enfants, tu es assez barbare, roi sans entrailles, pour laisser sa faim moitié assouvie en

ne lui accordant que cent victimes, et ses autels qui attendaient de tes trésors deux cents encensoirs n'en reçoivent
ainsi que cent; ton avarice a fait prévariquer ton peuple
qui n'a offert que cent corbeilles d'or au lieu de deux cents
que voulait son temple; le Dieu irrité se venge sur nous ses
prêtres de l'injure qu'il a reçue de toi et de ton peuple, il
fuit loin de vous, mais en se retirant voici ce qu'il me
charge de t'annoncer, voici son présent de départ.

Il amassera sur ton peuple les cent fléaux de sa colère
dont les moindres sont la famine et la peste; rien ne pourra
l'apaiser, le sacrifice même de tout Moab serait sans
valeur à ses yeux; et toi, roi indigne, pleure dès ce moment
la perte de ton fils, n'attends plus son retour, ton espoir
serait frustré: tes trésors ne s'enfleront point des richesses
infinies qu'il apportait, elles sont devenues la proie de tes
ennemis, ses compagnons sont tombés sous leur glaive,
son épouse souillée est emmenée en esclavage et lui-même
les yeux arrachés, les pieds et les mains amputés gît sur
le sable du désert défendant les restes de sa vie contre les
oiseaux de proie qui se disputent ses chairs palpitantes;
n'implore pas la pitié de Moloch il se rit de ta douleur,
tremble pour toi-même; la mort affreuse de ton fils est
encore à ses yeux trop douce pour toi, sa vengeance t'en
réserve une plus horrible et dont aucune oreille ne pourra
entendre l'horreur sans y porter les mains pour s'en épar-
gner la fin du récit; et déjà la colère de Moloch s'étend
sur toi, sa main redoutable va te saisir, ce jour sera le
dernier de Moab, son nom aura vécu; peuple et roi soyez
maudits et après lui tous les prêtres répétèrent: soyez
maudits.

Ce furieux appel de malheurs sur la patrie fait frémir
les princes, les yeux du roi s'injectent de colère, mais il
n'a pas le temps de répondre que déjà apparaissent au loin
les signes de leur vérité; tout le fond du désert se couvre

d'une armée immense dont les innombrables armures étin-
cellent au soleil.

Mais Moab est incapable de crainte, quelques nombreux
et vaillants que soient les ennemis il recevra et rendra leur
choc; les glaives sont tirés des fourreaux et en attendant
que des courriers puissent prévenir les villes de s'armer,
les alliés de fournir des secours, les princes à la tête des
guerriers présents se sont promptement mis en ordre de
bataille et s'avancent hardiment à la rencontre de l'ennemi.

Quelles exclamations de joie s'élèvent, quels cris de
triomphe et d'allégresse! cette armée que l'on court combattre est bientôt reconnue pour l'escorte Moab d'Athamor
accompagné des princes de Madian et d'Amalec suivis
de leurs nombreuses et étincelantes gardes qui ont tenu à
honneur d'escorter le glorieux fils de Noor jusque dans les
États de Moab, et de prendre part aux fêtes et aux joies de
son retour.

Pendant que les deux armées se livrent à une allégresse
qui tient du délire, Athamor est dans les bras de son père
qui sanglote et suffoque de joie.

A ce dénouement heureux et imprévu, les prêtres demeurent confondus de honte; pour eux. ce bonheur du peuple est
une immense douleur, ils cherchent à fuir; leurs visages
boursouflés par les brûlures et horriblement tuméfiés par
les piqûres d'insectes n'ont plus rien de l'homme. la place
de leurs bouches et de leurs yeux n'est plus indiquée que
par d'hideuses cavités, ils marchent en tendant les bras,
plusieurs tombent et se traînent incapables de se conduire.
aveuglés! mais les princes reviennent près du trône de
leur roi, la vue de ces êtres repoussants devenus des monstres réveille leur colère, leur imposture excite leur rage.
leurs glaives sortent comme d'eux-mêmes du fourreau.
sans qu'ils sachent comment ils sont de nouveau dans leurs
redoutables mains, ils s'abreuvent du sang de ces miséra-

bles dont quelques-uns seulement parviennent à s'échapper, ils s'enfoncent dans le désert en hurlant et maudissant leur Dieu.

Du plus profond respect pour ses prêtres, le peuple a passé au plus insultant mépris, il dépouille leurs cadavres, les traîne; dans son aveugle fureur, il se venge par d'atroces souillures des marques insensées de vénération qu'il leur a prodiguées.

Mais les épanchements de joie et d'affection de Noor et de son fils ne peuvent soustraire ce dernier à l'émouvante surprise que lui cause la terrible scène qui se passe sous ses yeux, longtemps il demeure comme confondu d'étonnement et absorbé par les pensées qui préoccupent son âme; le vieux Noor n'est pas moins interdit; enfin, sortant comme d'un rêve, Athamor s'écrie : O mon père, quel prodige! Que va-t-il apparaître, quelle nouvelle divinité ennemie du sang se lève et va présider aux destinées du monde.

Puis-je en croire mes yeux et devais-je m'attendre à voir renouveler dans Moab le spectacle que mes yeux étonnés ont contemplé dans Ammon.

Le roi de ce peuple ami de Moab, heureux du bonheur de votre fils, avait envoyé au devant de moi ses fils et les premiers princes de son royaume pour me féliciter et me prier de passer par ses États; je ne pus, mon père, résister à une offre aussi gracieuse et la manière enthousiaste dont tout Ammon accueillit ma présence méritait de flatter mon cœur et témoignait de la haute estime et de la sincère amitié que ce peuple et son roi ont pour Moab et pour vous.

Cent taureaux blancs comme la neige choisis parmi les plus beaux des immenses troupeaux du roi attendaient aux abords du temple pour être sacrifiés à Jupiter en action de grâce des bienfaits dont les Dieux m'ont comblé et comblent Moab et votre trône.

Les prêtres de Jupiter nous introduisent avec pompe dans le temple, vous savez, mon père, de quelle réputation de sainteté il jouit, de quel profond respect l'entourent tous les peuples ; celui d'Ammon Egyptien l'emporte infiniment par sa magnificence et ses richesses, mais il tient de celui d'Ammon ses rites, ses prêtres s'en honorent et s'en glorifient ; aucun lieu dans l'univers n'est plus saint, aucun ne mérite une plus grande vénération.

Le roi m'avait fait asseoir avec lui sur son trône, les princes ses fils et les plus grands seigneurs assistaient debout suivant leur rang.

Des flots d'encens s'élèvent devant la statue du Dieu, la majesté des chants sacrés, l'air grave et solennel des pontifes, le profond recueillement de l'immense foule remplissaient mon âme d'une émotion jusque là inconnue ; les sacrificateurs introduisent les victimes ; d'abord trois taureaux monstrueux sont immolés, le grand prêtre en reçoit le sang sur ses mains et le lance sur l'assemblée en prononçant des paroles que le respect des Dieux défend d'être répétées par aucune autre bouche que la sienne ; après cette purification du peuple, l'hécatombe entière est amenée devant l'autel, déjà trente victimes sont frappées ; tout-à-coup, mes yeux se refusaient de le croire, la statue du Dieu tremble, elle tombe en écrasant l'autel, horreur ! Les victimes brisent leurs liens, renversent les prêtres sans molester le peuple ; elles montent sur les tronçons de la statue et de toutes les statues du temple également tombées, les foulent aux pieds, les brisent en les soulevant de leurs cornes ; la fureur de ces victimes, leur nombre, leur force redoutable rendaient impossible au peuple de venir en aide aux prêtres, d'autant plus que l'accès du temple n'est permis, même pour le roi, que sans armes.

Après avoir foulé aux pieds les prêtres, les avoir chassés du lieu saint, souillé et brisé les simulacres des Dieux, ces taureaux sont sortis du temple et d'un pas tranquille ont regagné d'eux-mêmes leurs bergeries.

Le roi et tout son peuple sont dans un émoi inexprimable; les prêtres eux-mêmes, pas tous mais ils sont nombreux, publient que les temps sont arrivés pour le règne d'une nouvelle divinité, pour un nouveau culte et de nouveaux sacrifices; ils croient à sa venue, et l'annoncent comme l'ère de l'alliance entre tous les peuples et de la paix entre tous les hommes.

Ce qui se passe sous mes yeux me confirme dans la vérité des prédictions des prêtres d'Ammon; mais, mon père, si je lis bien sur votre vénérable visage, je crois reconnaître que mes sentiments sont conformes aux vôtres, le cruel Dieu Moloch et son abominable culte ne méritent aucun de nos regrets, sa destruction est un bienfait pour Moab et votre glorieux trône.

Noor ne répond pas mais il embrasse son fils et lui montre la multitude qui les acclame avec transport.

Cependant la foule s'est empressée d'écarter de l'idole les restes du bûcher; les flancs du monstre sont ouverts; O bonheur! les tendres victimes en sont retirées saines et sauves, elles semblent sortir d'un long sommeil et sourient.

Rochers altiers de Ubora, vertes collines de Séor jamais vos échos ne redirent de cris plus joyeux que ceux partis du cœur de cette foule immense ivre de bonheur du bonheur de ces mères reprenant leurs enfants des bras de la mort.

Mais qui dépeindra la joie des mères, qui pourra redire leur bonheur plein de sanglots, les baisers ardents, les regards de tendresse passionnée dont elles enveloppent leurs fils; quel cantique pourra être comparé à celui que dans l'élan de sa reconnaissance leur cœur adresse à la Divinité inconnue mais tutélaire qui les leur a rendus.

Muses, les ressources inépuisables de votre génie, les chants variés que vous savez tirer à l'infini de votre lyre peuvent redire tout ce que la colère et la fureur ont d'éclat et de véhémence, ils peuvent rendre toutes les joies et les douleurs des hommes, même les émotions toujours nouvelles et presque inénarrables de l'amour; mais la joie d'une mère retrouvant son enfant cru perdu ne peut être exprimée par des paroles humaines; Muses, votre langage divin n'a lui-même aucun accent qui en soit digne.

DÉCLAM IX.

La statue de Moloch est brisée, son temple est détruit ; le Dieu a vu le dernier de ses prêtres le maudire en expirant, il n'a plus d'espoir de rétablir son culte ; chassé, honni par les hommes, il remontera dans l'Olympe : aussi vain et orgueilleux qu'il est impuissant et cruel, l'affront qu'il a reçu loin de l'humilier l'élève à ses yeux, n'est-il pas le compagnon d'infortune presque l'égal de Jupiter ; comme lui, le grand Dieu n'a-t-il pas reçu des outrages dans son temple d'Ammon.

Combien de siècles s'étaient écoulés depuis que le Dieu n'avait pas paru dans l'Olympe, aucune divinité n'aurait pu le dire, mais toutes avaient perdu son souvenir ; aussi son apparition, au moment que Ganimède remplissait les coupes, fut-elle saluée par un cri universel de dégoût et d'horreur, il ne fallut rien moins que l'intervention même de Jupiter pour qu'il put jouir de son droit de paraître devant l'auguste assemblée, afin d'exposer ses plaintes et demander justice.

L'affreuse divinité explique les circonstances de la destruction de ses autels par Moab, elle a peine à dissimuler sa joie en rapportant les paroles du fils de Noor sur Ammon et finit ses beuglements par interpeller directement Jupiter.

Jupiter, dit-elle, nous avons reçu toi et moi une injure commune, ma cause devient la tienne, en me vengeant de Moab c'est ta propre vengeance que tu exerceras.

Fuis, s'écrie le grand Dieu, fuis, ta présence souille l'Olympe et justifie le Destin de ses rigueurs ; Divinité odieuse, ma foudre ne te frappera pas, je craindrais de la rendre immonde, seule la poussière de mes pieds te poursuivra ; il dit et son pied a éraflé le sol, l'immense poussière soulevée frappe par roches le monstrueux Dieu, le déchire et comme animée par l'esprit de colère de Jupiter en disperse les lambeaux à ces lieux du monde qu'un climat meurtrier, des déserts ou des mers sans limite séparent comme pour les rendre impénétrables aux hommes.

Mais caprices des événements, ces contrées sont devenues le rendez-vous des peuples par l'appât des masses d'or qu'a poussées sur elles le pied irrité de Jupiter, et les débris de Moloch ont fait de lui le seul Dieu de l'Olympe dont le culte soit resté vivant, leur laideur même lui a valu des autels ; chose horrible à dire, non-seulement des humains sacrifient à l'affreuse Divinité, mais se font eux-mêmes son temple en se dévorant entr'eux.

Cependant Momus s'adressant à Jupiter lui dit : Jupiter, enfin une fois je t'approuve ; mais Moab est voisin des oignons et poireaux d'Egypte, prends garde que ces Dieux légumes ne s'introduisent dans l'Olympe et n'en rendent, par leur odeur, le séjour insupportable, j'espère que tu continueras, à leur égard, le bon mouvement par lequel tu nous a débarrassé de cet hideux Moloch. Mais ces paroles de Momus restent sans écho, tant les faits annoncés dans Ammon préoccupent l'Olympe.

Les Dieux sont encore sous l'émotion causée par Moloch, lorsque paraît la déesse Iris ; sa contenance embarrassée, sa tristesse, ses yeux que gonflent les pleurs font pressentir la terrible gravité des nouvelles qu'elle apporte.

Introduite dans l'assemblée, la Déesse ne peut retenir ses sanglots et ce n'est qu'après leur avoir donné un libre cours, qu'il lui est possible de prendre la parole et d'exprimer sa pensée :

Dieux et Déesses, faut-il que de tels maux arrivent ?

10

Ammon le temple le plus saint de Jupiter n'est plus son temple, les autels que Pella a consacré au grand Neptune sont renversés, les armes illustres confiées par Mars au temple de Gaza sont brisées, Vénus et l'Amour n'ont plus de sanctuaire dans l'Idumée, leurs statues gisent mutilées et leurs prêtres ont fui de honte; et loin de pleurer sur ces outrages à la majesté des Dieux, un vertige impie pousse les peuples à s'en réjouir; pour comble d'horreur, les prêtres donnent eux-mêmes l'exemple de l'impiété, ils annoncent la ruine et la fin du règne des Dieux et la venue d'une nouvelle Divinité sortie de ce peuple entre tous maudit et abhorré de l'Olympe; quel affront plus sanglant pourrait être fait à sa gloire? et comment à cette pensée retenir mes sanglots.

La Déesse a laissé de nouveau couler ses larmes et continue en ces termes :

Père des Dieux, tu dois désirer de connaître le résultat de mon message. Ah! pardonne à ma douleur d'en avoir retardé le récit.

Elle raconte ensuite fidèlement à l'assemblée ses entrevues et les réponses pleines de fiel de Saturne et de Vesta.

Je m'éloignais de Vesta, poursuit-elle, si profondément irritée que pour ramener un peu de calme dans mes esprits et leur permettre de rendre un fidèle compte de mon message, je jugeais de retarder mon retour dans l'Olympe pour visiter les lieux qui le vengent par leurs respects du mépris des deux haineuses Divinités.

Abaissant mon vol vers la terre, j'abordais aux rivages Phéniciens dont les sanctuaires innombrables témoignent de la reconnaissance de leurs matelots envers les Dieux; mais le désir de mon cœur était de revoir l'antique et vénéré temple bâti dans Ammon et d'assister au moins un jour à ses saintes et augustes cérémonies; oh! douloureuse stupéfaction de mon âme, que vois-je? Ses portes sont arrachées, elles gisent sur le sol ; son parvis est souillé, des victimes corrompues le couvrent et remplissent l'enceinte de leurs odeurs fétides.

Et le peuple passe indifférent et moqueur devant les ruines de l'autel, la douleur des prêtres ne l'émeut point, il n'a plus foi dans la vertu du temple, il attend d'une nouvelle Divinité, d'une ennemie des Dieux et un nouveau culte et son bonheur.

Je versais des larmes de colère et voilant mes yeux pour ne pas voir d'autres horreurs, je remontais vers l'Olympe pour te prier, grand Jupiter, de lancer ta foudre sur ces coupables.

Mais des chants arrivent à mon oreille, ton nom est prononcé, je suspends mon vol ; quelle satisfaction pour mon cœur, quel repos, quel charme pour mes yeux ! les mille prêtres de ton temple d'Ammon d'Egypte sacrifient à ta gloire mille taureaux, un peuple immense est prosterné et ton autel est surchargé des offrandes que lui apportent vingt puissants rois.

Rassurée par ce spectacle, je porte ma vue sur toute l'Egypte et mon âme est réjouie d'y voir partout régner le respect et le culte des Dieux ; involontairement mes yeux se reportent vers Ammon de Syrie et à ma première douleur se joint celle d'apercevoir les murs des odieuses cités juives et de leur temple, mes yeux s'en détournent, mais qu'aperçois-je ? Tout le parcours qui d'Ammon conduit en Egypte et qu'un mortel peut embrasser de sa vue offre l'aspect désolé des statues et des autels des Dieux renversés ; surprise et affligée de tant d'outrages, mais poussée par le besoin d'en connaître la cause afin d'en aviser l'Olympe, la soupçonnant un acte de haine de cette Divinité juive qu'on dit ne vouloir souffrir d'autre Dieu qu'elle, je me rapprochais de l'Idumée pour chercher à découvrir cette Divinité bizarre que ne représente aucune statue, aucune image; dont la forme est ignorée de l'Olympe comme des hommes et dont le nom n'est connu que du grand pontife de son temple.

Je m'arrêtais sur mon sanctuaire; hélas! Il était le seul dans l'univers où mon nom fut honoré; mais pourquoi au milieu de tant de malheurs vous entretenir de ma propre infortune, ne dois-je pas plutôt me taire? Infortunée que je suis, qu'ai-je fait par mon récit, sinon de raviver vos douleurs; sans les pleurs qui aveuglaient mes yeux, n'aurais-je pas dû m'apercevoir à la tristesse de vos visages que la ruine d'Ammon et tous ces maux vous étaient connus?

Iris, répondit Jupiter, quelle Divinité pourrait mieux que toi faire un sévère examen des choses, malgré sa douleur et son impatience de vengeance l'Olympe t'a prêté et te prêtera une oreille attentive, fais connaître aux Dieux ce que tu as vu et observé, ton récit servira à éclairer leurs conseils et assurer les coups de leur colère.

Là était mon temple, reprit la messagère divine, il demeurait avec celui de Pollux le seul resté debout; coïncidence étrange, mes prêtres immolaient en ce moment à ma gloire une hécatombe de brebis; le désir de les protéger contre un malheur imminent éveilla en moi toute l'attention dont mon âme est capable; non une mère n'enveloppe pas son unique enfant de regards plus attentifs que ceux dont je couvrais mon temple; mes yeux fouillent tout l'espace, rien n'est changé; mêmes travaux dans les champs, mêmes habitants dans les demeures, mêmes esprits et mêmes génies au-dessus et au-dessous de la surface de la terre, tout m'était connu; dans le grand sentier qui traverse la plaine pas d'autres voyageurs qu'un esclave abyssin conduisant trois chameaux, deux filles Moab revenant avec leur cruche du puits sacré d'Hélu et plus loin, au tournant des premières collines, un vieillard au costume juif que suit un âne portant une jeune femme et son

enfant, des outils placés dans une partie du bât indiquent
en eux des artisans; sous quelle forme devait donc se produire la Divinité dont la fureur accable nos temples?
Anxieuse de le connaître j'étais tout yeux et tout oreille,
soudain la statue de Pollux s'écroule, avec l'approche du
danger redoublent mon attention et mes soins de défense;
j'étends mon écharpe redoutable plus sûre protectrice que
le dur océan des boucliers divins, ma main couvre mon
autel; soins inutiles, mon autel se dérobe sous ma main,
il s'abat ensevelissant sous les débris de mes statues mes
prêtres et leurs offrandes: infortunée Déesse, ma protection, n'a servi qu'à aggraver la ruine de mon culte; les
autres Dieux n'ont que leurs statues renversées; moi seule,
à la ruine de mon temple, ait à gémir sur la mort de mes
prêtres, et je n'ai pas même la consolation de donner à
l'Olympe une indication quelqu'imparfaite qu'elle puisse
être, mes yeux n'ont rien vu, mes oreilles n'ont rien entendu.

Tel est le discours d'Iris, les Dieux en sont consternés, ils
ne pouvaient croire aux paroles de Moloch sur les malheurs
du temple d'Ammon et le récit de la Déesse les confirme et
les aggrave.

Leurs yeux sont abaissés vers la terre, ils considèrent
les outrages faits à leurs temples, et leur indignation et
leur colère montent à leur comble, car ces outrages vont
toujours croissant; à leur vue, sous leurs yeux irrités, se
brise la pierre vénérée où s'assit Cérès à la recherche de
sa fille Proserpine et, près d'elle, s'écroule la riche chapelle
du chien qui garda le bouclier de Bellerophon pendant que
ce héros luttait contre Pégase refusant le harnais; les
Dieux en rougissent de honte et l'auraient eux-mêmes pul-
vérisée s'ils l'eussent aperçue plutôt.

Cependant l'impétueux Mars s'écrie: Puissant Jupiter ne
nous permettras-tu point de courir à la défense de nos

temples, devrons-nous sans les venger rester les immobiles spectateurs de leur ruine?

Tous les Dieux partagent cette noble fureur de Mars. Jupiter ne répond point, mais détache de son front un épais nuage qui porte les Dieux sur les lieux mêmes où ils sont outragés. Sur l'extrême limite de l'Idumée, sur cette ligne indécise qui sépare l'Asie de l'Afrique était un temple dédié à Minerve et que cette Déesse affectionnait entre tous ses temples, c'est là qu'était adorée sa statue sainte, ce Palladium vénéré qui fut le rempart de la grande Ilion, l'affreuse tempête qui détruisit le vaisseau d'Ulysse l'ensevelit dans les flots, mais les monstres marins la rapportèrent avec respect sur le rivage et la déposèrent entre les mains du pieux Osaïs qui construisit sur les dessins mêmes de Minerve, une chapelle pour l'exposer à la vénération des peuples.

C'est à la défense de ce saint temple vers lequel s'approche le danger que tous les Dieux se préparent, tous oublient leur propre douleur et ne semblent animés que d'un désir, donner à la grande Minerve un témoignage de leur affection en concourant de tous leurs efforts à éloigner de son auguste front l'outrage dont il est menacé.

Le puissant Jupiter reste seul dans l'Olympe, sa foudre est prête à appuyer les efforts des Dieux; son œil scrute la nature, il embrasse et les vastes cieux et les profondeurs de la terre; il médite en lui-même, et ses réflexions profondes mettent à nu devant lui les éléments de tous les êtres, le secret des intelligences et des pensées de tout ce qui a vie dans les airs et les entrailles de la terre; mais rien ne le rassure, rien ne le met sur la voie de cette vertu redoutable qui frappe les autels des Dieux, elle reste pour lui enveloppée d'un mystère qui pèse sur sa pensée d'un poids immense et dont la terrible vérité lui semble prête à s'affirmer, pour la ruine de l'Olympe, avec une autorité affranchie des lois du Destin.

Pendant que le grand Dieu agite ces pensées dans son âme, ses yeux suivent avec tristesse la marche du ravage des temples, son grand cœur gémit de la faiblesse des Dieux et de sa propre impuissance à préserver sa fille chérie de la douloureuse injure de la ruine de son sanctuaire.

Impuissant à la secourir, il en détourne avec amertume ses regards, mais pourquoi ses yeux à qui rien n'est caché? ne peuvent-ils pénétrer dans l'existence de ces trois voyageurs juifs qui seuls restent indifférents à l'émoi des peuples et dont la pénible indigence, l'extrême fatigue ne peuvent altérer l'émouvante sérénité ; en vain pour y parvenir, le grand Dieu tente de se recueillir et concentre les immenses facultés de son intelligence divine, sa pensée est rebelle à sa volonté, elle s'épuise en vains efforts, une seule idée se présente avec persistance à son esprit et en exclut tout autre, il admire leur beauté.

Mais déjà les Dieux rentrent dans l'Olympe confus et attristés, ils se retirent de la lutte, que servent la force et le courage lorsque le combat n'est pas même possible : en vain Minerve couvre le temple de cette terrible égide dont la Méduse change en rochers tout regard ennemi ; en vain Iris et Argus aux cent yeux veillent avec une ardeur fiévreuse ; en vain Mars agite avec des cris horribles sa lance formidable et tient devant lui son bouclier haut comme cent tours; en vain le robuste Vulcain a levé son monstrueux marteau dont un seul coup écraserait une montagne; en vain Bacchus, Mercure et tous les Dieux et héros armés ou changés en animaux d'une taille et d'un aspect épouvantable rôdent et surveillent les alentours ; en vain le grand Appolon lui-même a bandé son arc et tient dans sa main une de ces flèches redoutables qui n'ont jamais manqué leur but; rien n'a pu sauver le sanctuaire de l'injure commune et la statue sacrée violemment arrachée de l'autel s'est brisée contre le pavé du temple.

A l'approche de Minerve, le grand Jupiter jette sur elle un regard empreint d'une si douloureuse tristesse que la Déesse émue refoule dans son âme sa propre peine et s'efforce de laisser paraître sur son noble visage un calme qui n'est point dans son cœur.

Cependant Jupiter a repris sa contemplation, il s'adresse à Iris : Iris, tes regards profonds n'aperçoivent-ils rien sur la limite du désert qui soit digne de ton attention et de celle de l'Olympe ?

La Déesse et tous les Dieux abaissent leurs regards, mais la vue des beautés qui fascinent Jupiter échappe à leurs yeux, la compréhension en est supérieure à leur science ; Iris et les Dieux n'aperçoivent dans les trois proscrits juifs que trois communs mortels ; la grande âme de Jupiter en gémit, et cette réponse d'Iris l'oblige, quoiqu'à regret, de reporter ses pensées sur le gouvernement et le sombre avenir de l'Olympe à qui sont réservés un nouvel étonnement et une nouvelle douleur.

DÉCLAM X.

Les prêtres d'Ammon sont les plus sûrs soutiens d'Amiaz, sur la prospérité de leur sanctuaire est fondée la splendeur de son trône ; aussi ce roi, dont la ruine des autels de Jupiter tarit les richesses et dont l'oracle de Judée menace le pouvoir, a-t-il résolu de relever l'éclat du lieu saint et de rendre à ses prêtres leur antique prestige ; il n'a cessé de leur prodiguer ses consolations ; avec eux il a pleuré, il a gémi ; enfin cédant à ses larmes et à ses prières ils ont mis fin à leurs cris de douleur, et la prochaine aurore verra les réparations solennelles des outrages faits à la majesté des Dieux, la purification du temple et le rétablissement de ses rites ; cette nuit même, le peuple juif sera livré aux Génies infernaux, un prêtre s'est dévoué pour cette terrible cérémonie ; et le grand pontife de Jupiter assis sur un trône plus élevé que celui du roi inaugurera la reprise des louanges en l'honneur des Dieux par des malédictions contre la Divinité d'Israël.

A l'orient de l'opulente Ammon est une suite de collines dont les sources forment les premières eaux du Jaboc ; un archer puissant peut, en trois jets de flèches, franchir la distance qui sépare Ammon et son temple de la plus haute de ces collines ; de son sommet, on aperçoit dans le lointain une lueur éclatante, c'est le dôme du temple de Sion dont le soleil dore les plaques d'étain et de cuivre, des ouvriers sont spécialement affectés à maintenir leur état brillant, en souvenir de celles d'or et d'argent qui ornaient l'ancien temple.

C'est du haut de cette colline que le grand prêtre d'Ammon doit lancer ses anathèmes, c'est dans les sables du torrent qui s'éloigne de ses pieds que le Mauvais doit remettre au Génie de la mort la terre juive et son peuple.

A peine les derniers rayons du soleil venaient-ils de s'éteindre à l'occident pour laisser le front des cieux s'orner d'étoiles que des messagers revêtus de manteaux de peaux de louves entraient dans les terres juives de la tribu de Gad ; trois fois pour appeler les furies, leur main frappe la terre dans la partie d'ombre formée par leur corps, tandis qu'ils détournent la tête les yeux fixés sur la lune ; ensuite ils creusent et ramassent à la hâte de leurs mains une provision de terre qu'ils déposent dans un pan de leur manteau ; ils en portent trois fois à leur bouche et trois fois la rejettent et s'écrient : terre, puisses-tu produire des serpents au lieu d'épis, que des reptiles aux regards horribles sortent leurs têtes hideuses de chaque touffe d'herbe, de chaque cavité de ton sol, qu'il se dessèche et se ride à leur souffle empoisonné, qu'il devienne plus triste et plus abhorré que le gouffre des enfers où les Dieux punissent les parricides.

En même temps, des hommes apostés sur les chemins mettaient à mort ou enlevaient tous les habitants d'Amer, de Bétur et d'Uvod répandus sans défiance dans la campagne ; malheur à ces villes, l'aurore les verra remplies de pleurs ; malheur surtout à toi, Ecasson, qui a négligé de te ceindre de murs ; ville infortunée, tes demeures, comme un bercail ouvert à des loups furieux, sont assaillies par tes ennemis, ils massacrent tes hommes vaillants, souillent et égorgent leurs épouses, foulent aux pieds les berceaux ; tes fils l'espoir de ton nom, tes filles la fleur du Jourdain, la gloire d'Israël par leur beauté se déchirent le sein aux bras de leurs ravisseurs.

Le spectacle terrifiant de Médée semant sur sa route les

membres de ses frères et, par son art magique, forçant les morts à sortir de leurs tombes enveloppés dans leurs linceuls, pour s'opposer à la poursuite de son père, est moins effroyable que la scène dont fut bientôt témoin le lit du torrent.

Au premier cri poussé par l'effraie, trois cavales pleines sont précipitées dans des fosses et enfouies vivantes, les victimes poussent des hennissements affreux, elles tournent avec effort la tête vers leurs entrailles gonflées et semblent reprocher aux bourreaux le sort cruel fait à leurs fruits; c'est le sacrifice aux fleuves infernaux, aucune prière, aucune parole n'est prononcée : ensuite six vaches noires tombant de vieillesse sont amenées, leurs conducteurs les promènent en cercle; au milieu est le prêtre, il s'assied successivement sur six pierres tirées de six fosses creusées dans le cours de six nuits, en souvenir des six âges de la terre et des 616 générations de mortels qui passeront sur son sol, avant que vieillie, elle se brise dans la main de la mort.

Le prêtre prononce à demi-voix :

Nuit, sois-nous propice, agrée ces victimes, elles sont de celles que tu aimes ; puisse la vue de leurs reins desséchés espoir des criards corbeaux, puisse le bruit de leurs tendons sans muscles choquant à chaque pas leurs os, t'être agréable, te réjouir, te faire oublier que pour sa vengeance Ammon a troublé le silence et le repos que tu imposes aux hommes.

Cette prière achevée, les aides renversent les nourricières et leur écrasent la tête en la frappant des lourdes pierres.

La dixième victime doit périr par le fer, c'est une génisse aux cornes naissantes, son front noir et superbe porte une marque blanche en forme de croissant; elle marche libre de liens mais entourée d'une foule de bergers dont le flot dirige ses pas; devant le prêtre le cercle humain s'ouvre, bientôt il a saisi la corne de la victime et va frapper; mais à la vue du signe, son bras levé ne descend plus ; le devin des pâtres et avec lui leur multitude se prosternent et s'écrient :

Lune Vélô.

Le prêtre répond, il chante :

Lune, rien n'est terrible comme le fantôme que tu places dans le bois au détour du chemin, il a la taille d'un géant, sa main est fortement armée, il attend le passant attardé qu'assiége la crainte; à sa vue, il recule, il pâlit; il serait moins tremblant devant Procuste et son lit de fer, devant Sisyphe précipitant les voyageurs du haut des rochers, ou Diomède les faisant dévorer par ses chevaux; cependant l'absence de bruit peu à peu le rassure, il hasarde des pas hésitants, il passe; mais Lune déjà il est ta victime, tes chiens ont humé la fleur de son sang principe de la vie et communiqué à ses veines le feu de leurs naseaux, ses enfants peuvent le pleurer, son épouse préparer ses vêtements de deuil.

Brillante Phœbé, épargne-nous ces terreurs, toujours nous respecterons ton signe et ceux que tu fais tiens; et sa main abandonnant la corne a saisi une touffe du front pour la trancher du glaive et rendre à la génisse sa liberté ; mais dans ce moment la foule des pâtres de nouveau s'écrie :

Prêtre des Dieux écoute-nous;

Le grand loup menace Diane ;

Tu l'entends, redoutable Divinité, s'exclame le prêtre, de toi aussi la mort veut une victime; pour ton salut, Ammon a exploré ses campagnes et ses bois, il l'a cherchée dans mille troupeaux.

Grande Hécate, réjouis-toi; jamais tu n'auras eu à ta suite un si nombreux cortège d'ombres, déjà se lève celui

qui doit te confier les mânes de tout un peuple : la vue des
villes que la peste dévaste te plaît, les cadavres qui couvrent leurs rues sont pour toi une riche moisson ; mais les
visages ensanglantés que ta lueur rend plus livides et plus
effrayants aussi te plaisent, Ammon en rassasiera tes regards ; rends-lui en bienfaits tous les maux qu'il souhaite
à ses ennemis.

Fille de la nuit, ne cesse point de nous être favorable,
c'est toi seule que nous invoquons pendant le sommeil des
Dieux.

Ces paroles prononcées, le prêtre enfonce le fer et s'éloigne avec hâte, la foule des pâtres s'est levée et suit ses pas :
pendant l'instant de silence qui se produit, des pleurs lointains sont entendus.

Dès que ceux qui fuient ont disparu dans la nuit, les
aides trempent la main dans le sang et marquent du signe
d'Hécate leur sein nu ; ensuite avec hâte ils dépouillent les
victimes, étendent les peaux des six vaches dans le demi
cercle formé par les fosses, justaposées elles le couvrent,
c'est l'autel ; ils placent sur son front la tête marquée du
signe, rangent devant elle les six pierres tachées de sang,
tribus tous aimés de la mort à qui ils rappellent que tout
ce qui est sous les cieux et les cieux eux-mêmes sera un
jour sa proie ; puis, saisissant la septième dépouille, ils
vont, sans porter sur elle leurs regards et marchant en
arrière, la déposer entre les rangs de pierres chemin de
l'autel, ils s'y accroupissent et jouent qui d'entr'eux lais-
sera son corps dépouillé nu pour être la gaîne des lames
qui ont dépécé les victimes ; Muse, renonce à dépeindre ces
sept méchants visages dont chacun, afin d'écarter de lui le
trépas, fait aux Dieux des promesses de temples pour
l'égorgement des six autres ; toutefois le sort ne décide
point, il trahit ; et les complices fuient où a fui le prêtre
laissant à l'horrible autel un marchepied affreux ; mais que

regardent-ils et les fait blémir, ne sont-ils pas sauvés ? Ah !
la victime a un vengeur dans ce septième qui les suit, dans
cette forme sanglante qui appuie sa main sur leur épaule
et n'est visible que pour leurs yeux.

Pendant que s'accomplissent ces choses lugubres, les
pleurs se sont rapprochés, on distingue des plaintes d'enfants, des gémissements de femmes.

Le lion a rugi, aussitôt de mille buissons surgissent des
fantômes ; leur droite porte une lance, leur gauche agite
et traîne des chaînes, leurs reins sont ceints d'une peau de
fauve, sur leur front se balance une tête de bouc : la ligne
sombre d'où partent les pleurs s'avance lentement, elle
pénètre entre les spectres armés et les fosses, ceux qui la
composent ne peuvent se compter ; mais quel nuage infect
se traîne à sa suite, les bouches du Tartare ont-elles rien
de plus funeste au fragile souffle des hommes ; c'est au
milieu de l'effroi qu'inspire l'approche de cette masse
inconnue, qu'un rire strident perce la nuit ; le Mauvais
vient, des bruits l'annoncent, des êtres à forme monstrueuse sortent un à un des ténèbres, ils gambadent ; voici
le dernier, car le prêtre paraît ; ils dévoilent le cadavre, se
grandissent sur les pierres et élevant le lourd voile en
forment un dôme ; c'est sous ce lambris dégoutant le sang
que s'avance le sacrificateur ; une robe de peau de bouc
l'enveloppe ; ses bras, ses pieds, sa tête sont nus, une bandelette formée d'une peau de reptile lui ceint le front :

Il étend les bras ;

Ste Vérité permets que je ferme les yeux à ce qui doit
suivre, sa hideur est telle qu'elle ne saurait être révélée,
les furies en furent elles-mêmes épouvantées et les serpents qui forment leur chevelure, se renversant, faillirent
étouffer de colère d'apercevoir plus laid qu'eux.

Reste, Vérité, dans les profondeurs de la nuit et que les

éclats de ta voix ne laissent comprendre que ce que des mortels peuvent entendre et seulement blémir.

..... Debout devant lui est le cadavre du supplicié, il approche sa face de sa face, et en l'embrassant le maudit.....

..... O sainte pitié ! ces plaintes, ces cris étouffés ne les émeuvent point, ils se réjouissent de les éteindre sous leurs pas lourds.....

..... C'est un amas de corps nus, de cadavres en putréfaction, le malheureux assis nu sur ces chairs que les vers dévorent en écarte ses mains crispées ; ses yeux affreusement ouverts regardent des chiens se disputant sa langue arrachée, ses pieds amputés ; oh ! quelle nouvelle torture prépare le prêtre, il ricane ; devant son horreur, le courageux patient a fermé les yeux.....

..... Que de sang dans leurs mains, que de sang sur leurs visages ; mais où ces monstres promènent-ils ces têtes ? Douce lumière des cieux éteint-toi devant de tels forfaits....

..... L'horrible danse s'achève ; sur la fosse fermée et recouverte de la terre de Judée, le sacrificateur immole une dernière victime, un bouc noir ; il chante d'une voix presque éteinte :

Esprit de haine, esprit de colère, esprit de perdition, reçois ce bouc, garde à jamais le souvenir de ce sacrifice, le dernier qui te sera fait ; ce bouc noir te porte les derniers souhaits d'Ammon pour la terre juive.

Communique l'odeur de la bête à chaque habitant de cette terre maudite, qu'elle les rende insupportables les uns aux autres, qu'elle arme la mère contre la fille, le fils contre le père, l'ami contre l'ami, celui qui passe contre celui qui demeure ; que tous se frappent, que tous s'égorgent, et que leur dernier survivant sèche au soleil, dédaigné par les corbeaux.

Ces paroles sont les dernières du prêtre et ses pieds ne doivent plus toucher la terre d'Ammon.

Déjà un âne aveugle est prêt sur la fosse, le prêtre y
monte et s'éloigne sans regarder derrière lui, il marche
dans la direction du Jourdain; arrivé sur la limite juive, il
dépouille sa tête de la bandelette de reptile, en enveloppe
le couteau des sacrifices, et, sans descendre de sa monture,
les enfuit dans la vase; cet acte accompli, le prêtre entre
dans le lit du Jaboc et ne cessera de le suivre jusqu'à ce
qu'il ait trouvé la mort dans ses flots; demain, rejeté par
les ondes, son cadavre sera un objet d'épouvante et d'horreur pour tous les habitants de ces rives.

Cependant sur le sommet de la colline sont placés deux
trônes, celui du roi à droite est sans dossier mais avec
tabouret d'argent insigne du pouvoir suprême, l'autre avec
ciel splendide est pour le grand prêtre du temple; le pied
du pontife reposera sur le riche tapis qui du trône s'étend
jusqu'au bord extrême du front de la colline.

Bien avant que les premières lueurs de l'aurore aient
commencé à blanchir le fond des cieux, Amiaz est sur son
trône, le brillant cortège des princes l'entoure et le peuple
accouru à la voix des héros couvre les flancs de la vaste
colline; un silence de mort règne dans cette foule immense,
aucune parole ne doit être prononcée jusqu'à ce que le
grand pontife ait maudi la divinité d'Israël, ainsi le veulent les ordres du roi et ceux des prêtres interprètes de la
volonté des Dieux.

Les abords du temple sont remplis par le cortège sacré
des prêtres dont sept cents torches font resplendir les
vêtements d'or et de soie, les voix de neuf cents harpes
attendent en frémissant un signal du pontife, et au loin
retentissent les beuglements de mille taureaux qui, sous la
conduite des pâtres du roi, descendent la montagne pour
servir de victimes.

Mais voici l'aurore, sa lueur pourprée ouvre l'Orient aux
clartés du jour; les torches gravissent les derniers escar-

pements de la hauteur, les harpes entonnent à demi-voix
de sombres mélodies auxquelles répondent les bruits solennels et menaçants de deux mille guerriers frappant en
cadence leurs boucliers ; et lorsque les feux de l'aurore en
grandissant ont commencé le matin, le splendide cortège
paraît sur le front de la colline et le couronne de ses brillants flots ; à son approche, le roi s'est levé, il ôte de sa
tête son riche diadème, le dépose sur le trône du pontife
et attend dans une attitude pleine de respect ; bientôt même,
il marche à sa rencontre, le pontife le reçoit dans ses bras,
l'embrasse avec effusion en l'appelant son fils, et la main
dans la main le conduit aux pieds de son trône y prend le
diadème qu'il dépose entre les mains du roi qui le replace
sur son front.

Le roi et le pontife sont assis, les regards fixés sur eux
l'innombrable foule attend ; mais l'éclatant soleil s'avance,
ses rayons l'annoncent, ils enflamment l'horizon.

Le pontife s'est levé et se tournant vers le midi, il étend
ses bras vénérables et invoque en silence la présence des
Dieux ; les prêtres, leur long bâton d'ivoire à la main, ont
fléchi le genou, tout le peuple avec son roi se tiennent
prosternés.

Le pontife et le roi ont repris place sur les trônes, le
chant des harpes et le bruit des boucliers ont cessé, tout est
silence, seul dans la vallée s'élève le lointain mugissement
des victimes.

La foule anxieuse regarde les feux qui embrasent de plus
en plus tout l'Orient ; mais comment s'est formé ce sombre
nuage qui couvre le vaste front des monts Hermès, la foule
et les prêtres se prosternent de nouveau à sa vue ; c'est
l'Olympe, ce sont les Dieux ; ils ont entendu la supplication
du pontife, ils ont vu tout un peuple s'humiliant devant eux,
ils viennent témoigner par leur présence, qu'ils consentent

11

à la purification du temple et qu'ils agréent les prières et les victimes de l'expiation.

Les dernières étoiles se sont effacées dans les clartés du jour, l'Orient s'irradie, c'est l'approche du soleil, le voici, il montre son front glorieux.

Aussitôt le pontife quitte son trône, il s'avance d'un pas solennel, les prêtres ont suspendu par ses agrafes d'or à leur riche ceinture le bâton d'ivoire, ils sont debout, comme eux tout le peuple est debout la tête couverte.

Le pontife a cessé ses pas, il domine le vide, il fixe ses yeux sur le dôme resplendissant de Sion et étendant les bras s'écrie d'une voix qui étonne par sa puissance:

Sois béni, Dieu d'Israël, sois glorifié; que toute voix chante tes louanges, que tout ce qui vit t'adore; car seul tu es grand, seul tu es saint, seul tu es Dieu.

Ces paroles prononcées;

Le pontife revient avec la même solennité près de son trône, il dépose les bandelettes sacrées, orne son front de la riche tiare et s'adressant à la foule s'écrie:

Peuple livre ton cœur à la joie et vous prêtres des Dieux chantez leurs louanges;

Mais les prêtres restent muets, la foule paraît consternée.

Le pontife étonné s'écrie:

Peuple ne crains point de te réjouir, les Dieux te regardent et approuvent ta joie, et vous prêtres que tardez-vous de les louer, leurs oreilles attendent vos cantiques.

Mais au nom des prêtres, le grand sacrificateur répond: comment pouvons-nous louer les Dieux puisque tu as béni leur ennemi?

Eh quoi, gémit le pontife, j'ai cru maudire et ma bouche aura loué; Ah! que mes lèvres se ferment donc à jamais puisqu'elles ont pu trahir ma pensée pour déplaire aux Dieux.

Il dit et les yeux pleins de larmes, il dépose sur le trône

ses insignes de pontife, il ceint son front de bandelettes et s'avançant vers le grand sacrificateur, le conduit par la main près du trône, lui place sur la tête la tiare et, sans prononcer une parole, s'éloigne loin de la foule pour se prosterner contre terre et s'y laisser mourir de faim et de douleur.

Le grand sacrificateur est devenu pontife, il a hâte de rassurer le peuple contre le prodige opéré sous ses yeux; sa grande taille, sa démarche majestueuse, son geste solennel impressionnent l'immense foule et portent à son comble son anxieuse attente.

Comme le premier pontife il fixe ses yeux sur le dôme du temple de Sion, comme lui il étend les bras et d'une voix dont la puissance surhumaine remplit la vaste vallée, il prononce:

Le Dieu d'Israël est jaloux de sa gloire, il paraîtra et les autres Dieux tomberont de leurs trônes, sa voix les réduira en poussière, leur souvenir même s'effacera de la mémoire des hommes lorsqu'il prononcera son nom; car la terre et les cieux disent de lui: nous n'étions point et il nous a voulus, il nous a dit soyez et nous avons répondu nous voici; rois, c'est par lui que vous régnez; peuples, en sa main est toute victoire; écoutez-le, n'espérez qu'en lui.

A ces paroles, l'étonnement et l'émotion du peuple deviennent indicibles et la foule des prêtres semble prête à rugir de fureur, comme poussée par un esprit invisible elle s'avance d'un commun élan sur la place des malédictions.

Mais ils ne laissent entendre que des paroles confuses, leurs voix s'affaiblissent de plus en plus, bientôt elles ne ressemblent qu'à des cris de cigales, leurs bouches contournées et effroyables dans leurs mouvements pour maudire finissent par ne plus laisser échapper de son et donnent à leur extérieur un tel grotesque que le roi et le peuple incapables de se contenir sont prêts à éclater en rires moqueurs.

Les Dieux en sont témoins et, pour s'éviter la douleur d'assister à ce suprême outrage à leur majesté, fuient dans l'Olympe; dans cet instant, leur arrive un cri immense, c'est la prière de tout le peuple juif prosterné aux pieds de son Dieu et qui dans sa douleur des évènements de la nuit s'écrie : Il n'est pas d'autre Dieu que toi Dieu de Jacob ; les rois méditent notre ruine, les nations la veulent, mais leur espérance est vaine, car tu es notre secours.

DÉCLAM XI.

Jupiter a résolu de convoquer la grande assemblée de l'Olympe, jamais ses Dieux ne se sont trouvés en présence de tels maux; l'attaque même des Géants, si redoutable qu'elle fût ne leur a pas semblé si menaçante que la lutte poursuivie contre eux par la force mystérieuse, la Divinité invisible qui les couvre de blessures sans qu'ils puissent la frapper.

Ils voient leurs couronnes pâlir sur leurs fronts, ils sentent sous leurs pieds trembler leurs trônes, la grandeur du péril qu'aggrave l'impossibilité de recourir aux conseils du Destin, car Saturne et Vesta ne consentent point à déposer leur haine, les oblige à chercher en eux-mêmes des secours, à demander à leur seule sagesse des moyens de salut.

A la voix de Mercure tous sont accourus, tous sont venus se ranger sur leurs trônes dans l'éclatant palais du roi des Dieux.

Sage Mélété, c'est à toi surtout que Jupiter a commis le soin de conserver la mémoire de cette auguste assemblée, d'en rappeler l'ordre solennel et la sublime majesté.

Toi seule peux dire comment cette Yssantô dont les conseils devaient sauver l'Olympe vit ses travaux se terminer par un évènement plus terrible que tous les précédents malheurs.

Viens, Muse divine, inspirer ma voix et les âges avenirs reconnaissants dans mon œuvre, ton propre ouvrage, t'en attribueront toute la gloire.

Les heures attentives ont allumé les dix mille lampes
d'or du palais de Jupiter, lampes merveilleuses qui, con-
densant en elles les rayons du soleil, peuvent au gré du
grand Dieu continuer sans fin le jour; lampes d'un prix
infini moins par le précieux métal qui les compose, puisque
le palais entier est d'or le plus pur, que par la beauté de
leur forme et la perfection des dessins qui reproduisent
les grands actes des Dieux; les personnages paraissent
animés, les monstres qu'ils ont vaincus semblent encore
exhaler un dernier souffle de vie; on reconnaît les lieux
théâtre de leur gloire; tout y est rendu depuis les villes et
les grands bois jusqu'à l'insecte qui demande aux fleurs sa
demeure, jusqu'à la feuille morte restée attachée au pied
des Dieux.

Mais devant les richesses de ce palais, ma parole n'est-
elle pas comme l'humble fontaine qui réfléchit l'éclat du
soleil? par quel cri d'admiration les nombrer, comment
rappeler ses cent mille colonnes dont l'ensemble est parfait
d'harmonie et cependant ayant chacune une beauté à part
digne d'infinies louanges, ses parvis où l'art a comme im-
primé la vie, ses portiques écrasants de majesté, ses dômes immenses d'une décoration à étonner sans fin l'imagination la plus riche; que pourrait ma faible voix pour chanter tant de merveilles, elle s'éteindrait avant d'avoir pu
seulement redire celles accumulées sur un seuil des cent
portes, car cent chants n'y suffiraient pas.

Mon esprit ébloui, incapable de se fixer l'adjure de nouveau, divine Mélété, de lui être propice; que ta main ferme
mes yeux, afin que mes pas puissent se séparer de ces
illustres portes, pour qu'ils traversent les splendeurs sans
nombre qui vont se presser devant eux; ne permets qu'ils
se rouvrent que devant la merveille que les siècles me
crient de leur montrer; Ah! ils m'ont entendu, déjà ils
frémissent de joie; aide-moi, Muse, à satisfaire leur désir

pour mes forces écrasant labeur; aide-moi à tenir un instant soulevé le voile qui cache à ces mortels l'assemblée
des Dieux.

Jupiter est assis, il regarde à ses pieds un rocher de diamant dont la vue charge son front de nuages, son vêtement
à l'éclat des étoiles, dans sa main étincelle un faisceau de
foudres, l'autre en s'appuyant sur son aigle assemble des
éclairs.

Les heures ont révélé que le rocher placé sous les yeux
de Jupiter est le trône de son père, ce colossal diamant
est couvert d'aspérités, seul son sommet est poli et présente
l'empreinte du corps du grand Dieu et celle de sa faux
que négligemment couché il tenait appuyée sur son bras
droit; le nombre immense d'années que Saturne a régné
dans l'Olympe semble écrit dans ces empreintes dont
l'exacte ressemblance des formes excite l'admiration des
Dieux; mais cette place vide les contriste surtout Jupiter à
qui elle rappelle de si douloureux et si irritants souvenirs,
et cette vue dont rien ne peut le délivrer amasse autour
de son front nuages sur nuages, ainsi le veut le Destin.

A droite de Jupiter est le trône en diamant bleu de l'auguste Junon, un éblouissant arc-en-ciel forme son voile et
à ses pieds son oiseau favori étale avec orgueil sa splendide
parure; près de Junon siége la sage Minerve, son trône est
un lapis à reflets d'or, un casque d'or d'un travail merveilleux encadre son beau et énergique visage, son bras gauche
soutient sa redoutable égide, sur sa cuirasse s'étale la tête
de Méduse dont les yeux ardents et fascinateurs effraient
les Dieux mêmes, sa main droite est appuyée sur sa lance
immense; au-delà de Minerve est la colossale émeraude de
la grande Cybèle la vénérée mère de Jupiter, son front est
ceint d'une couronne de tours, et sur sa robe éclatante
comme son trône sa main droite élève et renverse des palais, tandis que sa gauche brasse des forteresses.

A gauche de Jupiter, brille le diamant vert-opale sur lequel siége le puissant Neptune, une de ses mains tient ce formidable trident qui souléve les tempêtes et remet à flots les flottes échouées, l'autre caresse une monstrueuse baleine dont la blancheur rivalise d'éclat avec sa longue barbe d'un blanc d'argent ; au côté de Neptune parait le roi des bords du fabuleux Styx ; car où vont les âmes sorties des lèvres des mortels, Jupiter et les Dieux l'ignorent, la nature des âmes échappe à leurs regards ; mais la laideur du crime, le besoin d'inspirer aux hommes sa crainte et le respect de leur majesté ont conduit la sublime intelligence des Dieux à inventer ce mensonge salutaire du Tartare et de ses douleurs ; le trône du redouté Pluton formé d'un diamant jaune-olive et son vêtement d'une forme et d'une richesse étranges semblent n'avoir d'éclat que par son regard plein de lueurs sinistres comme les signes par lesquels s'annoncent les contagions que le sombre Dieu distribue aux peuples ; le troisième trône, diamant couleur de feu, est celui du docte Appolon, son grand front est orné d'une simple et grâcieuse couronne de feuilles d'or et ses mains sont armées des flèches et de l'arc d'argent redoutés des monstres et craints des peuples à l'égal de la peste.

Ces puissants trônes forment un immense hémicycle dont le diamant blanc de Jupiter occupe le sommet.

Les heures assurent, et c'est la plus importante de leurs révélations, que derrière la montagne de lumière sur laquelle siége Jupiter est la pierre noire d'où le père du génie l'infortuné Prométhée tira son étincelle ; cette pierre est le trône de l'Amour ; c'est assis sur elle que le Dieu enfant souléve de temps à autre son bandeau et que de ses yeux quoique éteints partent des éclairs qui seuls ont le pouvoir de fondre les nuages qui ombragent le front du maître du tonnerre ; c'est ainsi que l'Amour maître des joies de Jupi-

ter est le maître des biens et des maux du monde à qui
les dispense la main-heureuse ou irritée du grand Dieu.

Après les six grandes Divinités, et à leur suite, brillent
comme des étoiles disposées en longs rayons les trônes des
Dieux inférieurs tous de mêmes clarté que celui du grand
Dieu ou de la grande Déesse qui siége au premier rang ;
après le trône de la reine des Dieux étincelle celui de Vénus
heureuse possesseur de la ceinture des Grâces que lui
envie tout l'Olympe ; derrière le trône de Minerve est celui
de la fière Vesta déesse plus faible que la fille de Jupiter,
mais redoutée de tout l'Olympe à cause de ses attributions et de son caractère altier, sa place est vide mais
aucune Divinité ne le regrette ; la grande nourricière
des hommes, Cérès, est placée après Cybèle, sa main
s'honore de son utile faucille ; l'auréole qui orne son front
ressemble à un fleuve majestueux roulant à flots pressés
des ondes de cristal.

A la suite du trône de Neptune est celui du Dieu de l'éloquence et du commerce ; de tous les Dieux c'est le plus fé-
cond en ressources, aucun n'est plus prudent et en même
temps aussi audacieux ; c'est le messager de Jupiter, l'exécuteur sûr et infatigable de ses volontés ; Mercure tient à la
main son redoutable caducée, ses ailes éclatantes comme les
éclairs de la foudre frémissent autour de son corps comme
impatientes de se déployer ; près de lui s'agite sur son
trône l'impétueux et terrible Dieu de la Guerre, fatigué d'un
instant de repos, ses mouvements saccadés font heurter
entre elles ses resplendissantes et formidables armes et
leur font rendre un bruit cher aux oreilles de Pluton dont
le trône est placé devant lui, mais que désapprouvent toutes
les autres Divinités ; le trône de Vulcain termine le second
rang, ce Dieu est le moins brillant et le plus bienfaisant des
Dieux, son bras robuste agite le manche d'un colossal marteau dont les trépidations sur le marchepied de son trône

font jaillir des gerbes d'étincelles qui illuminent sa laide
et sympathique figure ; mais comment rappeler la gloire
de tous les Dieux, l'instant court comme un éclair où il me
fut donné de la contempler ne me permit que d'entrevoir
d'une manière confuse les glorieux attributs des autres
Divinités, et le nombre des trônes était si grand que ma
vue n'eut pu les compter : c'étaient les Dieux qui à la suite
de Vénus président à la génération, au développement et
à l'extinction des êtres ; ceux constitués par Vulcain les
gardiens des richesses et des produits sans nombre en
formation dans les entrailles de la terre ; ceux qui avec
Vesta dirigent les mouvements des astres, l'emploi des
forces de la nature, les phénomènes qui les modifient ;
ceux qui sur un signe de Pluton répandent sur les hommes
la peste, la famine, la sécheresse et les longs frimats ; ceux
qui pour plaire à Cérès conduisent les saisons, embellissent
la terre de fleurs et la dotent de fruits ; ceux qui règnent sur
les montagnes et les forêts nourricières des fleuves que leur
confie Neptune ; mais leur nombre est immense, je ne pus
que deviner les Dieux protecteurs des villes et des foyers ;
devant ou après eux, la Vérité, la Tempérance et la Justice
étaient en quête de leurs trônes, c'est ce qui me les fit
reconnaître ; au-delà encore étaient les Divinités du sommeil, de la peur, de la mémoire, de la santé, de la fortune
leurs noms et mille autres me furent dits par la Muse, mais
mon âme n'était préoccupée que d'un seul et il ne me fut pas
nommé, celui du contentement.

Toutes ces Divinités étaient assises sur des trônes qui
de même que leurs vêtements étincelaient de mille feux.

Mais quelque innombrables que fussent les Dieux, ils
étaient loin d'égaler la foule des héros ou demi-Dieux qui
n'ayant que le droit de présence dans l'auguste assemblée
restaient debout et entouraient les trônes comme d'une
splendide couronne.

Les causes de leur apothéose, leurs grandes actions, leurs nobles blessures formaient leurs titres de préséance et l'auréole plus ou moins éclatante de leurs fronts.

Seul, leur grand chef l'invincible Hercule était assis sur un trône d'argent, son illustre origine, l'éclat des grands faits dont il avait rempli le monde, l'ont rendu digne de cet honneur accordé par Jupiter aux acclamations de tout l'Olympe.

Après Hercule, se distinguent au premier rang Thésée et Pirithoüs si renommés par leur audacieuse entreprise de combattre la mort, les intrépides Dioscures, le glorieux Persée, Minos, Œdipe si fameux par ses crimes et ses malheurs, mais plus célèbre encore par l'amour filial que lui porta Antigone sa noble et vertueuse fille; c'est elle que les Dieux auraient dû admettre dans l'Olympe, c'est à tresser sa couronne qu'ils auraient dû employer leur art infini, sa présence eût été elle-même la splendeur de la couronne des Dieux et eut pu désarmer le Destin, si le Destin avait pu être désarmé; ce sont de tels oublis qui justifient ses rigueurs surtout devant un Méléagre insensible aux maux des siens et de la patrie, une Cassiopée dont la vertu ne consista qu'à porter élégamment son voile, un odieux Enée, un Paris qui ne dut sa divinité qu'à son ambassade de porter une pomme.

Les heures ont de plus révélé que les magiques reflets produits par les mouvements des Dieux, leur gloire et les feux de leurs trônes projettent sur la base du trône de Jupiter sept lueurs formant sept caractères dont le sens varie avec la disposition du regard; vus de face, ils représentent les sept lettres saintes du nom du grand Dieu, ils indiquent sur le côté droit les sept lettres de l'agent générateur de toutes les forces de la nature, et sur le côté gauche les sept lettres de l'élément mystique contenant en lui-même les principes de tous les corps.

Cependant la contemplation qui sert de sommeil à Jupîter touche à sa fin; à l'occident, la grande constellation du Dragon entraîne dans la profondeur des cieux ses dernières étoiles; et à l'orient commencent à pâlir les feux de Syrius signe certain que l'astre du jour, continuant à descendre, a achevé plus d'à moitié sa carrière dans les cieux inférieurs et va rendre sa lumière aux Dieux et aux hommes; les lettres saintes, à l'appel des heures, se sont élevées de la base du trône à la hauteur des yeux de Jupiter, pour l'avertir qu'il est temps d'agir et de donner ses ordres pour le gouvernement de l'univers pendant la nouvelle journée qui se prépare.

Au contact des caractères sacrés le grand Dieu a reporté ses regards sur les Dieux de l'Olympe et s'est levé de son trône.

Un silence solennel s'est fait, et d'une voix contenue mais qui cependant remplit l'immense enceinte du palais et retombe des voûtes avec une puissance qui semble accabler les Dieux, le grand Jupiter s'écrie :

Dieux et Déesses, une longue suite d'outrages ont été faits à la majesté de nos trônes et la volonté ennemie qui en est la cause coupable demeure cachée à nos yeux et se dérobe à nos vengeances; sa nature inconnue fait sa force, elle nous refuse le combat et triomphe sans combattre de nos bras invincibles; comment y remédier, par quel moyen amener cette fatale Divinité à lutter contre nous à visage découvert? Voilà ce qu'il nous importe de connaître, qu'elle se montre cette Divinité! Et quelque formidable que soit sa force, je le jure par ma droite, votre roi descendra au combat à son premier appel.

Dieux et Déesses, la dure nécessité en nous enlevant jusqu'à la redoutable ressource de consulter le Destin, oblige l'Olympe à être lui-même sa seule espérance; aussi, comme du conseil que vous allez prendre doit suivre son sort,

qu'il peut mettre en péril toutes ses couronnes et ses trônes,
j'ai cru digne de moi et de vous d'appeler à y prendre part
toutes ses divinités, afin que toutes apprennent la grandeur
du danger, qu'elles voient si au delà de nos efforts il est
quelque salut.

D'où vient que pendant le discours du grand Dieu, trois
fois les lampes s'éteignent et se rallument d'elles-mêmes
remplissant l'immense enceinte d'ombres rapides qui se
renversent; et présage plus effrayant qui fit frémir les
Dieux, trois fois éclairée par les étincelles de sa foudre, la
majestueuse figure de Jupiter parut couverte de l'horrible
pâleur de la mort.

Jupiter s'est assis; sous l'émotion qui le domine l'Olympe
garde le silence, la sagesse des Dieux a besoin de se recueillir; mais dans leur âme agitée une pensée seule se
présente, c'est qu'aucun moyen ne doit leur paraître trop
prompt et trop énergique pour parer le grand péril qui les
menace.

Aussi, lorsque pour répondre à Jupiter se lève le bouillant Mars le plus impétueux des Dieux, un soupir de satisfaction semble s'échapper de toutes les poitrines, tant
les conseils les plus violents paraissent répondre aux besoins de la situation, être en rapport avec les sentiments
de tous.

Tu l'as dit, puissant Jupiter, s'écrie Mars; le remède aux
maux de l'Olympe est de forcer la Divinité notre ennemie
à montrer contre nous son visage; rendons lui haine pour
haine, outrage pour outrage; elle renverse nos statues, dé-
truisons son temple; vengeons la mort de nos prêtres par
le massacre de tout son peuple; que le jour qui va luire soit
le dernier qui éclaire cette race maudite; arme-toi Jupiter,
et nous te suivrons dans la lutte; que ta foudre remplisse
de ses éclats le ciel de l'odieuse Judée; Neptune, frappe
ses rivages; que soulevés par ton trident les flots de la

mer élèvent leur front à la hauteur de ses montagnes;
qu'ils les couvrent, qu'ils engloutissent et entraînent dans
leurs gouffres ses campagnes et ses villes, qu'ils nivellent
de sable ses vallées; Appolon brûle de tes flèches tous ses
habitants; que la formidable lance de Minerve, la mienne
et celle de tous les Dieux arrachent de la terre jusqu'aux
fondements de son temple, qu'elles les brisent et en jettent
aux quatres vents la poussière; il faudra bien qu'irritée par
nos outrages cette cruelle Divinité accourt au secours de
son peuple et de ses autels, qu'elle paraisse pour les défendre; tu l'attaqueras, Jupiter, et tu ne seras pas seul, tous
nous nous ruerons contre elle et vaincue par notre choc
immense elle tombera et couvrira de ses membres mutilés
les lieux où fut son temple, où seront les cadavres de son
peuple; et toi, grande Junon notre reine vénérée, montre
ta redoutable puissance, que ta main frappe la terre et en
fasse sortir un monstre cent fois plus affreux que Typhon,
que ses plis tortueux, immenses inondent cette terre honteuse, que son souffle empoisonne son ciel; qu'enveloppé et
pressé dans ses horribles anneaux notre ennemi voie de
ses yeux démesurément ouverts les Dieux rentrer triom-
phants dans l'Olympe aux acclamations des peuples huant
l'inanité de ses oracles et redoublant leurs sacrifices et
leurs respects pour nous et nos autels.

Et alors, victorieux Jupiter, laisse-nous cette vengeance;
nous briserons les trônes de Saturne et de Vesta, et les
accablant sous leurs débris, leurs plaintes et leur honte
nous vengerons de leurs dédains et de leur colère insensée.

Hâte-toi, grand Jupiter, lève-toi pour le combat, tous les
Dieux te suivent.

Ce discours plut aux Dieux par son emportement même
et, sauf Morphée, tous applaudirent à la vaillance du Dieu
de la guerre.

Neptune lève son formidable trident pour en frapper la vaste mer, le grand Appolon a bandé son arc et son carquois rend un son effrayant; Minerve, Mars sont déjà couverts de leurs terribles armures, tous les Dieux s'arment et témoignent de leur ardeur à suivre Jupiter au combat.

Le grand Dieu approuve par un signe de tête, mais la foudre tombant des cieux par un ciel sans nuages et brisant en mille éclats la table où siégent de joyeux convives ne produit pas sur eux une plus grande stupeur que celle où furent jetés les Dieux en voyant à ce signe de tête de leur roi l'Olympe ne pas trembler et le palais même de Jupiter rester muet; chaque Dieu se sentit atteint par cet outrage au front du grand Dieu, tous portèrent la main à leur front comme pour y retenir leurs couronnes, tous se levèrent de leur trône certains qu'il se dérobait sous eux; le bras de Jupiter prêt à lancer sa foudre resta immobile, le trident de Neptune lui échappa des mains, Mars et Minerve eurent un mouvement d'étonnement si brusque que leurs lances se rompirent, tous les Dieux demeurèrent stupéfaits et crurent à la fin de l'Olympe.

Le front du grand Dieu a perdu sa majesté, frappé jusque sur son trône, il est vaincu; tout l'apparat de la puissance de l'Olympe, ses projets d'attaque manifestés avec tant d'éclat ne servent qu'à faire ressortir son impuissance et la vertu immense, la force irrésistible de son ennemi.

Le visage de Jupiter exprime une douleur profonde mais digne, il ne se livre à aucun geste de désespoir ou de colère, il cède à un adversaire dont la vertu et le pouvoir l'emportent sur lui; son grand cœur ne cherchera pas à diminuer sa défaite aux yeux des Dieux, mais à en rendre l'effet le moins désastreux pour l'Olympe et à trouver les moyens de la réparer; dans les pensées amères qui brisent son cœur sur sa gloire perdue, une surtout le blesse, c'est le souvenir, c'est la vue de sa noble épouse à qui sa vertu et sa beauté méritaient de partager un trône et une gloire encore plus grande que la sienne; jamais ses yeux n'ont trouvé si sublime la majestueuse beauté de Junon, jamais elle ne lui a paru si digne d'être l'épouse du souverain de l'Univers; il gémit de n'avoir pas su apprécier l'immense mérite de cette incomparable femme, n'aura-t-elle pas le droit à son tour de dédaigner son front découronné.

Cette pensée torture son âme et s'exprime dans le regard de douleur et de regret qu'il fixe sur elle.

La grande Déesse l'a compris, elle se lève, et ce qu'elle n'a jamais fait dans le temps de la suprême gloire de Jupiter, son noble et grand cœur la pousse à le faire pour le consoler dans son infortune, elle se jette à ses pieds.

Elle arrose ses mains de larmes et lui dit au milieu de ses sanglots: Noble et bien-aimé époux ne laisse point ton cœur dans la mortelle tristesse qui l'accable; regarde, fixe tes yeux sur ta Junon, aie pitié d'elle, ta douleur, ton inquiétude brisent son âme: ton épouse est à toi, où irais-je pour être heureuse loin de tes yeux? Fuis si tu veux de l'Olympe, mais ta Junon te suivra, elle s'attachera à tes pas, elle ne veut, elle ne désire que ta vue aimée; te voir, être près de toi est sa couronne, son trône; Ah! que ne puis-je à leur prix éloigner de ta tête chérie toute tristesse, que ne puis-je au prix de ma divinité rendre à ta couronne cette gloire si chère à ton cœur.

Eh puis, grand Jupiter, que ton âme ne perde pas tout espoir; une ressource reste à ta puissance dans les conseils du Destin; confie-toi dans ta Junon, elle vaincra la résistance de Vesta et de Saturne; pour toi, je me jetterai à leurs pieds, quelque irrité que soit leur cœur, il ne saurait rejeter la prière de la reine des Dieux les implorant à genoux.

Les Dieux en sont témoins et, malgré leur douleur, ce sublime acte d'affection de Junon occupe leur âme toute

entière, elle les remplit d'admiration et Jupiter qui en est
l'objet n'a point déchu à leurs yeux, l'amour de Junon entoure son front d'une nouvelle et éclatante auréole, il est
toujours le plus grand des Dieux, la plus heureuse, la plus
auguste des Divinités.

Mais aux dernières paroles de Junon, le redoutable
Pluton s'écrie : Digne épouse de Jupiter, notre reine vénérée, les Dieux ne sauraient permettre que tu t'humilies, va
et que Minerve t'accompagne ; Vesta ne résistera pas à votre demande de rentrer dans l'Olympe ; le grand Neptune,
Appolon et moi nous rendrons auprès de Saturne pour le
fléchir, et j'en jure par mon serment le plus sacré, par la
main de Proserpine, je l'amènerai dans l'Olympe, dussions-
nous pour l'y contraindre employer la force, dussé-je
vaincre sa résistance par les liens de la mort. Il dit, et fait
avancer ses coursiers noirs comme l'ébène, couverts de
merveilleux harnais d'argent ; Appolon prend les rênes et
conduit les deux grands Dieux.

En même temps la puissante Minerve monte avec Junon
sur son charriot d'or et frappe du fouet les ardents coursiers qui volent vers les lieux où l'auguste Vesta a établi sa
demeure.

DÉCLAM XII.

Pendant que les évènements se précipitent dans l'Olympe, les contrées choisies par Saturne pour être son lieu d'exil et y faire fleurir ses lois étaient elles-mêmes le théâtre d'une grande révolution.

Aussitôt après le départ d'Iris, la grande armée germaine s'est dissoute et ses peuples ont repris le chemin de leurs foyers, ils comptent avec orgueil les vides immenses causés dans leurs rangs par les appels d'Odin, mais ils redoutent l'arrivée, lorsque les mères, les sœurs, les épouses absentes demanderont et chercheront en vain parmi eux les héros objet de leur affection et de leur amour.

Puis, une pensée pénible, presque irritante pèse sur le retour de ces peuples; cette victoire si chèrement achetée de quel avantage est-elle pour la Germanie? Il eut cependant été si facile d'en retirer un grand bien; Rome alliée et reconnaissante n'eût-elle pas été préférable à Rome ennemie; sa lutte on la soutiendra, mais peut-on ne pas voir que le triomphe aura coûté à la patrie tant d'efforts, de si difficiles victoires qu'elle en restera meurtrie sinon épuisée.

Tel est le fruit du perfide discours d'Arminius, le peuple germain était invincible, il ne l'est plus, il a appris à compter ses ennemis.

Qui peut s'affranchir des arrêts du Destin, une longue pratique de la sagesse peut-elle y suffire? Malgré les avertissements de Saturne, le tribunal des prêtres qui, pour la première fois, ne déférait pas à ses avis commit un acte

de faiblesse en croyant ne suivre que les conseils de la
clémence; s'inspirant des grands services d'Arminius, les
prêtres au lieu d'envoyer à la mort le séditieux, ainsi que
l'ordonnaient les lois, crurent assez le punir et en même
temps le ruiner dans l'esprit du peuple en le déclarant
solennellement déchu de sa qualité de chef et à jamais
indigne du pouvoir, les imprudents! La popularité que
donnent au puissant les innovations qui flattent la foule,
l'auréole de gloire que la valeur heureuse et la science
des batailles attachent à un front s'effacent-elles par un
décret? N'est-ce pas attendre de la multitude une sagesse
qu'elle ne peut avoir? N'est-ce pas entourer l'ambition coupable de ce qu'elle désire le plus pour la réussite de ses
desseins, lui donner l'éclatant prestige du génie persécuté
pour son amour à défendre la cause du peuple.

Ces raisons de Saturne demeurèrent sans effet sur l'esprit des prêtres et la douleur du grand Dieu en fut immense,
il y vit un présage de la chûte de son œuvre, le Destin se
déclarait contre elle.

Arminius courba le front devant le décret qui le frappait; mais dans le moment même que sous l'apparence de
son respect pour les lois, il déposait sans murmurer les
glorieux insignes de grand chef du peuple, il assurait sa
vengeance et préparait l'avenir de ses projets, en faisant
connaître aux Romains par des affidés d'autant plus sûrs
qu'ils croyaient en cela servir la patrie les efforts qu'il
avait tentés et le danger auquel il s'exposait pour les sauver de la mort; et trois de leurs chefs soustraits au supplice à l'insu des prêtres purent sous des vêtements
germains, mais au prix de précautions et de peines infinies,
revoir les eaux du Rhin; c'étaient D. Appert, C. Térence
et Pomponius Saturninus, ce dernier se noya en traversant le fleuve; C. Térence mourut à Genève des suites de
ses blessures; seul Appert resta pour porter à Rome

l'horrible nouvelle; elle était si stupéfiante, si invraisemblable que le Sénat et l'empereur refusèrent d'abord d'ajouter foi aux dépêches que leur mandait Septimius et crurent
devoir la tenir secrète jusqu'à l'arrivée de son parent;
dans leur anxiété, ils envoyèrent des courriers à sa rencontre; enfin, lui-même parut et à la vue du noble patricien
couvert des habits sordides qu'il avait voués aux Dieux,
ce ne fut dans l'auguste assemblée qu'un immense san-
glot: entendu au dehors, ce fut par lui que les passants et
bientôt tout Rome connut l'effroyable désastre.

Jamais depuis la funeste journée de Cannes, une si
grande consternation ne s'empara de la ville, il n'était
presque point de famille qui n'eût quelque mort à pleurer,
et le récit de l'affreux supplice souffert par ceux qui n'é-
taient plus arrachait à toutes les poitrines des cris déchirants; on court dans les temples implorer les Dieux, on
délire de chagrin aux pieds de leurs autels; pour combien
de mères, d'épouses cette terrible journée fut sans lendemain; leur raison brisée par la douleur n'avait laissé en
elles que des ombres ne se souvenant plus, ne sachant plus
aimer, ne pouvant plus que souffrir sans le comprendre.

Il était dit que ce jour néfaste ne laisserait aucune joie
dans Rome.

Avec la nuit, les parents, les amis des morts quittent les
temples et vont se renfermer dans leurs palais continuer
leurs larmes; c'est l'heure où Sextus, l'heureux père
d'Appert, va offrir ses actions de grâce et ses offrandes aux
Deis et non Deis particulièrement honorés par les habitants
de la seconde colline; les scènes sans nombre reproduites
sur les murs de ce sanctuaire, d'obscure sainteté et peu
connu des autres régions de Rome, ont toutes trait aux
aventures de Jupiter et de Mercure voyageant en men-
diants pour éprouver les hommes, aux métamorphoses du
premier de ces Dieux fuyant devant l'horrible Typhon et
à ses victoires sur ce monstre.

Sextus monte la voie Tatienne au milieu de deux haies d'esclaves ayant des flambeaux ornés de clous d'or ; devant lui, deux femmes portent dans des corbeilles d'argent des collines de parfums et de vêtements précieux ; six prochains affranchis, le fouet à la main, courent au moindre signe du vieillard frapper les épaules nues des malheureux dont la démarche ou le visage ne paraissent pas assez recueillis et solennels.

Le temple est ouvert, les prêtres entourent l'autel ; les esclaves marchant sur leurs genoux viennent un à un déposer dans leurs mains les flambeaux ; la charge des deux femmes est écrasante, leur tête prise de vertige se refuse à la porter plus longtemps, néanmoins elles aussi doivent se courber et arriver aux autels en se traînant sur leurs genoux ; Esprit, permets que je ferme les yeux, ne me laisse pas à cette douleur, quoi ! leurs compagnons voient leur détresse et ils n'en sont pas émus, ils ne les reverront plus et aucun n'a pour elles un soupir, un regret ; et pourtant elles sont jeunes et d'une beauté presque divine ! Les infortunées blémissent et leur regard mesure avec épouvante la distance qui les sépare de l'autel ; Sextus suit à quelques pas, ses mains soutiennent un présent d'un prix infini la tunique germaine de son fils enrichie de diamants ; il s'avance haut et fier ; malgré sa taille courbée, malgré les rides de son front qui se prolongent sur sa tête chauve, malgré ses joues qui disparaissent dans sa bouche vide de dents et qu'abrite un nez énorme le vieillard qu'accompagnent de si riches dons se sent beau ; mais sa joie glace l'âme, elle devient hideuse devant l'angoisse des deux jeunes femmes ; enfin, elles arrivent à l'autel, des taches de sang marquent le douloureux sentier suivi sur le pavé du temple par leurs genoux meurtris ; les corbeilles déposées, elles-mêmes sont introduites dans la retraite du sanctuaire ; les deux belles esclaves font partie de l'offrande.

Cependant Sextus va suspendre lui-même son présent au
bras de Jupiter, il le déplie, l'étale, et levant les mains, en
montre tout le prix ; mais horreur ! dans le moment que
les prêtres encensent le vêtement, une abeille sort de ses
plis et aveuglée, furieuse, s'engouffre dans la bouche du
vieillard.

Sextus pousse des cris inarticulés, il porte avec désespoir sa main à ses lèvres ; ses yeux grandissent, se fixent, et
il tombe comme foudroyé.

Les prêtres sont atterrés, ils ne peuvent de leurs mains
sacrées traîner son cadavre, et les esclaves rangés hors
du parvis n'ont accès dans le temple que pour y porter des
offrandes ; ce sont des humains sans l'être, c'est un troupeau qu'un homme a amené, qu'un homme doit reconduire,
la face dans la poussière, la sainteté du lieu lui défend tout
mouvement, tout cri.

Mais malheur au temple, malheur à ses prêtres, si le
jour paraît avant l'enlèvement du mort, les sacrifices dus à
l'Aurore seront empêchés et le temple souillé perdra ses
adorateurs.

Un Dieu, on croit Mercure, car la nuit ne permit pas de
le reconnaître, vint en aide aux prêtres ; il te réveilla, pieux
savetier Accus, il t'annonça que sans tarder tu aurais la
primeur d'une grande nouvelle, tu t'élanças de ta couche,
rien n'y put, ni les bras blancs de ton épouse, ni ses larmes,
ni ses cris, ni la crainte des voleurs, ni celle d'un piège ; à te
voir courir, qui osera douter que bientôt tu atteignes le
temple.

Les prêtres ont enfin leur homme, ils frappent la porte
de leurs bâtons ; tu l'entends, Accus, ils t'appellent ; tout
essoufflé que tu sois, hâte-toi encore, mais malheureux !
pourquoi as-tu poussé si fort la porte du temple, voilà que
tu as renversé un patricien et il expire ; par égard pour ton
zèle, les prêtres ne t'accuseront pas, publie si tu veux que

la joie l'a suffoqué, dis ce que tu voudras, mais loue le temple.

Bien plus, pour ajouter un nouveau motif à la reconnaissance que tu leur dois, les prêtres t'honorent d'un objet saint; pour toi, en ta faveur, ils se séparent de la tunique d'Appert délivrée de ses diamants, bénie et par surcroît parfumée; heureux homme! te voilà débiteur d'une chapelle, garde-toi de l'oublier; pour l'heure, chargé de ton cadavre et embarrassé de ta relique, sort au plus vite du temple, c'est ce qu'avant tout demandent de toi les prêtres.

Accus consterné et le cerveau en feu reporte aux esclaves le corps de leur maitre, avec eux il s'éloigne, et bientôt le palais de Sextus lui aussi se remplit de sanglots.

Ces larmes données aux morts, Rome se souvint de sa vengeance et dès le lendemain, sans l'envoi d'ambassadeurs, déclarait la guerre à la Germanie.

Muse Clio, c'est à toi de rappeler pour l'édification des âges futurs comment s'accomplit et quelles suites eut ce grand et redoutable acte.

Le peuple est assemblé aux abords de l'auguste temple de Janus dont les portes sont entr'ouvertes; dans l'enceinte paraissent les consuls en costume de guerre et entourés de leurs licteurs; le lourd voile de laine lamellé d'étain qui hier encore cachait aux regards l'autel du Dieu est levé, le pontife dispose en bûcher de nombreuses flèches, il place au-dessus un pain de farine et de cendres pétries dans le vinaigre et le miel, puis répandant autour les charbons ardents apportés en grande pompe du sanctuaire de Vesta, la flamme n'a pas tardé à jaillir; pendant qu'elle enveloppe et durcit le pain, le sacrificateur se rend par trois fois à la porte du temple et chaque fois demande au peuple si la guerre à entreprendre est juste, s'il ne craint point en la soutenant d'offenser la majesté des Dieux, d'attirer

sur lui leur colère ; et trois fois la foule a répondu : oui
notre guerre est juste, autrement pourrait-elle être voulue
par ceux que les Dieux ont établis sur nous? Alors
le pontife a ramassé dans sa toge les cendres du sacrifice,
il a pris les Dieux à témoin de la justice de la cause de
Rome manifestée par la voix du peuple et du haut de la
riche chaise sur laquelle le portent les aides, il a lancé sur
lui les cendres en dépliant et secouant fortement sa toge ;
peuple, s'écrie-t-il, sois l'exécuteur de la volonté des Dieux,
leur colère te livre la Germanie ; cette imprécation prononcée, les aides achèvent d'ouvrir à grand bruit les portes du temple que la main du prêtre rive au mur extérieur
par un clou d'or et deux clous d'airain, afin que jour et
nuit elles restent ouvertes et rappellent au peuple qu'il ne
doit point fermer son cœur à la colère avant d'avoir ruiné
et accablé ses ennemis qui sont aussi ceux des Dieux.

Rentré dans le temple, le pontife couvre le pain d'une
tablette où sont écrits les motifs de la guerre et l'y fixe en
enfonçant les fers des flèches ; de nouveau le voile a caché
le sanctuaire, c'est le moment de la suprême invocation aux
Dieux ; toute la foule prie prosternée devant le temple
dont les voûtes retentissent du chant des trompettes
sacrées ; au milieu du solennel silence qui succède à cette
prière, la voix cachée du pontife s'élève et appelle le Censeur ; à la réponse du redouté magistrat qu'il est prêt à
obéir aux prêtres et aux Dieux, les aides écartent le voile
et le pontife apparaît tenant dans ses mains le livre où sont
inscrits les noms des citoyens de Rome et où les Dieux vont
choisir les exécuteurs de leur juste vengeance.

Le Censeur s'avance et étendant une main sur le livre,
l'autre sur le pain de l'autel jure que tous les citoyens sont
inscrits et que sans égard pour la naissance, la fortune et
le rang d'aucun, il punira avec une sévérité inflexible et
égale pour tous non-seulement le refus, mais tout signe de

tiédeur, tout manque d'empressement à l'ordre des consuls et des Dieux les appelant sous les étendards; le pontife consacre ce serment en prononçant le mot *soit,* que répètent les consuls, puis la majestueuse et terrible voix de la foule.

Quelques heures après, Rome avait une armée de plus et avant le coucher du soleil, elle sortait de ses murs en marche pour la Germanie; en même temps des courriers partaient dans toutes les directions portant l'ordre aux Gouverneurs de l'Illyrie, de la Pannonie, de l'Espagne et autres provinces d'Europe soit de se rapprocher avec leurs légions des frontières de la Germanie, soit d'envoyer à marche forcée des renforts à l'armée des Gaules; les flottes d'Egypte et d'Asie devaient embarquer pour la même destination toutes les troupes non indispensables à leur gouvernement; Rome se levait appelant à son aide les forces du monde pour la lutte qu'elle allait soutenir et les ennemis en étaient dignes, c'étaient la Germanie et la Gaule; car aucun ne mettait en doute qu'à cette heure les belliqueuses populations de ce pays ne fussent soulevées et prêtes à marcher sur Rome avec les Germains.

Mais qu'est la puissance de deux peuples, de cent peuples même mise en balance avec les volontés du Destin; Rome craignait et sa crainte était vaine, car les évènements combat'aient pour elle. Aussitôt après la victoire, Saturne avait conseillé aux prêtres d'envoyer aux peuples voisins pour les informer du désastre de Rome et leur demander d'unir leur haine commune pour la renverser, et afin de ne pas perdre de temps et d'agir avec plus d'autorité et de succès, d'être eux-mêmes ces émissaires; mais la résistance à ses avis devenait une fatalité; les pontifes jugèrent qu'une telle mission ne convenait pas à leur haut rang; ils alléguaient un autre motif, c'est qu'en entourant de mystère la disparition des légions de Rome, on ferait mieux pour la sûreté de la Germanie que par le gain de toute bataille, car les peuples ne pourraient s'empêcher d'y voir plus qu'un fait humain, mais l'intervention même des Dieux : la terre des Germains s'écrieront-ils est pour ses ennemis aussi ardente que la flamme, elle les dévore ; et les yeux qui les ont vu s'éloigner, qui croyaient à leur retour victorieux n'en voient revenir que les cendres rejetées de son sein ; en outre, les prêtres s'appuyaient sur le danger qu'offrait pour la Germanie elle-même une invasion en Italie en montrant aux Germains son doux climat et la richesse de son sol ; dans cet ordre d'idées, ils résolurent de faire secrètement déposer sur l'autre rive du Rhin les trois aigles des légions entourées de la cotte écarlate du proconsul général Varus, des dagues des tribuns et des verges des centurions tordues et déformées à être seulement reconnaissables, et qu'enduit de limon le tout parut aux yeux consternés des Romains comme vomi par le lit du fleuve ; au nom des Dieux, on prescrivit aux peuples le plus absolu silence sur ce qui s'était passé ; on avait sous la main les aigles et le riche hoqueton du général, on s'occupa de réunir les insignes des tribuns, mais toutes les recherches ne purent aboutir qu'à en retrouver neuf sur douze ; cet incident mit les prêtres sur la voie de l'évasion des prisonniers, ses auteurs finirent par être connus, tous expirèrent dans les plus horribles supplices sans faire l'aveu recherché de la participation d'Arminius à leur trahison.

Cette fatale découverte mettait à néant tout le plan des prêtres ; pour surcroît de maux, on avait perdu un temps irréparable ; et lorsqu'on voulut revenir au projet de Saturne, il était trop tard ; Rome avait renforcé ses armées, son or avait poussé les Boïens, les Daces et jusqu'aux Sarmates à se montrer hostiles ; quant aux nations de la Gaule, elle s'était efforcée de se les attacher en comblant de présents leurs chefs, en formant avec elles des traités plus étroits.

plus avantageux à leurs intérêts et surtout fort hono-
rables; et comme sanction à cette amitié plusieurs chefs
importants avaient été faits citoyens de Rome, quelques-uns même élevés jusqu'au rang insigne de patriciens.

C'est au milieu de la joie et de la satisfaction générale
causée par ce nouvel état de choses qu'arrivaient les
envoyés secrets de la Germanie avec leurs propositions de
troubles, le moment n'eût pu être plus mal choisi ; un autre
contre-temps les attendait; grâce au silence imposé par les
prêtres, les Romains savaient altéré à leur profit la vérité
sur les évènements de la guerre; à les entendre, Varus était
fortement retranché dans le pays ennemi et c'était pour le
suivre et assurer son œuvre de conquête qu'avaient lieu
leurs formidables préparatifs ; aussi, lorsque les envoyés
vinrent annoncer le massacre des légions furent-ils de
toutes parts accueillis par des hauts cris, on voulait bien
admettre que Varus fût arrêté dans sa marche, assiégé
même, mais de là à sa destruction il y avait cent fois la
distance des cieux; puis, si le dire des Germains était vrai,
comment expliquer qu'ils n'eussent pas continué le cours
de leurs succès, une victoire a des fruits où sont-ils? et à
qui pourront-ils faire croire qu'ils sont tellement rassasiés
de bonne renommée, qu'ils fassent un crime de divulguer
leurs hauts faits, aucun peuple ne voile sa gloire. Ainsi
tout se tournait contre les Germains, leur victoire même
en l'annonçant leur indisposait l'esprit des peuples, elle les
faisait taxer de jactance et de mensonge, et ce qu'il y avait
surtout de dépitant, c'est que les Gaulois qui aimaient la
Germanie la plaignaient de descendre à une manœuvre
indigne qui diminuait leur estime pour elle.

Les envoyés reprirent le chemin de la Germanie le cœur
navré; poursuivis par les Romains tous tombèrent en leur
pouvoir sauf deux, Bull-Promet et Clac-Deman, le récit
qu'ils firent aux prêtres les remplit non-seulement d'appré-

hension, mais leur arracha des larmes de honte et de douleur.

La sagesse de Saturne avait prévu ces choses, elles ne le surprirent donc point, mais tout préparé qu'il y fut, il ne put défendre son âme d'une grande tristesse; cependant il ne fit pas de reproches aux prêtres, il les voyait assez punis par leur angoisse; à cette situation difficile, il proposa comme seul remède de réunir en toute hâte sur le Rhin une armée capable d'en fermer le passage ou tout au moins d'assurer le succès des premières rencontres, afin de maintenir parmi les ennemis la terreur de leur première défaite; mais ici encore le Dieu fut en opposition avec les pontifes, il voulait qu'on assembla incontinent les troupes sauf à en nommer ensuite le général; les prêtres estimèrent que préalablement à tout on devait procéder à ce choix; dans les circonstances présentes, rien n'eut pu être plus funeste à la Germanie.

La grande réputation d'Arminius, surtout depuis sa dernière victoire, éclipsait tellement celle des autres princes germains, qu'aux yeux de tous il semblait seul expérimenté, seul capable et que lui vivant aucun ne paraissait digne de la conduite d'une guerre. Cette étrange disposition des esprits inquiéta les prêtres, aussi crurent-ils sage, au détriment des droits qu'ils tenaient des Dieux, de prendre l'avis des chefs pour nommer le successeur d'Arminius, espérant par ce moyen rendre leur choix plus populaire et plus respecté; or il arriva que chaque prince consulté sur le plus digne, se désigna lui-même.

Devant ce résultat, les prêtres durent renvoyer l'assemblée sans rien résoudre et ne furent que plus perplexes; après de longues et nombreuses discussions où le mérite et l'ascendant de chaque chef fut examiné et repesé, ils se décidèrent pourtant; le nouveau général fut annoncé aux tribus avec ordre de se mettre en campagne; mais le défaut

de confiance et le mécontentement des chefs évincés para-
lysèrent les efforts des pontifes, les peuples s'armaient
sans enthousiasme, sans élan ; et lorsque Drusus César
parut avec ses légions, le petit nombre de troupes germaines
réunies sur le Rhin ne put en empêcher le passage ; toutefois la bravoure et l'habileté avec lesquelles il fut défendu
et la circonspection qu'elles imposèrent à l'armée romaine
donnent la mesure de ce qu'aurait pu être le résultat si le
nouveau grand chef eût été fortement secondé ; le nom et
le souvenir d'Arminius en amoindrissant le prestige du
général, en le privant au moment critique d'une partie de
ses forces fut fatal à la Germanie ; c'est ainsi que dans un
moment d'erreur, la malsaine popularité d'un homme peut
être mise en balance avec le salut du pays et l'entraîner à
sa perte ; les prêtres reconnurent trop tard la faute qu'ils
avaient commise en épargnant Arminius, ils le savaient
traître, mais l'absence de preuves et l'impression funeste
produite par un premier échec attribué à son absence le
rendaient plus cher que jamais au peuple et dangereux
tout moyen de s'en défaire ; dans cette extrémité, ils décidèrent de faire parcourir la Germanie par des gardes
sacrés afin d'instruire les tribus, de les détromper sur la
nécessité d'avoir à leur tête Arminius ; mais ces mesures
demandaient du temps et, pour en gagner, ils résolurent
d'envoyer une ambassade aux Romains ; supplié par les
prêtres, Saturne consentit à la conduire et accompagné
de deux collègues, se dirigea vers le camp ennemi.

DÉCLAM XIII.

Muse, n'abusons pas de la patience des siècles, n'imitons pas l'amphytrion qui sert des monstres à la faim de ses convives et s'expose à leur colère en tardant trop de leur montrer qu'ils renferment des mets dignes de la table des Dieux ; confiant en toi, j'ai à ta suite ouvert mes lèvres pour célébrer des faits présentant la Germanie tombant des mains de Saturne; ne diffère plus, Clio divine, de me faire dire qui la lui arrachait? Sourire de Déesse, est-il cependant rien de si doux à l'âme, c'est vous qu'il faut accuser, qui eut pu vous croire capable de tels maux et de tels malheurs!

L'ordre de Jupiter de convoquer la grande assemblée de l'Olympe avait obligé Mercure à un voyage immense; mais infatigable, le Dieu ne se contenta pas de traverser les espaces, il les parcourut; rusé et moqueur, combien il visita de Divinités que son pied ou sa voix eussent pu appeler.

Il paraissait soudain dans les demeures, qu'opposer au porteur de la clef caducée et des ordres pressants de Jupiter? On était molesté, on était surpris; que de visages rougirent, que de vertus trouvées trompeuses, que de tendres baisers restèrent à demi donnés, à demi reçus; serments de fidélité où étaient ceux à qui vous étiez faits, respect des absents où vous trouver? Mercure se confondait en excuses, sa poitrine épuisée de cris ne pouvait plus se faire ouïr, son pied blessé loin de frapper la terre craignait jusqu'à l'attouchement des fleurs, ses ailes lasses l'avaient

laissé choir; les Divinités faisaient semblant de le croire,
car elles étaient faibles et il était puissant; le malin Dieu
s'amusait de leur colère contenue et de leur honte; c'était le
salaire qu'il cherchait; enfin, car il est plus fourbe que
méchant, ses yeux allaient au-devant de la prière des leurs,
il les rassurait, le secret sera gardé.

Mais tout rusé que fut Mercure, lui aussi devait éprouver l'aiguillon du dépit.

Iris n'avait pas oublié un frémissement d'ailes qu'à son
retour de l'infructueux message auprès de Saturne et Vesta,
Mercure avait fait entendre comme pour attirer l'attention
de l'Olympe et rappeler aux Dieux qu'ils avaient un autre
messager qui lui ne fut pas revenu les mains vides; la
Déesse avait dévoré l'affront, elle l'attendait à l'œuvre;
aussi, lorsque Mercure parut dans l'assemblée des Dieux
sans ramener les Divinités rebelles et qu'il passa devant le
trône d'Iris, cette Déesse s'est levée et pendant que par
ironie sa main lui montre les places vides de Saturne et
de Vesta, elle le salue de son plus gracieux, de son plus
aimable sourire; malgré les soucis de l'heure présente, les
Dieux faillirent éclater en rires moqueurs, la tristesse
seule de Jupiter les retint sur les lèvres; mais combien
de visages s'épanouirent de joie en voyant humilié et confus
celui qui les avait trouvés en faute; le trait avait porté, il
pénétra comme d'un fer rougi l'âme de Mercure; sa colère,
son ressentiment ne furent cependant pas pour Iris, elle se
vengeait; ni pour Vesta, car si l'irrascible Déesse lui avait
dit des injures, il avait bien su les lui rendre; les Divinités,
il les avait dupées; mais Saturne dont il avait écouté l'inter-
minable discours dans une posture humble, presque
contrie; Saturne qui l'avait chargé d'imprécations sans
qu'il pût y répondre; ce vieillard chétif, laid, presque
puant, que son souffle seul eût poussé d'un pôle à l'autre,
dont il avait arrosé les genoux de larmes et baisé les pieds

sans en rien obtenir ; oh ! il s'en vengera, il en tirera compensation non-seulement de ces humiliations, mais aussi
de celles que lui ont fait subir les Romains ; car c'était
pour lui, pour ne pas en être reconnu, pour ne pas l'irriter,
qu'il s'abaissait à être espion ; que comme le plus faible,
le plus misérable des hommes il a enduré d'être battu,
baffoué ; il éprouve encore dans sa gorge l'affreuse saveur
de l'eau fétide absorbée par sa bouche et ses narines,
lorsque les Romains exaspérés l'avaient plongé, enseveli
et comme pétri dans la vase du marais ; mais toutes ces
hontes, ces douleurs souffertes en secret, inconnues
de l'Olympe n'étaient que baume auprès de l'irritation
soulevée en lui par le sourire d'Iris ; il fallait, il voulait que la Déesse le retira ce sourire, il voulait qu'elle
le remplaça par une moue dédaigneuse en contemplant son
habileté, sa gloire ; mais pour cela il lui fallait son Saturne ;
il l'aura, dût-il l'apporter dans l'Olympe morceau par morceau.

Oui, se dit Mercure, ou je laisserai ce caducée devenu
trop pesant pour mes mains, ou j'obligerai Saturne le plus
redouté des Dieux, craint de Jupiter lui-même à céder devant moi, il refuse de rentrer dans l'Olympe, je l'y chasse-
rai, il n'a éprouvé que le combat de Jupiter, c'est le mien
qu'il va connaître.

C'est plein de ce sentiment qu'il s'est assis sur son trône,
les Divinités s'étonnent qu'il ne donne pas de repos à ses
ailes, mais les sait-il à ses épaules ? Se sait-il lui-même
dans l'auguste assemblée ; absorbé dans la machination de
ses desseins, rien n'aurait pu l'en distraire qu'une parole,
un signe sortant de Jupiter pour un ordre ; mais cette parole, ce signe ne se faisant pas, les cieux pouvaient se
remplir des éclats de la foudre, la voix des Dieux s'épan-
dre en clameurs immenses ou en longs discours, sans que
le fils de Maïa occupé à choisir entre les mille projets que

lui offre sa ruse, eut rien compris, rien entendu. Cependant les Divinités s'interrogent sur le motif qui le retarde à détacher ses ailes, attendrait-il l'arrivée de Saturne et de Vesta? Son retour sans eux ne serait-il qu'une feinte, un moyen de mettre à l'épreuve ceux qui l'aiment; s'il en est ainsi et tout porte à le croire, que ne devons-nous pas craindre? se disent celles dont il tient le secret; sans doute il va s'élancer au-devant des deux rebelles; ils paraîtront à sa suite, et à l'orgueil de voir sa gloire vengée il voudra s'ajouter la joie de nous abreuver de honte; affreuse Iris, dans quel piège tu nous as fait tomber? Mais peut-être se dit chacune, ne m'a-t-il pas remarquée; en tout cas prévenons l'orage, il ruse, rusons en lui portant des regrets sur l'injure qu'il a reçue.

Mus par cette pensée, nombre de Dieux et de Déesses se lèvent de leurs trônes et s'approchent un à un de celui de Mercure; quoique pris au dépourvu, le Dieu a promptement deviné le motif qui amène les adulateurs, ils venaient eux-mêmes s'accuser, il eut vite fait de leur trouver le châtiment: Oui, répond-il à chacun, j'ai hâte de rejoindre Saturne et Vesta, mais le triomphe est moins près de mon cœur que le plaisir de connaître mes ennemis, combien se sont dévoilés? et quelle confusion je leur prépare! De vous je me souviendrai, je vous ai promis le secret, je vous renouvelle qu'il ne sera pas trahi par mes lèvres; et pour ne point l'oublier lorsque j'élèverai la voix, voici un signe qui me le rappellera, et le Dieu détachant une plume de ses ailes la fixait sur le front de leur couronne.

Les coupables retournent à leurs trônes, ils se décèlent mutuellement par les regards étonnés qu'ils se jettent et attirent ceux de leurs voisins; que signifie ce signe? D'où vient qu'à sa vue tel Dieu, telle Déesse a paru surpris, a éprouvé une joie maligne, que telle autre Divinité en rougit et manifeste de la colère; ceux qui sont l'objet de cette at-

tention, troublés par tant de yeux qui les fixent et par les
chuchotements à mystères qu'ils observent à leur adresse
s'imaginent, ne doutent plus que Mercure savait à quoi s'en
tenir de leurs fausses protestations, qu'il s'est ri d'eux et
se venge en mettant sur toutes les bouches l'histoire de
leur infamie; par crainte d'ajouter au ridicule qui les
écrase, ils n'osent enlever le signe révélateur, vingt fois
ils tentent d'y porter la main, vingt fois ils l'abaissent,
l'embarras de leur attitude ajoute aux rumeurs, les regards
deviennent plus malins, plus perçants, on entend certains
rires; éperdues, les Divinités ne voient plus qu'un moyen
d'échapper au naufrage et ce moyen l'achève, c'est d'expliquer leur faute en s'efforçant d'en faire un récit qui
l'atténue; que d'oreilles se dressèrent! Muse, éloignons-
nous de ces aveux, il ne nous convient point d'ajouter à
leur confusion; assez d'autres dignes sujets nous attendent,
et puisqu'il te convient de célébrer Mercure, j'ouvrirai mes
lèvres après toi afin de rappeler dans quel réseau d'artifices
ce Dieu lia Saturne et son œuvre pour les enlever de la
terre; mais d'abord explique aux siècles qui toujours
s'intéresseront à la majesté de Jupiter, comment le grand
Dieu n'intervint pas dans les choses que sa gloire ne pouvait
permettre contre son père.

Ce fut au milieu des récits animés, des dépits et des
colères qui remplissaient l'Olympe et dont gémissaient
bien des Divinités; hélas! disaient-elles, qu'allons-nous
devenir? et c'en est fait de nos festins, si nous ne pouvons
plus nous trouver quatre ensemble sans que trois en viennent aux mains; ce fut au milieu de ces malheurs fruits de
la vengeance d'un seul, qu'à l'appel des heures, les signes
qui rendent auguste le trône de Jupiter ouvrirent les lèvres
du grand Dieu; le soupir de satisfaction qu'éprouvèrent les
Divinités à être délivrées du désordre s'achevait à peine
que leurs yeux avaient grandi d'épouvante à la vue de la

mort voilant de sa main livide la sublime beauté de Jupiter, puis effaçant la majesté de son front et éteignant la gloire et la splendeur de tous les trônes ; seul de l'Yssantô, Mercure n'assista pas à ces douleurs, son aveugle empressement à remplir les ordres de Jupiter l'en avait sauvé ; aux premières ténèbres de l'affreuse nuit qui apporta tant de maux, le Dieu avait fui l'Olympe ; il n'avait vu dans leur apparition qu'un ordre de s'éloigner du palais, un désir pressant de Jupiter d'être laissé seul ; et aussitôt, avec la rapidité d'une lueur, il avait franchi les portes et un instant de plus le trouvait sur le chemin de la terre allant y poursuivre les volontés du grand Dieu qu'il aidera de la sienne ; elles lui devront de réussir, se dit le fils de Maïa, il faudra bien qu'il m'approuve.

Et qu'auraient pu Jupiter et les Dieux pour s'y opposer ? stupéfiés par l'effroi sur leurs trônes, ils n'entendaient même plus la voix des heures qui remplissant leurs fonctions éternelles annonçaient la succession des jours et des nuits ; sourds à l'appel de ces filles des cieux, ils laissaient sans convives les tables somptueuses chargées de mets divins ; et devant leurs couches non visitées par l'Amour, l'Aurore passait sans ouvrir sur elles sa main pleine de fleurs.

Pendant ce temps, Mercure descendu sur la terre germaine y travaillait à remplir la promesse qu'il s'était faite ; Protée infatigable apparaissant tantôt à un chef, tantôt à un autre sous une figure de vague souvenance, mais dévouée et soumise ; exaltant jusqu'au ciel leur gloire, leur ascendant, leur mérite ; ne montrant à leurs yeux qu'eux-mêmes ; jetant dans la pénombre les vertus de leurs égaux ; éclairant d'un nouveau jour leurs vices, leurs défauts, leurs ridicules ; élevant à la hauteur d'incapacité, de preuves de nullité de simples négligences et oublis ; les présentant un chacun comme les amis, les compagnons

de cœur d'Arminius ; il rapportait de lui des entretiens,
mais les témoins s'en tairaient par esprit jaloux ; le grand
chef ne voyait qu'eux après lui, et lui-même ne pouvant plus
rien, c'est en eux, en eux seuls que restait son espoir pour
le salut de la patrie ; en se démétant il avait, on se le disait
tout bas, prononcé leur nom, fatal service ! Arminius en
croyant les honorer, rendre justice à leur talent, leur
génie, n'a-t-il pas excité la prévention des prêtres, leur
exclusion à l'insigne honneur qui leur est dû ; ces flatteries,
ces discours que la vanité, la jalousie et le secret empê-
chaient de discuter et sur lesquels la lumière ne pouvait
partant se faire, faisaient que chacun des chefs attendait
des autres des avances de respect et de soumission qui ne
venant pas leur semblait un manque d'égards, une preuve
de dépit et de basse envie, une vraie trahison ; en suspicion
les uns aux autres, irrités contre les prêtres, ils ne s'accor-
daient que sur un point ; louer, exalter Arminius dans
l'espoir que ces louanges donneraient occasion de se faire
jour à celles que lui-même avait faites d'eux ; au prix de
longs voyages, ils le visitaient en secret ; grâce à ses
fidèles Culn, Pholn, Tover, Lund, Dow, Cleb, Talh et vingt
autres envoyés et émissaires de tribus différentes mais
qui tous n'étaient qu'un même, le divin Messager, Arminius
recevait en les acclamant par leur nom, par celui des leurs
et de leurs amis les chefs mécontents, se prodiguant à tous,
les louant à propos, les excitant à davantage, leur laissant
croire beaucoup mais obligé de se taire à cause de sa situation présente, les amenant enfin à s'engager sans se livrer
lui-même ; du reste, qu'avaient-ils à douter ? Qu'elle preuve
de posséder sa confiance, son affection pouvaient-ils
en recevoir de plus que de n'avoir jamais éloigné ses
yeux de leur mérite, d'avoir suivis leur passé, de s'y
être attaché comme l'ami le plus dévoué, le plus ancien
pourrait seul le faire ; oui, Arminius les aimait, les avait

près de son cœur, non depuis hier, mais depuis de longues années et alors qu'eux-mêmes ne savaient pas en être connus ; n'y avait-il pas motif à les rendre insensés de reconnaissance et d'admiration pour lui; ses enthousiastes affidés aujourd'hui, pouvait-il douter de les avoir pour complices demain?

Mercure n'avait pas négligé les prêtres, plongés dans des demi-visions, ils avaient des entrevues, des colloques où à leur insu il les inspirait de son esprit; et si les chefs par leur orgueil et leur penchant à l'insoumission n'étaient plus reconnaissables aux yeux de ces pontifes, eux-mêmes l'étaient encore moins à ceux de Saturne; lui jusque-là leur conseil, leur oracle, était arrivé à ne plus pouvoir ouvrir la moitié de ses lèvres pour un avis que déjà il voyait les prêtres ouvrir la moitié des leurs pour le combattre; c'était en eux une inclination, une habitude invincible que leur profonde vénération, leur sincère attachement à sa personne ne faisaient que rendre plus amères, il souffrait de leur douleur et de la sienne ; cette solitude au milieu de ceux qu'il aimait et dont il se savait aimé l'affligeait à atterrer son âme; son pouvoir lui devenait comme à charge et pour la première fois peut-être, dans le cours des milliers d'années que comptait sa vie, le redoutable Dieu en vint à désirer, eut consenti à ne pas être un instant le premier au prix d'un moment de calme et de repos; mais son affliction n'était qu'à son début : aux agissements par lesquels il a suborné les chefs et rendu comme intolérable l'existence de Saturne parmi les prêtres, Mercure en fera suivre d'autres pour déconsidérer son bois sacré dans l'esprit du peuple; des voix s'élevèrent dans le silence des nuits :

Peuple, s'écriaient-elles, c'en est fait de toi, les chaînes qui te rivent sont éternelles, plus rien ne peut te délivrer; un chef t'aimait entre tous, il était illustre, Mânes de nos

pères levez-vous et dites si jamais une vertu fut plus
pure que la sienne. si jamais une gloire s'éleva plus haut
dans les cieux? Et ce chef, l'étoile, le soleil de la Germanie
périt parcequ'il t'a aimé; fort du bouclier de sa vertu et de
sa gloire il avait cru pouvoir combattre pour ta cause, pour
tes droits, pour ton bonheur; et ce bouclier ils l'ont brisé,
celui qui le portait est vaincu; entends le peuple, il agonise
attaché aux gémonies parcequ'il a préféré souffrir avec
toi, partager tes fers. parcequ'il a mis la gloire et le bien
de la patrie au-dessus de la vie fortunée, luxueuse, pleine
de délices offerte à sa vertu pour prix de son silence et de
son oubli de la patrie et de tes maux.

Ah! sans doute les Dieux ne veulent plus de leurs prêtres
puisqu'ils les laissent se souiller de tels crimes, ils ont en
horreur leurs autels et leurs sacrifices; peuple, rentre en
toi-même, écoute la voix des Dieux; n'est-ce pas eux-mêmes
qui frappaient les coups immenses que frappait le bras du
grand chef, n'est-ce pas par sa bouche qu'ils ont parlé aux
guerriers, qu'ils les ont assurés de leur secours; les prêtres! qu'en faisaient les Dieux? Peuple, souviens-toi, ils
te montraient en eux des affolés de leurs trésors, des traîtres
à la patrie! Si malgré les Dieux. tu écoutes encore ces
hommes qu'ils rejettent, si leur nom seul ne couvre pas
ton front de honte, qu'importe alors que tes sueurs ne
leur suffisent plus et qu'ils te demandent ton sang? Oui,
tu peux te lever, peuple, lève-toi, marche contre les
Romains à la voix de tes pontifes, ils n'ont que des couches d'argent et ils veulent reposer dans des lits d'or.

La véhémence de ces voix, leurs accents émus allaient
jusqu'à l'âme; par qui étaient-elles poussées, personne ne
le savait, elles étaient partout et leurs auteurs nulle part;
vainement les chefs avaient-ils essayé d'éclaircir ce mystère, autant eut valu tenter de saisir avec la main l'orfaie
jetant ses cris perçants dans un grand bois; les gardes

sacrés qu'elles semblaient affecter de suivre ne réussirent pas mieux à les découvrir, et leurs vaines tentatives, après les reproches d'impéritie et de mauvais vouloir qu'ils avaient d'abord adressés aux chefs, ne servirent qu'à les faire prendre en haine et à jeter sur eux du ridicule.

Au commencement, on se montrait indignés de ces accusations contre les pontifes, on ne leur prêtait l'oreille qu'avec horreur; les anciens des tribus, prêtres des ruisseaux, élevaient sans cesse leurs bras pour protester contre ces blasphèmes; mais à l'étonnement du peuple, le ciel restait sourd et sa foudre ne faisait pas taire les coupables, donc il les approuvait; ces réflexions engendraient le doute et du doute à la croyance le chemin est court; la terreur dont le bois sacré était l'objet, les lois de mort qui en défendaient l'approche, le mystère qui entourait l'accomplissement de ses rites, se tournaient contre lui, faisaient penser à un grand nombre, plusieurs même s'enhardissaient à l'exprimer tout haut : que si les actions des prêtres n'étaient que louables et saintes, ils n'auraient pas un si grand motif à les cacher au peuple, à mettre entre elles et lui l'épaisseur d'un monde, l'effroyable barrière du trépas.

De tous les Germains, Arminius était le moins disposé à voir dans ces effets l'intervention d'une Divinité, au moins d'une Divinité puissante, car, se disait-il, pourquoi après l'avoir encouragé, poussé même à agir, l'aurait-elle laissé tomber de sa grandeur? Il ne devait donc s'appuyer que sur lui-même pour la ressaisir, et puisque les autels et les lois y mettaient un invincible obstacle, il les renversera et sur leur ruine élèvera à la patrie un autre avenir, lequel? Il l'ignore, mais il sera ce qu'il doit être pourvu que lui-même en soit la loi et le dominateur; quel coup de tonnerre il eut mérité! Il devait vivre pourtant, afin que son œuvre montra aux législateurs à venir, qu'abaisser la sainteté des

lois devant une réputation, un homme, c'est creuser à la
patrie un abîme.

Pendant que les artifices de Mercure rendaient vaine dès
ses premiers pas la mission des gardes sacrés, l'ambassade
conduite par Saturne s'acheminait en toute hâte vers le
camp romain, malheureusement pour elle, elle n'était pas
seule à y courir.

Informé de son départ, Arminius en soupçonna le
but, sa réussite pouvait donner à Hormul les moyens
de résister à l'invasion et détruire ses projets, il y para.

Un homme de sa tribu, du nom de Théler, avait pour lui
un de ces enthousiasmes ardents, tels qu'en ont parfois à
leur service ceux que la gloire militaire semble, par son
auréole de victoires, élever au-dessus des autres mortels ;
homme à dévouement aveugle, ne se comptant pour rien
devant son idole et capable pour elle de tous les sacrifices,
même d'un crime ; Arminius l'envoya chargé de ses instructions au général romain lui ordonnant de faire toute diligence ; Théler, sans même prendre le temps de revoir sa
femme et ses enfants, partit et parcourut dans un espace
de temps si court la distance qui séparait sa tribu du camp
romain que son arrivée y précéda de deux jours celle des
prêtres.

Introduit devant le général, il lui annonçait de la part
d'Arminius l'envoi des gardes sacrés pour soulever la
Germanie et le dessein des prêtres de gagner du temps par
un message ; il lui mandait de pénétrer sans retard dans
l'intérieur du pays ; que le faisant, il pourrait s'emparer
du bois sacré et des prêtres avant que la Germanie eut le
temps d'accourir à leur défense ; que les troupes qu'Hormul
pouvait opposer feraient, il fallait s'y attendre, leurs derniers efforts, mais que les Romains auraient facilement
raison de leur faible nombre ; que pour le moment, la levée
des armées était paralysée par la résistance passive des

chefs qui ne demandaient pas mieux que de voir la ruine
des prêtres pour établir sur elle leur domination personnelle; mais qu'il faillait se hâter, car les peuples chez qui
étaient vivaces le respect et l'amour pour les prêtres et les
Dieux pouvaient d'un instant à l'autre sortir de leur torpeur
et alors les chefs eux-mêmes, pour ne pas se trahir, se
verraient obligés d'être ardents à la lutte; qu'enfin en se
hâtant les Romains étaient sûrs de la victoire; que les prêtres détruits, sa popularité l'appellerait à la tête de la
nation, et que le premier acte de son pouvoir serait de
conclure avec Rome une alliance aux conditions qui répa-
reraient l'injure qu'elle avait reçue et rendraient la puissance des Germains utile à sa gloire et à son empire sur
l'univers.

Telles furent en substance les paroles de Théler, sur la
demande du général romain de fournir les preuves qu'il
était le délégué d'Arminius; cet infortuné, cet égaré
répondit: Mon gage de vérité est moi-même, car je ne dois
pas sortir vivant de devant vous; ici même, je dois mourir
pour que ma mort, en faisant croire qu'elle est la punition
de mon essai d'attenter à vos jours, couvre à jamais le
mystère de ma mission et sauve de tout soupçon la tête
d'Arminius; Romains, qui de vous me rendra le service
d'un coup d'épée, et comme les Romains hésitaient, quelle
crainte du sang est la vôtre, s'écria-t-il; eh bien, je me
frapperai moi-même! Et se plongeant un poignard dans
le cœur il expira à leurs pieds.

C. Drusus convoque à l'instant ses lieutenants et leur
montrant le cadavre du Germain leur explique sa mission;
tous furent d'avis de mettre sans retard ses renseignements
à profit; en conséquence, des courriers furent expédiés en
toute hâte tant pour faire passer le Rhin aux troupes
restées sur l'autre bord du grand fleuve que pour activer
avec toute la diligence possible la formation d'une seconde

armée destinée d'abord à garder les passages afin d'assurer, en cas d'échec, la retraite de la première, puis à pénétrer à sa suite dans l'intérieur de la Germanie, dès que le temps et les circonstances permettraient de la remplacer elle-même par le rassemblement d'une troisième.

Ces dispositions prises, le général romain s'avança incontinent dans le pays ennemi trouvant à chaque passage, à chaque obstacle une résistance opiniâtre mais insuffisante pour arrêter les grandes forces dont il disposait; et qui, sous sa direction aussi habile qu'énergique, recevaient toute l'impulsion qu'on pouvait en attendre.

Cette marche en avant des Romains, sans même attendre que leurs légions eussent achevé de franchir le fleuve, surprit les prêtres; une pareille audace leur donna un pressentiment que la patrie était victime d'une nouvelle trahison, ils n'en demandèrent pas moins à être admis en présence du général ennemi.

L'aspect austère et majestueux de ces pontifes, particulièrement de Saturne dont la haute stature et les yeux chargés d'éclairs avaient quelque chose d'étrange et de surnaturel, causa sur l'assemblée des généraux romains une impression de crainte respectueuse dont tous leurs efforts ne purent entièrement délivrer leurs esprits; la formidable voix de Saturne dans son corps de vieillard était surtout pour eux l'objet d'un étonnement indicible.

Romains, s'écria le grand Dieu, retirez-vous de la Germanie, craignez ses Dieux, tremblez d'attirer sur vous la vindicte de ses lois.

N'attendez point que le malheur vous accable et que la colère de la Germanie soulevée contre vous, vous ôte de la terre des vivants comme une poussière devant les pas de ses fils.

Retirez-vous, Romains, ne violez pas plus longtemps

le sol de notre patrie ; allez, déposez vos armes au-delà
du Rhin et revenez en suppliants, la Germanie est hospitalière et son peuple vous accueillera car il craint les
Dieux ; si vous cherchez une nouvelle patrie, il ne refusera
pas de vous accepter au nombre de ses frères ; bien qu'il
soit innombrable, son sol immense suffira pour lui et pour
vous.

Si vous refusiez notre juste demande, c'est que vous
n'êtes venus que dans un but agressif ; mais où est le droit,
où est la justice de votre agression, quel motif vous a
donné la Germanie de la traiter en terre ennemie ; avez-
vous à vous plaindre de quelques-uns de ses enfants, dites-
le, ne craignez point que ses lois soient partiales pour eux,
justice vous sera rendue ; mais si elle ne vous a donné
aucun sujet de colère et que vous soyez venus de votre
propre volonté, rebroussez chemin, car tout nouveau pas
que vous faites aggrave votre injustice ; et si vous êtes
envoyés, retournez vers ceux qui vous ont dit, allez ;
dites-leur que vous ne pouvez prêter vos mains à
une guerre injuste et ainsi contraire à la volonté des
Dieux.

Ne dites point que vous venez venger vos frères, ne
se sont-ils pas exposés volontairement à leur malheur,
n'ont-ils pas péri avec justice ?

Pourquoi ont-ils abordé la terre sacrée de la Germanie
sans saluer ses Dieux ? La Germanie ne les avait point
appelés, ils sont venus d'eux-mêmes, d'eux-mêmes ils se
sont mis sous la vengeance de ses lois en paraissant, malgré elle, armés sur son sol ; prévenus du châtiment auquel
les exposait leur acte coupable, ils y ont persisté, l'ont
aggravé en versant le sang des enfants de la Germanie,
en insultant ses Dieux ; ses Dieux se sont levés contre
eux et les lois exécutrices de leur éternelle justice n'ont
frappé que des criminels ; eux-mêmes ont choisi, ont voulu

l'infortune qui les a atteint, leur sort peut être digne de pitié, mais en quoi mérite-t-il d'être vengé?

Comme eux, Romains, vous êtes prévenus, retirez-vous il en est temps encore, mais la première aurore vous rencontrant en ces lieux vous trouvera coupables; les Dieux de la Germanie se lèveront contre vous comme ils se sont levés contre vos frères; rien ne pourra plus vous soustraire aux coups de leur vengeance, vous périrez, vous serez seuls responsables de l'horrible sort qui vous aura atteint, car vous l'aurez choisi, comme vos frères vous l'aurez voulu.

Tel fut le discours du grand Dieu, les Romains n'y répondirent pas, quelle réponse auraient-ils pu y faire? Leur général se borna à dire, qu'en les admettant en sa présence, il avait cru qu'ils venaient se constituer comme victimes expiatoires pour détourner de la Germanie les maux que leur cruauté attirait sur elle; que Rome ne désarmerait pas et continuerait la guerre à outrance jusqu'à ce qu'elle eut obtenu entière et éclatante réparation des outrages et du massacre de ses enfants; qu'après cette satisfaction, mais seulement alors, elle pourrait écouter des propositions de paix faites non par les prêtres auteurs de l'horrible forfait reproché à la Germanie, mais par Arminius considéré comme le seul chef suprême du peuple germain, que telle était la volonté irrévocable du Sénat et du peuple de Rome à laquelle lui général ne pouvait rien modifier.

Après ces paroles, le général romain se retira se refusant de plus rien entendre.

Saturne et les prêtres durent s'éloigner avec cette dure réponse, que n'aurait pas donné le grand Dieu? Que n'aurait-il pas souffert, pour recouvrer sa puissance pendant une heure, un instant, le temps seulement de punir les

Romains de leur impie insolence! Mais exilé de l'Olympe, il n'a que la force d'un mortel.

Il reprit morne et silencieux avec ses deux collègues le chemin du bois sacré, pour distraire son esprit des douleurs et des soucis qui l'obsédaient, il voulut voir les lieux où la reconnaissance avait poussé les Mares à s'immoler pour la Germanie.

Au retour du guide de Vinzi, plusieurs respiraient encore fixés au sol par les piques dont les Romains, dans leur colère, les avaient transpercés; de ce nombre était Mœruel, ce fut à sa prière ou plutôt à son ordre que le guide s'abstint d'attenter à ses jours, il dut se résigner à vivre pour brûler les siens et transporter leurs cendres au pays des ancêtres; aidé de quelques femmes Fétern, il éleva un immense bûcher et après en avoir réuni les précieux restes dans des urnes d'écorces, il reprit en pleurant le chemin de la patrie; un amas de cailloux élevé sur les lieux servait de témoignage et sur le sommet de ce monument informe une pierre contenait ces mots tracés de la main du guide :

Germanie, Savoë le dernier des Mares te salue :

Cette simple inscription causa sur Saturne ce que n'avaient pu produire ni la déplorable vue de ses enfants qu'il avait été contraint de dévorer, ni les adieux déchirants de son épouse divine qu'un exil sans fin avait séparée de lui, ni le premier aspect de ce mortel décrépi en qui il avait vu tout ce qui restait de lui Saturne dominateur de la terre et des cieux, elle lui arracha des pleurs; oui Saturne pleura, son doigt trempé d'une larme (elle eut amolli une matière cent fois plus dure que le dur airain), grava sur le marbre à la suite de ce qui était écrit :

Muniter,

Mot dont la signification a fait depuis des siècles le déses-

poir des sages de la noble Allemagne ; ceux-ci, par le nombre
et l'ordre des lettres ont cru reconnaître en lui le deuxième
nom saint écrit sur la base du trône de Jupiter, et ont
héroïquement usé leurs jours à en tirer la solution du
grand problème de rendre immortelle la mortelle humanité, ceux-là l'appliquant à la richesse seule de la patrie
ont voulu par son moyen changer en or les murailles de
ses demeures ; vous ne trouverez pas, leur a-t-on dit, ce
mot est une vengeance de Saturne, un leurre à nos labeurs,
il est en sanscrit primitif dont aucune expression ne nous
est parvenue ; peut-on errer à ce point, s'écrient d'autres,
l'Egypte seule fut le berceau du genre humain et c'est une
illusion des yeux d'avoir lu Muniter là où est écrit Eter-
paatrangrannet, nom sous lequel Saturne régna mille
siècles et deux lunes, avant les Ramanars fondateurs de
Yétobô, la cité aux grandes clameurs, dont les débris
servirent à Sésostris pour former la ville des Sphinx,
Thèbes, qui couchée sur le sol voit à ses pieds les reines
de nos jours Paris, Rome et Londres s'extasier devant ses
haillons.

Quel mérite pour nous, Muse, d'apporter la lumière dans
tant de ténèbres ; comment n'est-il venu à l'esprit d'aucun
de ces docteurs que Saturne quoique grand Dieu avait pu
penser ce qu'eut pensé un simple mortel et que le mot
Muniter (changé de nos jours en celui de Muſnter par le
trop de soin à ajouter les points sur l'i), tracé par sa main
divine n'avait pas cessé de signifier ce que signifie Muniter,
soit :

Que ton bras devienne long :

Ce qui était le plus grand souhait de prospérité que sut
faire un Germain.

Mais, Muse, les siècles émerveillés restent debout devant
nous et semblent attendre une nouvelle clarté, confirmons
leur foi en leur montrant sous quelle pellicule de la

terre gît caché le marbre que pour la grandeur de Savoë Saturne signa de sa larme, comme pour y fixer le Destin.

Cette pierre célèbre fut longtemps vénérée à Paderborn comme la sauvegarde du pays; enlevée par Teutern, elle fut vendue à Alaric contre le pillage de quatorze palais de Rome; il est faux que ce roi Visigoth ait été empoisonné, et Attale est innocente du crime dont on l'accuse; Alaric voulant suivre de son doigt la trace profonde gravée par celui de Saturne fut piqué par une mouche venimeuse, il ne survécut que deux jours; et en mourant ordonna que la redoutable pierre fut ensevelie avec lui et tous ses trésors; c'est sur elle que repose sa tête au milieu des secondes sables où se traîne le fleuve Corti avant de se former.

Cependant témoins du prodige opéré par Saturne, les deux prêtres ont ouvert les yeux, ils reconnaissent son origine divine et voient en lui un Dieu tombé, ils l'adorent; le Dieu céda à leurs prières, il leur permit d'emporter cette pierre honorée de la trace de son doigt divin; dans leur respect pour elle, donnant la liberté à leurs montures, les deux vieillards voulurent, malgré leurs faibles forces, la transporter sur leurs épaules dussent-ils, à cette œuvre sainte, employer le reste de leurs jours.

Saturne continua seul le voyage, le rapport qu'il fit aux prêtres les plongea dans la douleur, mais d'autres déceptions les attendaient.

Devant les difficultés, les amertumes de leur mission, devant son peu de fruit, les gardes sacrés avaient dû revenir sur leurs pas; les peuples, dirent-ils, les avaient mal accueillis et nullement écoutés; bien plus, ils prêtaient l'oreille à une proclamation des Romains annonçant qu'ils ne venaient point faire la guerre à la Germanie avec laquelle ils seraient heureux de contracter une alliance utile et honorable aux deux grandes nations, mais demander

justice du forfait commis par ses cruels prêtres sur des
blessés désarmés; crime inouï qui avait soulevé l'indignation non-seulement de Rome mais de tous les peuples de
la terre ; que c'était une honte pour l'humanité qu'un gouvernement si odieux fût chargé de la direction d'une nation
aussi noble, aussi estimée, aussi divine que la Germanie ;
et que l'armée romaine venant l'aider à secouer le joug
infamant de ses prêtres devait être accueillie, comme elle
se faisait déjà gloire de l'être, en amie par tous les Germains soucieux de l'honneur de leur patrie ; que lui général
romain, en pénétrant dans le pays, n'avait d'autre mission
que de se mettre à leurs ordres pour fonder un gouvernement honnête et digne de la grandeur et des nobles aspira-
tions du peuple germain.

Outre cette proclamation insidieuse répandue on ne
savait comment dans tous les lieux qu'ils avaient visités,
des bruits insinuaient que lors de la dernière guerre, les
prêtres n'avaient empêché leur garde sacrée de prendre
part au moment le plus critique du combat, et quand ils
en étaient si instamment priés, que pour être à même de
défendre les trésors que leur cupidité avait entassés, et
que s'ils s'étaient refusés d'entendre les conseils d'Arminius et lui avaient fait un crime de sa proposition de renvoi
des prisonniers, c'est qu'ils n'avaient eu en but que de pro-
voquer les Romains à une nouvelle guerre, afin d'augmenter
leurs richesses par leurs dépouilles, s'en réservant tout le
profit et au peuple tout le péril. Les gardes ajoutaient que
plus d'une fois ils avaient entendu des voix restées inconnues proférer sur leur passage des cris outrageants: Les
voilà ces fiers guerriers qui restent mollement couchés
lorsque la patrie les appelle à son secours et laissent égorger sous leurs yeux nos frères, pendant qu'eux-mêmes se
gorgent à des tables surchargées de mets délicieux ; mères
et épouses qui pleurez vos fils et vos époux morts de bles-

sures et de besoin demandez-leur compte de votre désespoir et de vos larmes.

Nos exhortations, nos prières dirent les envoyés ont vu
par ces perfides rumeurs tout leur effet détruit; les peuples
ne voient de salut qu'à suivre les conseils donnés par
Arminius, ils se lèveront à sa voix, mais non à celle de tout
autre;

Quelques chefs craignant les Dieux et observateurs des
lois pleurent sur cet aveuglement du peuple, mais leur
pouvoir est presque sans force et les obstacles de tout
genre qu'ils trouvent dans l'inertie des autres chefs paralysent leurs efforts à mettre en campagne leurs cantons.

Les prêtres furent d'abord atterrés par ces nouvelles, mais
ils reprirent courage à la pensée que l'anarchie dont par-
laient les gardes sacrés pouvait être limitée aux quelques
cantons visités par eux, ils pouvaient avoir mal vu ou s'être
exagéré le mal sous l'impression de la colère et du dépit
des injures qui leur avaient été adressées; les prêtres se
croyaient d'autant plus fondés à le croire que le rapport
des gardes était incohérent et semblait dans plus d'un
point se contredire; en outre, comme ils ne doutaient pas
de la prochaine arrivée de la grande armée Cauque, ils ne
voyaient point qu'il y eut lieu de perdre espoir; ils résolurent d'aller quelques-uns au-devant d'elle afin de stimu-
ler et presser sa marche, et reconnaissant combien étaient
sages les conseils d'implacable sévérité de Saturne, ils
décidèrent d'envoyer dans les cantons insoumis une députation de pontifes chargés de détruire eux-mêmes les
bruits injurieux, d'en rechercher et punir les auteurs, de
réprimander les chefs qui montraient peu de zèle, de
remplacer et au besoin de condamner au supplice ceux
trouvés coupables d'avoir laissé se propager les calomnies,
ou d'avoir entravé l'armement des cantons; ils espéraient
que ces actes de rigueur suffiraient pour rétablir l'ordre

14

troublé, raffermir la discipline et par des chefs nouveaux ramener dans le peuple l'enthousiasme pour la défense de ses Dieux et de leurs autels.

Saturne déclara ces mesures insuffisantes, selon lui le mal était plus grand, plus général que ne le pensaient les prêtres; il conseilla d'abandonner le bois sacré, d'enfouir ses autels, d'emporter les simulacres et tous les objets du culte des Dieux, de se rendre en corps chez tous les peuples accompagnés de la garde sacrée, d'y faire le jugement de tous les chefs et par des supplices terribles infligés indifféremment aux inactifs et aux coupables, imposer aux peuples une salutaire terreur et aux nouveaux chefs un exemple redoutable pour leur conduite à venir.

Ces mesures parurent aux prêtres non-seulement excessives, mais étranges à ne pas même soutenir un examen; de bonne foi, pouvait-on s'arrêter à l'idée de traîner à la mort pour une simple faute, un oubli! une multitude de chefs illustres et populaires; ne serait-ce pas courir au-devant d'un mécontentement général ou tout au moins apporter dans l'organisation de l'armée un trouble que les circonstances actuelles prescrivaient d'éviter; d'ailleurs, comment mettre en doute que l'armée des Cauques seule ne suffise à arrêter momentanément l'armée romaine et que les autres peuples germains ramenés au devoir par la pensée d'un de leurs frères en péril ne se hâtent d'accourir à ses côtés; puis la proposition d'abandonner le bois sacré, outre qu'elle paraissait aux pontifes la perte du stimulant à la prompte arrivée des secours, leur causait par elle-même une espèce d'horreur et ils ne pouvaient l'attribuer qu'à un dérangement des facultés de leur illustre chef produit par sa douleur des évènements présents; Saturne comprend leur pensée et lit sur leur visage l'angoisse de leur âme, il leur dit pour les rassurer: Frères, ce que je vous propose est la suprême, la seule ressource de la patrie

les Dieux la veulent, ils l'ont placée dans le changement
de leur bois sacré, car par lui seulement peut être détrompé
le peuple, il verra et nous croira; et s'apercevant que la
stupeur des prêtres augmentait et provoquait des larmes
dans leurs yeux, Saturne reprit d'une voix plus basse et
amie: Pourquoi vous troublez-vous, comme si ce que je vous
dis pouvait être pour la patrie et pour vous une cause de
mal et d'erreur; et puisque je dois moi-même rendre témoignage à ma sagesse, qui de vous peut l'accuser d'avoir
jamais failli? eh bien, je vous le confirme, les Dieux
m'ont montré et je vous montrerai le nouveau lieu qui
plaît à leur cœur, qu'ils ont choisi pour y accepter nos
sacrifices où ils demandent que nous leur dressions de nouveaux autels; frères, ils vous l'annoncent par ma bouche,
que la première aurore nous trouve en marche pour nous
y rendre; à cette insistance de leur chef, les prêtres ne
doutent plus de l'aberration de son esprit, ils s'éloignent
en pleurant, ils ne demanderont plus qu'à leur prudence les
moyens de sauver la patrie.

Cet éloignement des prêtres, leur terrible erreur plongèrent le grand Dieu dans une douleur sans limite; dans
l'affliction de son âme, il a hâte lui-même de se séparer
d'eux; il éprouve comme un besoin irrésistible de silence
et de solitude.

DÉCLAM XIV.

Les prêtres partis au-devant de l'armée Cauque rencontrèrent après deux jours de marche les délégués de ce peuple venant demander des instructions ; les Cauques dirent ces envoyés attendent vos ordres, vos gardes ne leur sont point parvenus, comme ils n'ont pas dépassé les forêts Agones, peut-être y ont-ils péri ; n'en recevant pas d'autres, et supposant le but de leur mission, nous venons vous dire que les Cauques s'armeront si vous le leur ordonnez, seulement ils vous prient d'attendre quelques jours avant de disposer d'eux, ils désirent achever leurs moissons ; à ces paroles, les pontifes ont levé les bras vers les cieux comme pour les prier de ne pas s'abattre et détournant leurs visages devenus effrayants de pâleur, sans rien répondre, ils ont repris le chemin du bois sacré. Les envoyés n'eurent pas d'autre instruction à reporter aux Cauques que cette douleur des prêtres, ils en comprirent l'accablant reproche, il leur arracha des larmes.

Les Cauques étaient punis de leur vengeance, ils n'avaient pu supporter, qu'en remplacement du Chérusque, le chef suprême de l'armée n'eut pas été choisi parmi eux ; et qui leur avait-on préféré ? Un chef des Varins tribu certainement puissante et illustre mais qui semait ses orges dans le moment qu'eux-mêmes abandonnant tout donnaient à la Germanie sa plus grande victoire ; puisque un zèle ardent avait pu leur nuire, il leur semblait bon de montrer quelque tiédeur : Comment des voix autorisées ne s'élevèrent-elles point pour faire revenir ce noble peuple à plus de justice ?

en lui rappelant que l'honneur qu'il exigeait était moins
accordé aux Varins qui n'en avaient jamais joui bien qu'ils
en fussent dignes, qu'à la réputation de sagesse et de
science militaire d'Hormul leur illustre chef, en lui disant
surtout que si les Varins ne s'étaient pas mis en campagne
dans la dernière guerre, c'est que sa prompte terminaison
et leur éloignement n'avaient pas permis aux prêtres de
les appeler; oui, les Cauques furent punis, ils se privèrent
de la gloire d'être deux fois les sauveurs de la Germanie,
ils eussent pu l'être! Mais ceux qui devaient parler et se
turent, ceux-là commirent un crime.

Rien ne saurait exprimer le douloureux étonnement que
causa dans le bois sacré cette conduite des Cauques, à qui
nous fier s'écriaient les prêtres, en quel peuple placer notre
espoir?

Leur anxiété n'était cependant pas encore à son comble,
elle y arriva par les nouvelles de la députation envoyée
dans les cantons insoumis; un courrier venu en toute hâte
annonçait son retour ou plutôt sa fuite devant la révolte
des Buttes, des Kolpes, des Haontes; ils ont brisé avec
nous tout lien mandaient les députés, ils ont proclamé roi
Arminius et le premier acte d'autorité du traître a été de
distribuer aux familles tous les troupeaux, de les déclarer
propriétaires des terres, d'abolir les épreuves du mariage,
de permettre les secondes noces, d'affranchir et armer les
célibataires, la rébellion trouve en eux ses plus ardents soutiens; affolés de cette licence qu'ils osent décorer du titre
de liberté; ces peuples, et l'esprit de vertige gagne les
voisins, jurent de ne plus reprendre leurs fers; les malheureux! C'est ainsi qu'ils nomment nos sacrées coutumes;
bien plus, ils demandent à marcher sur le bois sacré et à
s'emparer de nos personnes pour les livrer aux Romains
comme gages de paix.

Le courrier ajoutait: Ils vous supplient de ne pas atten-

dre leur retour, mais que, pour éviter à la patrie de se
souiller d'un sacrilège, sans perdre une heure, un instant
vous abandonniez ce bois asile des Dieux en emportant les
objets voués à leur culte, priez-les de diriger vos pas chez
quelque peuple resté soumis.

Toutes accablantes que fussent ces nouvelles, et bien
qu'ils n'aperçussent pas d'où pouvait leur venir un secours,
les prêtres ne cessaient cependant d'espérer, ils voyaient
une telle monstruosité dans leur abandon qu'ils ne pouvaient y croire; mais pendant qu'ils délibèrent sans s'arrêter à aucun parti, les Romains achèvent d'anéantir les
quelques troupes restées aux ordres du vaillant Turving
qui a succédé à Hormul et à Yorck morts en combattant.

Homère, c'est à célébrer ces héros que ta muse eût dû
composer ses poèmes; mieux que Troie et les vingt rois
de la Grèce ils eussent inspiré à ton âme ces cris que les
siècles se répètent étonnés et incertains qu'ils soient sortis
d'une bouche mortelle.

Viens, sublime génie, viens prêter à mes lèvres des
accents qui soulagent ma poitrine que l'admiration
oppresse.

Quel exemple pour les âges à venir! La patrie est meurtrie par ses ennemis, délaissée, couverte d'opprobres par
ses enfants; et ses malheurs, sa honte ne la rendent que
plus chère aux yeux de ces héros, plus digne d'être aimée!
Pour apporter un baume à ses plaies, pour consoler sa
douleur, ils étouffent les plaintes qu'amènent sur leurs
lèvres les angoisses de la faim, l'ardeur des blessures; ils
forcent leur corps à ne plus se souvenir du repos et du
sommeil; mais ce qui exalte mon âme, ce qu'elle ne pourra
jamais assez glorifier, c'est qu'ils n'attendent de leur dévouement aucune gloire; pour la patrie, ils acceptent ce
suprême outrage d'être oubliés!

Nobles héros, le temps a pu user vos os blanchis, les

vents en disperser la poussière, mais votre mémoire est immortelle comme le nom de patrie, et tant qu'à ce nom saint battra un cœur, une voix restera pour dire vos louanges.

Mais pour ceux qui livrent le pays à l'étranger et pour les lâches qui le souffrent, l'ignominie est sur eux ! Les siècles ratifient la parole qui l'a scellée sur leur front : Oui, a répondu Turving, aux hommes sans foi qui cherchent à l'ébranler par les périls qui le menacent, oui, nous serons broyés et il le faut même, afin que la patrie trouve dans notre poussière un voile pour cacher sa honte d'avoir des fils tels que vous !

Avec Turving a péri le dernier défenseur du bois sacré ; et dès l'aurore, les prêtres purent voir les Romains paraître sur ses collines et s'apprêter à en descendre.

Il n'était plus pour eux de salut, et cette certitude loin de les attrister a ramené sur leur visage la sérénité et presque la joie : quels hommes ! Eux que la patrie maudit, ils bénissent les Dieux de la sauver de leur colère ; ils les remercient de pousser ses ennemis à amasser sur leurs fronts les châtiments dus à leur culte profané ; la mort pouvait venir, le désir qui était au fond de leur âme s'accomplissait, ils allaient mourir les pieds sur les marches de leurs saints autels.

Une ombre cependant restait à leur paix ; les yeux tournés vers les hauteurs, ils se demandent s'ils doivent mourir séparés des collègues dont ils attendent le retour, séparés surtout de leur chef vénéré, Dieux ! rapprochez-les de son cœur, qu'au milieu d'eux et avec eux il rende le dernier soupir consolé de leurs torts, se souvenant qu'ils n'ont failli que par le plus noble des orgueils, celui de la patrie.

A la lumière des évènements, ils exaltent sa sagesse ; sans doute, se disent-ils, elle est le présent des Dieux à leur pontife, le sceau qu'ils lui impriment en l'appelant à

ses sublimes fonctions : comment avions-nous pu l'oublier?
Ce qu'il est, étaient ses prédécesseurs, la patrie n'a eu et
ne peut avoir de salut que dans leurs conseils; mais ces
prédécesseurs qui sont-ils? A leur profonde admiration,
presque à leur stupeur, aucun d'eux ne peut donner le nom
d'un seul, ils n'ont vu et ne connaissent que le pontife vivant; une même pensée a jailli dans leur esprit et comme
obéissant à une seule volonté, tous se dirigent, tous hâtent
le pas vers l'édifice qui renferme l'immense trésor des
planches saintes où depuis les premiers âges la main des
prêtres a gravé les jours de la patrie.

C'est dans ce moment même que le char de Pluton cessant de rouler sur le sol d'or de l'Olympe entrait dans le
chemin éthéré qui conduit à la terre, les Divinités qu'il
portait devaient trouver Saturne dans une disposition
d'esprit bien différente de celle où l'avaient laissé Iris et
Mercure.

Le grand Dieu voyait son œuvre profonde, l'œuvre de
sa sagesse s'effondrer, elle croulait en moins de jours qu'il
ne lui avait fallu de siècles de patient labeur pour l'édifier;
et pour causer sa chute, pour la frapper de mort, il avait
suffi de l'astuce d'un homme et d'un seul moment de faiblesse des prêtres! Et cependant, où trouver parmi les
mortels, comment former un pouvoir gouvernemental présentant par la science, les vertus et le mérite de chacun
de ses membres autant de garantie de durable autorité et
d'ascendant sur les peuples.

Comment espérer de faire mieux, comment même obtenir
autant de l'humanité sujette à mille défaillances et erreurs,
conséquence de sa durée éphémère et des maux sans nombre qui s'attachent à elle pour l'entraîner sans trève à son
renouvellement par sa destruction.

Quelle faute avait-il faite dans sa constitution, quelle
autre mesure aurait-il pu prendre pour lui assurer plus de

vie? Il avait beau consulter sa science divine, elle se refusait à rien concevoir de plus parfait; et pourtant, cette
œuvre sublime était tombée, emportée, comme celle d'un
mortel sans valeur, par un accident vulgaire! Cette fin
honteuse lui semblait une dérision du Destin et abreuvait
son âme d'amertume et de colère.

Heureusement que pour les desseins de Jupiter et le bien
de l'Olympe, la pénétration de l'esprit divin de Saturne
n'alla point jusqu'à lui faire entrevoir que la succession de
coups sous lesquels s'affaissait son œuvre avaient pu être
portés par un Dieu, rien ne le mit sur la voie des secrètes
et habiles machinations du puissant et rusé Mercure.

S'il devait tenter une nouvelle épreuve de sa sagesse,
pourrait-il changer les voies qu'il a suivies, et s'il n'y
voyait aucun perfectionnement possible, pourquoi s'y
soumettre? puisque l'édifice qui en sortirait étant d'une
manière inévitable destiné à périr, ne méritait pas qu'il y
consacra des soins dignes d'une œuvre immortelle.

Et à supposer qu'il se décidât à former un nouveau peuple
à son âge d'or, où le trouvera-t-il?

Il lui faut un peuple bien doué et primitif, et ses yeux
consultent vainement l'univers, ce peuple manque.

Tout le couchant, même l'île si reculée de la grande
Bretagne, a reçu le souffle empoisonné de la liberté cor-
ruptrice appelée civilisation: les habitants des immenses
plaines du Cathay, des Indes et de la Perse suivent des lois
dont la fastidieuse mais savante minutie est l'expression
de leur caractère, de leurs vertus et de leurs défauts, de
leurs défauts surtout et ces lois trouvent dans cette imper-
fection même des gages à leur durée et immutabilité: s'il
en faisait lui-même d'imparfaites? mais la pensée qu'il se
mettra ainsi à la remorque des hommes lui qui n'a pu
souffrir un égal dans Jupiter, ne lui permet pas de s'y
arrêter et l'oblige à continuer son examen des peuples, or

que voit-il? des peuplades Sarmates, Scythes et Arabes incapables de se soumettre à d'autres règles qu'à celles imposées par leurs caprices ou leurs besoins d'un jour.

Tout son sang bouillonne en pensant à l'Italie, il déteste presque autant la docte Égypte, et les hordes que séparent d'elle les déserts, lui paraissent, par leurs mœurs et leur esprit, non-seulement inhabiles à suivre mais à comprendre ses leçons.

Restent les nations de l'île immense, mais placée en dehors des limites tracées à son lit d'exil, il lui faudrait adresser une prière à Jupiter, peut-il s'y résoudre?

Saturne se voit ainsi exilé du ciel et comme chassé de la terre d'où sa sagesse est repoussée.

Ces pensées amères lui font regretter d'avoir rejeté avec tant de dédain les propositions d'Iris et de Mercure et d'avoir ainsi rendu impossible le projet des Dieux de recourir aux conseils du Destin: car il y trouverait l'espérance de ressaisir un jour le gouvernement de l'Olympe et à défaut d'hommes à qui enseigner ses lois, il y eut plié les Dieux.

Dans sa précipitation à soustraire son trône aux dangers dont le menaçait la naissance de Jupiter, il s'est fermé trop tôt le livre des Destinées, afin de courir auprès de Cybèle étouffer ce fils redouté; mais quels événements doivent suivre le grand fait de Jupiter échappant à sa fureur et devenant roi de l'Olympe; quelle sera la durée de son règne, lui reste-t-il à lui Saturne un espoir de renverser l'usurpateur et de recouvrer son trône et sa puissance? c'est ce qu'il ignore et le moyen de le connaître et de réparer sa première faute lui-même l'a repoussé! C'est vrai qu'il se venge ainsi de son fils, mais il perpétue sans remède sa propre infortune; il l'aggrave, en s'attirant la haine et la colère méritée de tous les Dieux.

Son orgueil s'oppose à venir lui-même proposer ce qu'il

a refusé avec tant de hauteur, mais il désire que pressé
par ses maux, l'Olympe lui fasse de nouvelles instances,
il pourra les écouter.

Aussi, ce fut avec une joie profonde qu'il aperçut dans
le fond des cieux le brillant char que lui-même avait donné
à Pluton encore enfant, il y reconnaît les deux puissants
Dieux ses fils, quel est ce troisième? Mais dans l'instant
qu'il se le demande, les coursiers ont fait un pas de plus
et leur pied touche la terre; Saturne s'est levé de son siège
de pierre et marche au devant des Divinités.

Longtemps ils demeurent immobiles à se contempler,
les Dieux sont comme stupéfaits de voir à quel être chétif
est réduit par son exil de l'Olympe le grand, le redouté
Saturne roi et auteur de tous les immortels; Saturne n'est
pas moins étonné des changements que la suite des siècles
a opérés dans la personne des Dieux, il admire dans le
majestueux Neptune et dans le sombre et puissant Pluton
les fils qu'il laissa presque enfants en quittant l'Olympe;
ses yeux inquisiteurs s'attachent sur ceux d'Appolon et
cherchent à démêler dans le fond de son âme ce que signifie son regard qu'il veut rendre solennel et qui n'est
que froid et presque dédaigneux.

La situation allait devenir embarrassante, lorsque le
redoutable Pluton s'adressa à Saturne.

Père vénéré, quel terme mettras-tu à ta colère cause de
tes malheurs et de ceux de l'Olympe; cède à ses vœux,
n'attends point que la Divinité ennemie qui travaille à sa
ruine ait accompli son œuvre pour permettre aux Dieux
de recourir aux conseils du Destin, seul moyen de salut
qui reste à leurs couronnes; apprends, père vénéré, que
Jupiter a été frappé jusque sur son trône! Devant nous et
malgré les foudres dont son bras est armé, la Divinité
ennemie a brisé la majesté de son front, il n'est plus ceint
de nuages, il n'a plus d'empire sur l'Olympe et pourras-tu

le croire? son palais n'est plus sous sa loi, rien n'est plus
soumis à la manifestation de sa volonté; en présence de
tous les Dieux prêts à unir leurs forces aux siennes pour
venger la destruction de mille temples par la ruine d'un
seul appartenant à cette Divinité, le grand Dieu ton fils a
incliné sa tête puissante et l'Olympe est demeuré immobile, son palais n'a pas répondu à son signe; et lorsque nos
yeux comme obscurcis par la stupeur ont pu de nouveau
reprendre la perception des objets, Jupiter n'était plus,
nos regards ne savaient le reconnaître dans ce Dieu au
front sans nuages et dont le bras hésitant n'osait lancer la
foudre; il craint que sa main n'en possède plus même le
vain bruit.

Mais le coup qui frappe Jupiter a atteint tous les Dieux;
l'injure qu'ils ont reçue par le renversement de leurs statues et le massacre de leurs prêtres demeure sans vengeance; et si cette Divinité a pu découronner Jupiter armé
de son tonnerre et soutenu par tous les Dieux; que ne doit
pas redouter chacun de nous, comment pourra-t-il se défendre; de quelles humiliations, de quels outrages ne doit-
il pas craindre d'être accablé? Nous sommes le jouet des
caprices de cette Divinité, c'est la fin de l'Olympe!

Si l'abaissement de Jupiter te venge, songe, père vénéré,
qu'il ne te sert pas; il ne te rend point le gouvernement de
l'univers, il t'enlève tout espoir de jamais le recouvrer et
il fait la ruine de nos trônes, nous tes enfants qui ne t'a-
vons donné aucun sujet de plainte.

Père vénéré, impose silence à la voix de ta haine, la
haine est une funeste conseillère; que Jupiter ait des torts
envers toi, ce n'est pas nous qui contre toi prendrons sa
défense; mais écoute toi-même ta sagesse, elle te dira si
devant la nécessité, tu ne peux souffrir leur excuse ou leur
oubli? Ne te convient-il pas davantage d'être le père des
Dieux dominateurs de l'Olympe et de l'univers, plutôt que

le sujet méprisé d'une Divinité ennemie te poursuivant de ses risées, faisant de toi un vil objet de hontes et d'amertumes.

Jupiter à qui le Destin a imposé la cruelle douleur de t'éloigner de l'Olympe, a-t-il jamais toléré que les hommes ou une Divinité se permit de te faire non-seulement une injure, mais oublia de te traiter en grand Dieu; ton trône vide dans l'Olympe a été sa constante peine, la nôtre et celle de tous les Dieux.

Père vénéré, cède aux prières de tout l'Olympe; consens à être son guide auprès du Destin, toi seul en connais la voie; chaque instant aggrave la détresse et les malheurs des Dieux; n'amasse pas sur ta tête leurs reproches de te devoir leur irrémédiable infortune; de quelles angoisses, de quels tourments ne payerais-tu pas cette faute; les Dieux déchus te poursuivraient éternellement de leurs colères, de leur haine et de leurs vengeances; ils s'attacheraient à tes pas comme les fauves aux meurtriers de leurs petits, où fuirais-tu pour échapper à leur furie? ils te suivraient dans les entrailles de la terre, dans les lieux qu'éclaire le soleil, dans ceux où règne la nuit; ton supplice serait sans fin et tous l'approuveraient et chercheraient à l'agrandir, car c'est à toi seul qu'ils attribueraient leur malheur et la seule compensation à leur bonheur perdu serait ta propre souffrance; oui, tous seraient pour toi comme le vautour de Prométhée faisant sa joie d'empêtrer bec et griffes dans le foie de ce malheureux jusqu'à ce que ses cris, par leur intonation d'angoisse, l'avertissent qu'il est sur la limite de la mort, mais ne retire ses serres que pour se conserver la satisfaction de pouvoir les replonger de nouveau.

Laisse-toi fléchir, les Dieux ne méritent pas ta longue colère, elle a déjà assez troublé ton bonheur, elle te perdrait sans retour et ajouterait à ton immense malheur le poids de celui de toutes les Divinités.

Pendant ce long discours de Pluton, Saturne est absorbé
en lui-même, non que les paroles du Dieu l'émeuvent, il ne
les entend plus ; les premières lui ont appris quel pressant
besoin l'Olympe a de ses services et tout son esprit est
occupé aux conditions que lui permet de faire cette situation désespérée des Dieux.

Par trois fois il a relevé son front, trois fois il a repris le
cours de ses pensées, mais le silence qui s'est fait l'a averti
que les Dieux attendent.

Mon fils, dit-il enfin, je cède à la nécessité de secourir les
Dieux, j'irai au Destin puisqu'ils m'en supplient, Jupiter et
les Dieux me suivront faisant cortège à ma gloire; oui,
consultons le Destin, et s'il se souvient de mes droits à la
domination de l'Univers, que Jupiter et sa puissance
s'inclinent à jamais devant moi ; mais si l'ordre irrévocable
des Destinées est que mon fils reste votre roi ; qu'il le soit
et me cède l'empire du monde ; à ce prix, je le jure par
votre paix, que mes yeux se ferment si je parjure, j'ac-
quiescerai aux vœux de l'Olympe, j'ai dit.

Quelques dures que fussent les conditions que les Dieux
attendaient de Saturne, celles qu'il venait de proposer les
stupéfiaient, car d'eux et de leurs trônes il n'était plus
question ; bien plus, Saturne qui n'avait jamais eu d'autel
serait seul à recevoir l'encens et les sacrifices ; ils ne pouvaient y croire, ils espéraient mieux du Destin quels que
fussent ses arrêts ; cette pensée rasséréna leur visage;
comprise par Saturne, elle assombrit son front puis amena
sur ses lèvres un méchant sourire ; ce fut la durée d'un
éclair ; l'impassibilité de ses traits a de nouveau rendu son
âme impénétrable aux Divinités et il s'adresse à Neptune.

Pars, mon fils, porter mes volontés à Jupiter et à
l'Olympe, ce jeune Dieu te conduira ; et de son doigt montrant le fouet à Appolon, Saturne semble lui faire comprendre, en le nommant palefrenier de son fils, à quelle distance sa gloire est de la sienne.

Ils s'éloignent; Appolon, malgré sa fureur, n'ose lancer
ses flèches, mais il cingla de son fouet la Germanie, le
coup la pénétra, il y murit et trois siècles plus tard son
fruit parut sous forme d'un désir irrésistible dans ses peuples à fuir sous sol; aux yeux ébahis des nations, de toutes
les clairières de ses forêts sortaient comme des essaims
d'une ruche immense Nares, Vendales, Hérules, Lombards,
Angles, Francs, Goths, Visigoths, Ostrogoths et vingt
autres peuples à faces inconnues, tous innombrables, tous
formidables à conquérir et à repeupler le monde; ah! si
l'esprit qui me contraint à poursuivre sans trêve le but de
mes déclams me laisse jamais quelque repos, on me verra
célébrer sur les pas de ces peuples non leurs triomphes,
ils déplaisent à mon âme, mais ce qu'il en coûta de patients
efforts aux descendants des Cauques et des Angles pour
relever du fond des mers le trident échappé à Neptune, je
redirai comment les Hérules perdirent et pleurérent à
Rome le caducée de Mercure, ce qu'il advint des Goths par
leur erreur d'avoir pris le riche bandeau de ce Dieu pour
la ceinture de Vénus, et par quels heureux labeurs les fils
des Francs ont retrouvé sur leurs lèvres la langue des
Dieux de l'Olympe, mes paroles deviendront effrayantes
comme les cataractes des sept fleuves formés par les larmes des damnés du Dante lorsque je décrirai le lourd et
fulminant glaive abandonné par la main de Pluton dans
les marais de la Germanie et que portaient devant eux les
Vandales; ma voix deviendra voilée et tonnante comme
celle de la Sybille pour apprendre aux nations inquiètes de
leur avenir, pourquoi a péri le nom des Nares, pourquoi
celui des Lombards est immortel; oui, mes chants seront
nombreux comme les gerbes du riche moissonneur; d'autres que moi, noble Clio, t'ont suivie et te suivront encore
pour retracer en vers pompeux les ruines et les douleurs
amoncelées par les victoires de ces peuples, je mettrai mon

génie à en effacer la mémoire en rappelant la fusion, la
métamorphose des vainqueurs avec les vaincus, les liens
de fraternité et d'amour qui les unissent et doivent à toujours rapprocher leurs cœurs pour leur commun bien et
l'accomplissement de la loi des cieux; mais en attendant
l'heure, hâtons-nous, Muse, de rentrer dans la carrière où
veut que je reste l'esprit; viens, retournons à la suite des
Dieux, et pendant que le char de Pluton ramène dans
l'Olympe Neptune et Appolon, expliquons aux siècles qui
nous le demandent pourquoi Pluton lui-même n'accompagne pas ces Divinités.

DÉCLAM XV.

Les derniers desseins de Saturne parmi les hommes exigeaient à l'instant même une force divine, tel était le motif qui lui avait fait retenir à ses côtés le redouté Pluton; il lui expliqua les causes de la ruine de son œuvre, son désir de se venger des peuples germains qui préféraient à sa domination sévère, mais digne et juste, le pouvoir d'un homme dont le mauvais génie savait les tromper; pour les punir et leur faire ouvrir les yeux sur leur faute, Saturne comptait sur Arminius lui-même, il ne doutait pas que ses vices ne le vengeraient d'une manière éclatante et ne seraient auprès des Germains la plus solide justification de la conduite intègre des prêtres, de la sagesse et de la grandeur de leur gouvernement.

Et puisque ce gouvernement était fatalement à sa chute, le grand Dieu n'avait plus qu'un désir, c'était qu'il tombât avec l'éclat et la majesté que méritait sa fin.

Ses yeux viennent d'apercevoir ses deux collègues d'ambassade, ils descendent la colline fuyant devant les Romains; les prêtres envoyés chez les Kolpes doivent rentrer avant le coucher du soleil, il veut leur retour, afin que la destruction de ses autels soit en même temps le tombeau de tous les prêtres.

Saturne pria donc Pluton de s'opposer à la marche des Romains et à leur entrée, avant la nuit, dans le bois sacré, mais il lui ordonna de borner là son intervention et surtout de l'abandonner à sa faiblesse de mortel quelque fut le

danger, quelque fussent les maux qui pourraient personnellement le menacer.

Pour obéir aux ordres de son père, le redoutable Dieu
des souffles porteurs de la mort n'appela à lui ni les vapeurs
sur lesquelles reposent les feux des volcans, ni les essaims
immenses de reptiles poussière sortie des corps que la
mort dévore et pour qui la terreur de l'homme a trouvé le
nom affreux de peste; ils eussent avec trop de certitude
anéanti les Romains; il se contenta de frapper le sol de son
pied puissant et aussitôt le marais comme une vaste fournaise vomit des masses de brouillards épais et fétides, une
brise légère a peine à les faire mouvoir, cependant elle les
détache et les courbe vers le flanc de la colline, ils s'y
accumulent et s'y amoncellent; les soldats romains voient
à leurs pieds cette mer aux vagues lourdes et sombres,
une espèce de terreur les saisit en descendant dans ses
profondeurs dont les armures de ceux qui les précèdent
éclairent la surface, puis disparaissent en un instant.

Combien d'entre eux ne devaient plus revoir la lumière?

Ils s'avancent, et chaque pas les porte dans une atmosphère plus obscure et plus puante, leur poitrine halette et
repousse avec peine cet air vicié; des flots de sang noir,
signe trop certain des ravages qu'éprouvent les viscères,
remplissent leur bouche; leurs yeux se gonflent en proie
à d'âcres douleurs, ils n'aperçoivent qu'avec effort et crépi-
tent comme exposés à la flamme; leurs pieds se heurtent
à chaque obstacle, beaucoup s'abattent et deviennent
eux-mêmes d'autres causes de chute pour ceux qui les suivent; combien sont foulés, meurtris! et le choc des armes
ajoute au nombre des victimes.

Ils se savent descendre dans la tombe et ils y descendent
tant les domine l'esprit de discipline;

Derrière le marais sont le bois sacré et les prêtres qu'il
faut surprendre et empêcher de fuir, ils y arriveront à tra-

vers ces brouillards, la mort seule et non sa crainte peut les arrêter.

Mais un nouveau danger les menace, la plaine est traversée, le marais et ses profondeurs se présentent sous leurs pas ; ils y entrent, et bientôt l'onde atteint leurs épaules ; le passage est mal tenté, ils élèvent leurs boucliers et s'écrient ; mais signaux et cris restent inaperçus, incompris ; poussés par ceux qui suivent, les rangs s'entassent incapables de rétrograder et de plus en plus refoulés vers l'abîme ; déjà, un grand nombre de soldats sentent l'eau saumâtre arriver à leurs lèvres, ils se dressent et s'efforcent en s'appuyant sur leurs javelots de maintenir leur bouche hors de l'onde, mais leurs lances s'enfoncent dans la vase, le flot croissant de ceux qui les pressent les fait vaciller ; ils tombent, entraînant ceux qui les entourent et en qui ils cherchent un appui désespéré contre la mort ; aucun ne peut espérer de salut, car les hautes herbes qui couvrent la surface, en enveloppant les mouvements des bras, paralysent et brisent tout effort d'échapper au désastre par la nage ; tous sont une proie attendue plus ou moins d'instants par l'onde, et ses multiples remous indiquent combien sont nombreux les guerriers qui s'engouffrent et périssent.

Placé sur la colline, le général comprend d'instinct le danger de ses cohortes, il fait sonner la retraite, mais trompés par les bruits que répercutent les échos, et comme pris de vertige par les douleurs que les horribles émanations occasionnent à leur cerveau, les soldats n'ont plus conscience de la direction à suivre pour sortir du marais ; beaucoup cependant réussissent à retrouver ses bords, mais beaucoup en croyant fuir ne font que s'engager de plus en plus dans ses profondeurs fangeuses et y trouvent la mort.

Malgré la joie qu'éprouvait Pluton à voir sa moisson de

victimes, il craignit d'outrepasser les ordres de son père et de mécontenter le terrible Dieu en faisant plus qu'il n'en avait manifesté le désir, il agita sa main et l'effroyable souffle qui s'en suivit dispersa les sombres brouillards comme une vieille voile de navire devant un furieux vent d'orage.

Dix cohortes entières avaient péri dans l'étang et sur ses bords et les flancs de la colline une multitude de soldats gisaient blessés ou en proie à d'atroces douleurs d'entrailles.

La dispersion du brouillard mit à nu l'affreux carnage, il consterna les Romains qui ne purent s'empêcher d'y voir l'intervention des Dieux de la Germanie : Les Augures consultés déclarèrent que l'armée courait à sa perte, si toute nouvelle attaque était entreprise avant d'avoir mis Rome elle-même sous les auspices de ces Divinités, et si un homme illustre ne se présentait volontairement comme victime expiatoire ; tous les tribuns s'étant offerts, on recourut au sort qui désigna C. Julius Acer ; aussitôt il s'est ceint le front des bandelettes sacrées, un grand vase d'or rempli de charbons ardents est déposé devant lui, il y répand avec profusion l'encens et l'élevant vers les cieux, il prononce d'une voix forte et distincte ces paroles :

Dieux de la Germanie apaisez votre colère, soyez favorables à Rome, elle vous offrira de nobles victimes ; venez. grands Dieux, résider dans son Capitole, venez protéger sa gloire ; là vous attendent des pontifes illustres, les rois ont baissé le front devant eux, ils le baisseront devant vous ; leurs voix devant qui les nations se sont tues de crainte chanteront vos louanges, leur main glorieuse vous sacrifiera et le feu odorant qu'elle aura allumé sur vos autels ne s'éteindra jamais ; Dieux, soyez-nous propices, laissez-vous fléchir, recevez avec faveur celui qui vous vient au

nom de Rome, celui qui vous porte ses promesses de vénération et de sacrifices; c'est un guerrier illustre né de
parents plus illustres encore, Aquila Foras, honorée entre
toutes les patriciennes est sa mère, et Corvinus Certatus
trois fois édile, deux fois prêteur et deux fois consul, est
son père; Rome le pleurera, mais elle doit ces larmes à
votre gloire.

Cette invocation achevée, le chef des Augures brise les
cornes d'un taureau amené des prairies de la colline, Julius
relève les conques et les présentant au front de la victime
reçoit ses yeux que le prêtre détache de leurs orbites et
fait tomber avant qu'ils se couvrent du voile de la mort;
puis exposant ces demeures des Divinités à la flamme, il
les clot de cire embaumée et les confie à un coffret d'or
que sa main ferme et dont elle précipite la clef dans le
brasier ardent.

Ces rites accomplis, Julius place sur sa tête le trépied
sacré et descend la colline suivi des yeux de C. Drusus et
de l'armée qui gardent le silence et l'immobilité des statues;
pendant ce temps, le prêtre dont les mains soutiennent le
précieux dépôt, marche escorté des Etendars des Légions
et des bruits éclatants des trompettes le déposer dans la
tente du général qui l'introduira devant lui au Capitole en
lui dédiant tous les honneurs de son triomphe.

Cependant Julius a traversé la plaine, il entre dans le
marais, bientôt l'onde le couvre, l'instant d'après le trépied
lui-même disparaît, une légère fumée surnage, c'est le
signe de la volonté des Dieux; ont-ils agréé les prières
et la victime, sont-ils fléchis? Les poulets sacrés disent
oui; les oies disent non; auxquels entendre? les Augures
en délibèrent et prononcent que le succès de la guerre
n'est pas certain, mais que l'on peut réussir.

Les prêtres du bois sacré s'étaient bien aperçu que le
jour s'était obscurci, mais ils l'avaient attribué à la pous-

sière soulevée par le maniement des planches saintes ; leur classement était admirable, entassées par siècles, on pouvait y suivre et retrouver sans tatonnement, sans hésitation, tout fait passé, son instant fût-il éloigné de plusieurs milliers d'années ; et chose étonnante, sur laquelle beaucoup branleront la tête en signe de doute, mais qui prouve la force et la sublime vitalité que Saturne avait su donner à sa constitution ; jamais dans la longue suite des siècles circonstance ne s'était imposée de recourir aux planches sacrées, jamais le respect des lois n'avait obligé de les consulter.

A combien de monceaux touchèrent les mains des prêtres ! Mais quelque fût l'âge qu'ils interrogèrent, tant reculé fût-il ? Toujours Métozo était vivant, lui seul était pontife ; et le dernier trait reconnaissable sur la plus antique des planches qu'ils purent manier sans qu'elle tomba en poussière était encore l'indice d'un cercle, toujours le nom de Tozomé.

Inconséquence humaine ! On n'a pas assez d'imprécations pour maudire le fanatique brûleur des feuilles inutiles mais jaunies amassées dans Alexandrie, ni assez de gémissements pour plaindre l'Empire des Incas du renversement de ses entassements de cailloux décorés du titre pompeux de temples du Soleil ; on traite d'impies les mains qui détachent avec respect quelques signes obscurs ou insignifiants des monstrueux monuments de vanité et d'oppression appelés Gloires de l'Egypte ; et nul ne pleure, nul n'a jusqu'ici trouvé sur ses lèvres un soupir de regret, un mot de blâme pour reprocher aux Romains, à leur sacrilège ambition, la perte irréparable des trésors de sagesse, de ces tables augustes où la main d'un Dieu avait laissé aux générations à venir comme l'image vivante des âges passés !

Mais que servent quelques plaintes où ne suffiraient pas

les cris de douleur de cent poëmes? Muse, n'ajoute pas à
ma tristesse, il n'est d'autre consolation au diamant brisé
qu'à en recueillir les débris ; viens, retournons où nous
appellent les actes des Dieux.

Pendant que sous l'émotion qui dominait les prêtres, leurs
regards seuls s'interrogent, incapables qu'ils sont de prononcer une parole, se présentent à leurs yeux ravis les deux
absents que leurs vœux attendaient ; quel avait été le motif
de leur long éloignement, pourquoi n'étaient-ils pas ren-
trés avec le pontife ? Leur respect pour ses ordres et ses volontés avait scellé leurs lèvres ; il l'avait voulu, en cela était
toute justification. Impatients de leur apprendre l'importante découverte qu'ils viennent de faire, ils trouvent
ceux-ci non moins désireux de les instruire de la leur; ce
furent d'abord des signes d'exclamation suivis d'impétueu-
ses paroles dans lesquelles les uns et les autres se surmontent à l'envi pour arriver à verser, à répandre dans l'âme
de ceux dont ils désirent être écoutés ce que la leur
éprouve; enfin on y arriva; la voix, les gestes des deux
prêtres dominés par ceux de leurs collègues, firent taire
leur impatience ; cette condescendance leur valut de nouvelles marques de vraie et sincère joie de leur retour et de
vif désir de les entendre.

Mais au lieu de répondre, leurs yeux cherchent le pontife et ne le voyant point le demandent. En apprenant qu'il
est loin d'eux, qu'ils l'ont comme séparé de leur société,
ils s'écrient: Malheureux, qu'avez-vous fait? Vous avez
affligé, repoussé un Dieu; hélas! pourquoi n'avons-nous
pu vous instruire, mais frères courons, prosternons-
nous à ses pieds, que touché de notre repentir il nous
pardonne.

Pendant que leurs pas cherchent le pontife, hâte-toi,
Muse, de redire pour l'instruction des siècles ce qu'étaient
devenus les deux prêtres après leur séparation de Saturne.

Ils avaient attendu que le Dieu fût hors de vue et s'étaient
mis à l'œuvre. Qu'était l'entreprise des Argonautes auprès
de celle des deux vieillards ?

Leurs labeurs pour soutenir la lourde pierre, leurs soins
à la préserver de tout heurt les rendaient grands comme
les cieux, ils mériteraient d'être chantés en de nombreux
poëmes et ils le seront un jour : Divin Appolonius ! tu leur
devras mille rivaux.

Devant leurs efforts, le grand Alcide eut senti ses membres se couvrir de sueur, Sisyphe eut oublié le poids de
son rocher : Flée lève donc ? Fumai tu me laisses toute la
charge ! Tel était le discours suivi des deux vieillards, ils
n'en connaissaient plus d'autre.

Ce que peut la volonté ! La journée ne s'acheva pas qu'ils
avaient déjà transporté la pierre à trois longueurs de son
ombre, trois jours la déposaient assez loin pour qu'ils ne
pussent distinguer entre les feuilles du chêne sous lequel
Saturne avait reçu leur adoration et celles des trembles
voisins ; vingt jours de ténacité ont mis cet arbre vénéré
hors de vue ; telle était la robuste constitution de ces vieillards, que ni leur travail surhumain, ni la nature débili-
tante des baies et autres fruits sauvages qui formaient leur
nourriture n'altérèrent leur santé ; que de fils et de filles
de la Germanie les avaient suivis et eussent été heureux
de les délivrer de peine, mais par un geste plein de reconnaissance et sans réplique d'autorité, les vieillards avaient
fait comprendre qu'ils voulaient et devaient être aban-
donnés à leur sort. Cependant les bruits de combat parviennent jusqu'à eux ; devant le devoir que le danger de
plus en plus pressant de la patrie leur fait de rentrer au
bois sacré, ils confient à la fidèle tribu des Francs-Tabert
leur fardeau inestimable et s'éloignent avec les derniers
héros ; ne pouvant eux-mêmes combattre, du moins ils les
fortifient par leur présence ; reconnus et poursuivis par les

Romains, ils n'eussent pu leur échapper sans le brouillard
que le pied de Pluton évoqua de la terre, il mit entre eux
une barrière plus puissante que celle d'une montagne.

C'est ainsi que ces prêtres avaient vu se former pour
leur salut la formidable nuée, ils avaient entendu les
bruits qui avaient rempli son sein, tumulte d'armes, voix
étouffées, ondes agitées par mille efforts, ils avaient vu le
brouillard se déchirer et fuir devant un souffle plus fort
que celui de toute tempête, et l'aspect de l'étang et de la
plaine reparaissant devant eux jonchés de cadavres et
de mourants avait confirmé à leurs yeux ce que leur
âme savait de la présence et de la puisssance d'un Dieu.

Voilà ce qu'ils eussent voulu crier pendant des jours et
des années à leurs collègues, ils durent se contenter de
quelques paroles ; et d'ailleurs, qu'avaient-ils besoin d'être
persuadés, eux aussi n'avaient-ils pas vu? Que sert un
flambeau où éclaire le soleil.

Leurs yeux humains ne peuvent voir Pluton que leur
cache sa volonté, mais bientôt ils sont aux pieds de Saturne,
ils le supplient de leur pardonner et de consentir à être
encore leur conseil dans l'extrémité où ils sont réduits.

Tozomé les relève, et les embrassant leur dit:

Prêtres des Dieux, ce que nous devons faire? c'est
d'accomplir nos devoirs et nos fonctions jusqu'à notre dernier souffle de vie, comptant sur les fautes de nos ennemis pour honorer notre mémoire et nous venger, et
sur la justice des Dieux pour notre heureuse immortalité.

Cependant la nuit était venue, les ordres précis de
Rome ne permettaient au général aucun sursis à l'exécution de sa vengeance, tout devait être sacrifié à ce
sentiment, tout devait plier devant la nécessité d'en assurer
le succès.

Au loin le bois sacré s'éclairait de lueurs, les prêtres
ignoraient donc l'approche de l'armée romaine, ils ne

soupçonnaient pas sa présence? Mais une heure, un instant pouvait suffire à les prévenir; leur fuite ou leur
entrée dans quelque retraite inconnue laissait Rome non
vengée et à lui général sa gloire serait compromise.

Aussi, C. Drusus n'a pas plutôt reçu la réponse des augures qu'il pousse en avant son armée, elle envahit la
grande plaine par les deux extrémités des marais; sur ses
quatorze légions, cinq sont placées en avant du bois sacré,
faisant front aux passages d'où peuvent lui venir les secours, cinq autres légions l'entourent et les quatorzième,
dix-neuvième et septième trois légions composées de vétérans se disposent à y pénétrer à travers toutes ses avenues;
mais arrivées à sa limite, les flèches des gardes les
arrêtent, les Romains y répondent en se couvrant de leurs
boucliers, et bientôt trois cohortes détachées de chaque
légion fouillent les abords, découvrent et massacrent les
gardes sacrés qui disséminés sur toute la frontière du bois
ne peuvent opposer que de terribles résistances indi-
viduelles, tous tombent en héros.

L'entrée du bois rendue libre, les légions s'y engagent
pour s'emparer des prêtres dont les chants sacrés dominent
tous les bruits et arrivent à leurs oreilles puissants et majestueux.

Les lueurs immenses qui environnaient les autels donnaient aux mouvements des pontifes officiant dans le lointain une solennité étrange qui troublait l'âme de ces
vétérans que la mort même semblait incapable d'émou-
voir.

Leurs invincibles cohortes arrivent sur le seuil de l'enceinte des sacrifices, leurs armes que font étinceler
les feux sembleraient devoir instruire les prêtres de
leur présence et les prêtres ne paraissent point les
apercevoir, ils continuent calmes et majestueux leurs
fonctions sacrées.

Mais au moment où les cohortes mettent le pied dans l'enceinte, les aides des prêtres s'avancent au-devant d'elles pour les saisir comme victimes et les offrir au couteau des sacrificateurs, ils s'apprêtent à immoler l'armée romaine; des aides s'emparent de plusieurs soldats romains les lient rapidement et les portent sur les autels, d'autres aides étendent leurs grands bâtons de houx devant le front des cohortes comme pour les inviter à s'arrêter et attendre le tour d'être marqués de sang et saisis; un tel sang-froid et une telle audace stupéfient les Romains, ils s'arrêtent comme pétrifiés, mais les hurlements de leurs camarades qu'on égorge, les tirent de leur torpeur.

Furieux, les Romains renversent les aides, ils courent aux autels et frappent les sacrificateurs qui tous sans sourciller reçoivent le coup de la mort.

Un arbre s'élève dans le fond de l'enceinte, les plus grands chênes semblent près de lui des arbustes; planté par Saturne comme mausolée à son épouse mortelle, sa vie comptait des milliers d'années et les soins du grand Dieu en avaient écarté toute cause de décrépitude, c'était l'arbre géant de la terre, l'espace couvert par son ombre ne pouvait se mesurer.

Sous ses branches avancées étaient rangés les sept sièges des juges; les vieillards sont assis, ils semblent étrangers à tout ce qui se passe autour d'eux, absorbés dans une discussion profonde, ils prêtent une oreille attentive aux paroles de l'un d'eux.

L'impassibilité de ces prêtres que les Romains regardent comme des monstres les exaspère, cent bras s'étendent vers eux pour les saisir et les mettre en lambeaux; la lune éclairait de toute sa lueur cette scène affreuse, tout-à-coup un nuage plonge la terre dans les ténèbres, il cache la vue des juges, mais ce nuage est vivant, il s'agite, c'est un bras dont la main remuerait des montagnes; pendant

que les regards atterrés cherchent l'être immense à qui
il appartient, il s'est abaissé sur l'arbre, l'a arraché et jeté,
les trônes ont croulé dans un abîme entraînant avec eux une
demi-légion et, sous la force du coup, les énormes branches
s'échappant tordues et en mille tronçons parcourent avec
une impulsion irrésistible les avenues du bois broyant
dans leurs tourbillons fantassins et cavaliers; bientôt les
fossés regorgent de sang, les arbres jusqu'à leurs hautes
branches sont tachés de sang et la partie de l'armée romaine rangée hors de la forêt reçoit avec une pluie de
sang une averse d'armes fracassées, de membres mutilés
d'hommes et de chevaux qui la couvrent de blessures et la
fait fuir au loin saisie d'horreur.

Muse Clio, c'est toi que j'ai invoqué pour ces déclams,
ce sont les paroles sorties de ta bouche divine que ma main
s'efforce de graver sur le front des âges, mais Mnémé est
aussi une fille des cieux, elle me dit de l'entendre, puis-je
lui résister lorsque mon cœur cherche lui-même ses cris;
pardonne, Muse, si pour eux j'ai parfois oublié les tiens,
c'est le soulagement à mon labeur; ne t'irrite même point
si j'obéis encore à sa voix, je l'entends, elle arrive à mon
âme avec le bruit dominateur de la foudre; toi-même, sage
Clio, mets sur mes lèvres un cri digne d'y répondre, à ce
prix ce sera le dernier.

Le prodige de silence dont les pontifes germains avaient
vainement voulu entourer la fin des légions de Varus, les
Romains le firent sur le désastre de celles de C. Drusus.
Leur ardent patriotisme refoula non-seulement en eux les
sanglots que faisait monter à leurs lèvres la mort de tant
des leurs, mais ils eurent la force de remplacer leurs larmes
par des apparences de joie qui trompèrent alors et ont
trompé jusqu'à ce jour la croyance des peuples; bien plus,
leur amour de la patrie en poussa plusieurs à laisser charger leur mémoire de crimes, afin de mieux voiler à ses

ennemis le coup fatal porté à sa force par l'anéantissement
de l'armée de Drusus ; d'abord on décerna à cette armée
les honneurs du triomphe, et le jour d'après on l'accusa
de cris séditieux contre l'empire, on la déclara licenciée,
et les quelques soldats et chefs qui avaient survécu se
condamnèrent volontairement à l'exil perpétuel attaché à
leur rébellion supposée. Drusus lui-même retourné à son
grand camp sur le Rhin au lieu où resplendit aujourd'hui
Mayence prit du poison comme pour se punir d'avoir pu
être l'objet de ces troubles ; la seconde armée était prête,
il en remit solennellement le commandement à Emola
Valens en présence des principaux chefs gaulois venus
pour saluer et honorer en lui le promoteur des grands
avantages obtenus par leurs peuples dans les derniers
traités ; lorsque déjà ses yeux se voilaient des ombres de
la mort, il prit leurs mains dans les siennes et obtint d'eux
qu'ils jureraient sur son cadavre de rester fidèles à l'alliance de Rome ; les Gaulois le pleurèrent, l'éclat de sa
mort détourna leur esprit des affaires de la Germanie et
lorsque leur attention y revint, la seconde armée avait par
ses succès effacé tout soupçon de la destruction de la première ; le salut et la gloire de Rome n'ayant plus à lutter
contre des Dieux se trouvaient à l'abri de tout danger pour
de nombreux siècles.

Muse, tout ce qui grandit l'âme des peuples, tout ce qui
entretient en elle l'amour des nobles dévouements te plaît ;
il t'appartient et c'est ta gloire d'avoir par ces quelques
paroles vengé des mémoires illustres dont tu déplores les
vices, sans que leurs crimes mêmes puissent à tes yeux
absoudre ceux qui les ont étalés au soleil et ont mis
sous le boisseau la lueur qui montrait ce que leurs desseins avaient de grand, de généreux, d'utile à la patrie.

Oui, l'odieux Tibère fut un citoyen illustre et son plus
grand forfait ne fut qu'un acte de patriotisme ardent,

une mesure de préservation pour la puissance de Rome; ombre de Germanicus levez-vous, venez déclarer à la face des générations étonnées que le crime de votre illustre parent ne fut pas le délire d'un tyran mais un sacrifice à la grandeur de Rome voulu par vous-même et consenti par lui avec une infinie douleur et au prix de l'holocauste de sa renommée sur l'autel de la patrie.

Muse, ton cri sera entendu des siècles, ils te le témoignent malgré le bruit des dix mille trompettes qui s'efforcent de l'étouffer; mais le sort des Dieux est ce qu'ils désirent actuellement connaître, ne les laisse plus dans l'anxiété sur ce qu'il advint de Saturne, sur l'accueil fait par l'Olympe à son offre de retour et surtout hâte-toi de leur dire à quel Dieu appartenait le bras qui accabla les vainqueurs du monde.

A l'instant où les Romains levaient leurs bras contre les juges et Saturne, Jupiter rendait à son père sa force divine, le Dieu venait de l'employer à sa vengeance; satisfait, il s'est élancé vers l'Olympe en remerciant l'Amour; Muse, les siècles ne nous comprendront point, expliquons-leur ce mystère.

La venue des trois Dieux les plus puissants après Jupiter avait bien fait pressentir à Mercure que quelque grave évènement nouveau avait dû s'accomplir et rendre de plus en plus nécessaire de consulter le Destin, mais ce qu'il entendit de la bouche de Pluton surtout l'erreur de ce Dieu à croire que le sommeil de stupeur de l'Olympe n'avait duré que quelques instants, tandis qu'il avait dû se prolonger pendant de nombreux jours, le plongèrent dans une surprise profonde à laquelle ne tarda pas de faire diversion une pensée amère en entendant la réponse de Saturne; ce Dieu cédait à l'instance de ses fils, ce n'était donc point à lui Mercure qu'en reviendrait la gloire, toutes ses ruses, tous ses travaux ce n'était point pour lui qu'il les avait

faits; son dépit en fut tel, que dans son premier mouvement
de colère, il a lancé aux pieds des Dieux ce caducée dont
il ne recueille que l'amertume des labeurs, mais le merveilleux attribut franchissait encore l'espace qu'une pensée
soudaine traversait l'esprit de Mercure et lui offrait le
moyen de ressaisir la victoire: Saturne ne peut recouvrer
sa puissance que par sa faux et les Divinités n'y songent
pas; moins d'un instant lui a suffi pour délibérer et agir
et le caducée touchait à peine la terre que Mercure
paraissait lui-même déposant sur lui le bandeau éclatant
qui forme sa couronne, il embrasse les genoux de Saturne
et lui dit:

Messager de Jupiter, mais avant tout le tien, tes colères
n'ont point diminué en moi le dévouement et le respect que
je dois à tes volontés; accorde-moi, grand Dieu, ce désir
de mon cœur d'être utile à ta gloire; envoie-moi vers
l'Olympe te rapporter l'attribut de ta puissance, afin que
tu y reparaisses avec l'éclat et la majesté dus à ton front
de père et souverain des Dieux; je laisse devant toi ma
couronne et mon caducée que ton pied les garde comme foi
de mon empressement et de ma fidélité à te servir; va,
répondit Saturne, ta prière me plaît; et en prononçant ces
paroles, l'expression ironique de ses traits semble dire au
Dieu: Que peuvent tes efforts? Imprudent, as-tu pu oublier
que ce que Saturne tient, il ne le rend plus. — Mais, grand
Dieu de quel gage de ta volonté me rendras-tu porteur pour
l'Olympe?—Saturne se recueillit un instant, puis se baissant,
ramassa un caillou, le mouilla de salive et l'appliquant sur
sa barbe lui imprima la marque de sa tache de sang; —
Voilà ton signe, je ne serai pas en reste de générosité
avec toi, sache en faire le prodige de ta gloire, qu'il te
console de tes attributs; car tu as manqué de prudence,
mon fils, tu ne connaissais pas Saturne.

Sans s'arrêter à ces paroles du Dieu, Mercure a pris son

vol vers l'Olympe et quelque rapides que soient les coursiers de Pluton, quelque soit l'avance qu'ils aient sur lui,
il les a bientôt dépassés; il entre dans l'Olympe et s'écrie:
Dieux et Déesses, victoire, Saturne reviendra, que je lui
reporte sa faux! A quelles conditions le Dieu consentait-il
aux vœux de l'Olympe, la pensée n'en vint même point aux
Divinités, il revenait, cela était assez pour elles, toutes en
poussèrent une exclamation de joie, Mercure en avait la
gloire. Jupiter a déroulé sur le trône de son père sa chaîne
d'or, son bras attire à lui le colossal diamant, mais toute
sa puissance ne parvient pas non point à le soulever, mais
à l'ébranler; le trône de Saturne reste immobile, il résiste
à tout effort, comme si en lui eut été la masse non-seulement de l'Olympe, mais de l'entier univers; les Dieux le
savent, leurs forces quelque grandes qu'elles soient ne
peuvent rien ou presque rien ajouter à celles de Jupiter.
que peuvent mille fils de la Vierge pour venir en aide au
lourd câble qui gémit à se rompre et se rompra sous les
vains essais du cabestan à amener à lui l'inébranlable
rocher; l'étonnement des Dieux arrivait à la stupeur,
lorsque Mercure se ressouvint des paroles de Saturne, il
promène le caillou sur le vaste contour d'où le diamant
émerge du sol d'or de l'Olympe, il s'y use jusqu'à son dernier grain de poussière et aussitôt avec le craquement que
pourrait produire l'arrachement de mille montagnes le
trône se détache et suit le bras de Jupiter. Si l'Olympe a
accueilli l'arrivée de Mercure par un cri de joie, la délivrance du trône le salua par cent cris de triomphe; mais
le labeur de l'Olympe n'est point à son terme; la faux au
lieu d'être couchée dans le fond de l'abîme adhère par son
fer au trône, elle vacille à sa base comme une feuille morte
au souffle du vent; rien ne peut l'en détacher ni l'habileté
de Mercure, ni la force de Mars, ni le patient travail de
Vulcain, ni l'art d'aucun Dieu, Neptune et Appolon qui

surviennent n'ont pas plus de succès; les Dieux se déclarant
impuissants à rompre le lien mystérieux, on allait requérir
l'aide des Déesses, lorsqu'à la demande de Jupiter s'il
n'était plus de Dieu qui eut fait ses efforts, une voix
d'enfant se fit entendre et malgré les appréhensions, les
douleurs de tous, tous faillirent rire en entendant le faible
Amour répondre : Il y a moi.

Porté par Vénus l'Amour s'approche de la redoutable
faux, soudain il s'élance des bras de sa mère et ignorant
le danger s'est précipité vers elle, tout l'Olympe frémit et
pousse un cri d'effroi à la vue de l'imprudent et faible
aveugle se jouant sous l'attribut de mort dont le tranchant
ruisselle avec un éclat insoutenable aux regards des Dieux ;
un rien a préservé l'enfant dont l'ondoyante chevelure a
touché l'instrument redouté; mais les Divinités n'en peuvent croire leurs yeux, ce que leur puissance réunie a
désespéré de faire, l'attouchement seul d'une boucle de la
soyeuse chevelure de l'Amour l'a accompli, la colossale
faux y reste suspendue, elle le suit aussi légère qu'une
fleur; Muse, à quoi le comparer sous les cieux de la terre,
comment exprimer l'étonnement de l'Olympe, celui des
hommes serait cent fois moindre de voir Gibraltar attaché
à la queue d'une hirondelle; et ce fut conduit d'une main
par Vénus, de l'autre par Mercure que l'Amour reporta à
Saturne sa faux; comment n'était-il venu à la pensée d'aucune Divinité que son manche n'était fait que pour les mains
seules du grand Dieu? Dans sa joie de ressaisir sa puissance, Saturne s'écria: Amour, je veux réparer mes torts
envers toi, ma faux qui t'a fait aveugle ne peut guérir sa
blessure, mais enfant je te le jure et c'est le premier serment que je fais sur elle, j'accomplirai un de tes désirs ;
il dit; mais dans ce moment même, les mains impies des Romains s'étendaient furieuses vers lui, il s'est empressé de
les servir ; puis s'envola vers les cieux précédé par Pluton,

16

l'Amour et ses deux soutiens l'y suivent; Saturne salua
son exil en abaissant vers la Germanie sa faux, son col
l'effleura et produisit la grande trouée qui surprend nos
yeux; la forêt en fut comblée, et cet immense tombeau,
où dorment des légions encore rangées en bataille, semble,
par l'invincible tristesse de son aspect, comme scellé du
sceau d'une inassouvissable vengeance.

La Lippe s'enfla au détriment de ses rives de cent ruisseaux arrachés à la majesté de l'Ems.

Le cataclysme fit sourire Pluton, le cruel Dieu y ajouta
son glaive; Mercure ne chercha point à reprendre son
caducée et sa couronne, il s'en consola par la pensée
qu'inutiles à lui-même sur la route du Destin, ils continue-
raient parmi les hommes son souvenir et sa gloire.

DÉCLAM XVI.

Dirigé par Minerve le chariot d'or de Junon avait bientôt franchi l'espace immense qui sépare l'Olympe des régions ténébreuses du pôle, il s'avançait confondu avec les étoiles, mais il ne put échapper à la vue perçante de Vesta.

Quel dessein se dit la Déesse peut conduire en ces lieux les deux fières Divinités ; auraient-elles gardé mon souvenir et par un retour inespéré de tendresse voudraient-elles adoucir mon exil ; ou plutôt ne viennent-elles pas à l'exemple d'Iris m'abreuver d'injures ; dans le doute, il vaut mieux fuir, oui dérobons-nous à leur présence, et que m'importent l'Olympe et ses habitants, en est-il un seul qui ne me soit odieux.

La durée d'un éclair a suffi à la Déesse pour faire ces réflexions, elle va s'élancer à travers l'immensité, lorsque Minerve comprenant son dessein touche de son fouet brillant la crinière des nobles coursiers, devant ce reproche, ils ont augmenté l'étendue de leur dernier bond et le char s'est arrêté aux côtés de Vesta.

Mais à la vue de la douleur de Junon et de la tristesse de Minerve, Vesta ne se ressouvient plus de sa colère, dans l'émotion qui la domine, elle se jette en pleurant dans leurs bras, elle s'écrie : Grandes Déesses, pourquoi ces larmes ? Que ne m'est-il possible de vous consoler, que ne puis-je au moins y servir ; — Auguste Vesta, répondit Minerve, la reine des Dieux vient réclamer ton aide, — mon aide ! Mais en quoi mon faible pouvoir peut-il vous être agréable, parlez Déesses, Vesta sera trop heureuse de vous obéir ;

mais je m'oublie, souffrez que je vous offre l'hospitalité, daignez honorer de votre présence mon humble palais; quelle joie pour le cœur de Borée de vous savoir dans son empire, permettez que je l'en informe, un instant me suffira.

La Déesse a volé près de Borée; Borée lui dit-elle: L'auguste reine des Dieux et la puissante Minerve sont dans ton noir empire, leur cœur est dans l'affliction; ne feras-tu rien pour me plaire et pour distraire leur tristesse?

Grande Vesta, répondit le sombre roi des tempêtes, tu connais mon dévouement à tes moindres désirs, ah! puisque aujourd'hui toi-même viens m'en prier, ton âme sera satisfaite; tout ce que mes neiges et mes brouillards peuvent produire d'effets lumineux, tout ce que mes vents savent édifier de beau et d'étrange ils le mettront en œuvre pour te plaire; demain, dès l'aurore, tu pourras contempler par toi-même, tes yeux verront et comprendront par mon travail de la nuit l'ardent désir que j'ai de satisfaire ton cœur.

Il dit et aussitôt se retirant dans le fond de son empire il appelle à lui les vents: Mes fidèles, quelle gloire pour nous! La grande reine des Dieux et la puissante fille de Jupiter viennent chercher près de vous, dans vos œuvres un moment de repos, un jour de paix aux vastes soucis de leur grand cœur; moi votre roi qui vous commande, aujourd'hui je vous prie de me venir en aide pour les recevoir comme le demande leur haut rang; je me suis engagé pour vous envers la reine de la lumière que cette nuit même vous feriez une œuvre digne de l'admiration de leurs yeux, je compte que vous ne ferez pas mentir ma parole.

Les vents fiers de cette confiance inaccoutumée de leur roi y répondirent par un mugissement qui ébranla et faillit renverser l'immense roc base de son trône.

Assez, exclama Borée et à l'œuvre.

Se mettant lui-même à leur tête, il les stimule par son exemple.

Le roi des frimats choisit dans son vaste domaine un roc isolé, il secoue sur lui sa barbe immense, les neiges qui y sont accumulées tombent tantôt fines et déliées, tantôt par larges et épais flocons, Euros et Aquilon les reçoivent et agents infatigables des volontés de leur roi les disposent, les agglomèrent, les dispersent ou les consolident suivant que le demande l'œuvre dont aussi prompt que la pensée, ils ont conçu et suivent l'exécution.

D'abord ils établissent un trône colossal dont le dossier représente la chute d'un grand fleuve ; ses flots écumeux et étincelants forment un remous large, égal, majestueux qui compose le marche-pied du trône, l'étincelante écume en est le siége.

Pendant ce temps l'impétueux Masse-glace amène un troupeau de glaçons dont la base énorme plonge profondément dans le sein des ondes, tandis que le front semblable au dos des baleines surnage sur les flots ; sous l'impulsion irrésistible que leur communique le puissant ministre de Borée, ils s'avancent en soulevant, brisant et écartant de leur passage la couverture de glace sous laquelle dort l'Océan, Banc-glace s'en empare, les soude, ils deviennent le fondement sur lequel va s'édifier le palais qui abritera le trône.

Le chaud Notos considère du profond sein de la mer le travail de ses frères ; d'un souffle mesuré, il pousse jusqu'à sa surface des tourbillons d'ondes tièdes qui maintiennent, autour du palais qui s'élève une large enceinte liquide ; Euros en soulève des nappes légères et, à leur aide, fixe et cristallise les neiges que finit d'ordonner Aquillon ; le léger et subtil Finglace recueille les gouttes qui glissent de leur surface, il les transforme en délicates dentelures, ou les étend en couches d'une finesse extrême, d'une transparence parfaite encadrées dans des bords dont la bizarre ciselure confond l'imagination par la riche variété de ses dessins et sa stupéfiante harmonie avec le grand œuvre aux formes colossales et d'une infinie majesté.

Bientôt son dôme immense s'achève, ses voûtes d'une hauteur et d'une hardiesse insensée défient cependant par leur solidité celle des palais mêmes des Dieux; de leurs merveilleuses voussures descendent des lampes à formes gracieuses, étranges, suspendues à des chaînes presque invisibles dont la présence n'est reconnue qu'au scintillement des prismes qui en composent les anneaux.

D'autres miroirs puissants réflecteurs d'un modèle et d'un travail exquis sont disposés aux mille fenêtres du palais, leur système de réflexion admirablement conçu est différent pour chacune d'elles.

Tel est le palais que Borée aidé de ses vents travaillant avec une activité fiévreuse construisirent dans une nuit; que ne peut dans un cœur rude mais bon le désir de plaire joint au bonheur de se montrer reconnaissant?

Déjà depuis longtemps le brillant Orion poussait dans les cieux son char à la rencontre de l'Aurore, et les Déesses s'entretenaient encore de leurs douleurs, de leurs soucis et de ceux de l'Olympe menacé; enfin, elles songèrent à prendre un instant de repos; mais vainement elles appellent le sommeil, le sommeil les fuit, la pensée des craintes, des angoisses de Jupiter et des Dieux préoccupe trop leur âme, elles ont hâte de commencer le retour.

Dès les premières lueurs que la pâle aurore laisse comme à regret tomber sur les régions ténébreuses où règne Borée, les Déesses mettent sous le joug leurs ardents coursiers, Vesta sollicite l'honneur d'en être le guide et ne demande, avant de les diriger vers l'Olympe, que la faveur de montrer ses palais.

Conduit par l'auguste Déesse, le char parcourt les immenses plaines qui composent le royaume de Borée, ses palais réfléchissent les clartés de l'Aurore et paraissent autant de colossals diamants dans un écrin sans limite ; ce spectacle détourne l'esprit des Déesses des noirs soucis qui les obsèdent, elles laissent éclater des cris d'une sincère admiration dont bondit de joie le cœur de Vesta ; cependant elle écoute un vent dont le léger souffle lui semble le courrier envoyé par Borée pour la conduire vers le palais construit la nuit, Vesta le suit ; à sa vue, une triple exclamation de joie s'échappe de leur poitrine, l'auguste Junon elle-même prie Vesta de suspendre la marche pour qu'elle puisse réjouir ses yeux de la contemplation de cette merveille.

Vesta arrête les coursiers et découvre alors aux Déesses que ce palais n'est pas le sien mais le leur ; qu'à sa prière, Borée l'a construit en mettant en œuvre dans une nuit toutes les ressources et toutes les forces de son royaume pour être leur demeure au moins d'un jour.

Le cœur des nobles Déesses ne put être insensible à cette touchante marque de respect et d'amour et autant pour plaire à l'auguste Vesta que pour témoigner à Borée leur satisfaction elles firent taire leurs ennuis et se résolurent de consacrer un jour à honorer de leur présence l'œuvre du Dieu des neiges.

Tel Polyphème recueille la fleur du lait de ses jattes profondes pour l'offrir dès le matin à sa blanche Galathée, tel avec non moins de soins, Borée sépare de la masse des nuages leurs flocons les plus fins, les plus déliés, les réunit et les confie en nappes immenses au souffle léger, uniforme et puissamment froid du vent Finglace, celui-ci les soulève sans secousse, les pénètre d'un froid de plus en plus intense, les agglomère et les transforme en un fouillis de miroirs, de prismes d'une ténuité et d'une limpidité presque idéale mais formant un ensemble réflecteur d'une simplicité et d'une perfection dignes de la science des Dieux.

Bientôt ce nuage cristallisé sortant des profondeurs où sont les pôles arrive dans les régions de l'air exposées aux regards du soleil, ses rayons frappent les prismes, leur lumière mille et mille fois réfléchie acquiert une splendeur qu'aucune parole ne peut rendre, elle n'apparaît d'abord à la terre qu'à l'état de lueur, mais elle lui arrivera de plus en plus vive, de plus en plus éclatante au fur et à mesure que le nuage s'échappant de l'ombre pour s'étaler au soleil formera un voile moins épais.

Mais déjà l'action du soleil a pénétré d'une légère chaleur l'air des prismes et maintient au nuage sa vitesse d'ascension suppléant ainsi à l'impulsion du vent dont le souffle haletant et épuisé ne conserve plus à ces hauteurs qu'un reste de forces prêt à s'évanouir.

Le nuage enflammé continue à s'élever, mais de moins en moins pressé, soutenu dans sa base, ses couches supérieures se désagrègent, se détachent de la masse, augmentent leur marche ascensionnelle, se divisent en fragments qui eux-mêmes se subdivisent; enfin l'air renfermé dans les globules suffisamment dilatées brise leurs mille parois lumineuses, leurs éclats brillants se répandent en étincelles qui s'irradient en poussière ou retombent, celles-ci formant une pluie de feu, celles-là remplissant l'espace jusqu'à ses dernières limites de jets de flammes immenses; la nuée foyer de l'incendie sans cesse monte et ajoute fournaises sur fournaises, partout ce sont des éclats gigantesques, des effondrements qui simulent l'explosion des volcans, on croit en entendre le bruit.

Trois fois les deux augustes Déesses ont tressailli et

comme éprouvé un mouvement d'effroi devant l'avalanche de flammes qui s'abat sur la terre ; Vesta en sourit, et dans le plaisir qu'elle éprouve ses yeux se remplissent de larmes, elle saisit et couvre leurs mains de baisers.

Leur admiration fut portée à son comble, lorsque Borée de son souffle puissant donnant au palais un mouvement de rotation, les Déesses assises sur leur trône, Vesta elle-même partagea leur surprise, virent sur les vitraux fuyants la vaste aurore boréale se refléter de mille manières diffé-rentes et varier ses effets à faire croire à mille incendies simultanés des cieux ; les yeux des Déesses en furent comme éblouis, elles se levèrent de leurs trônes en jetant un cri d'admiration.

Bientôt elles remontent sur leur char et le dirigent vers Borée ; à l'aspect des augustes Divinités les vents qui entourent son trône se dispersent, le Dieu se lève, il de-meure interdit et sans voix ; cette confusion qui est le plus bel hommage de respect qu'il puisse rendre aux Déesses, achève de lui gagner leur cœur ; Borée, lui dit Vesta, l'épouse du grand Jupiter et sa fille chérie viennent te remercier de ton empressement à leur plaire ; elles acceptent ton palais et reviendront quelque jour l'habiter, j'y reviendrai moi-même avec elles, car il faut que je re-tourne dans l'Olympe où m'appelle l'assemblée des Dieux ; en attendant, les augustes Déesses et moi voulons te laisser un souvenir de notre présence, un gage de notre pro-messe.

Elle dit, et ce que ses mains seules n'auraient pu faire est facilement accompli à l'aide de la glorieuse Junon et de la sage Minerve, elles-mêmes détachent du front de Vesta un des plus riches rubans de son voile et en lient la brillante ourse au trône de Borée ; en même temps la Déesse de la lumière concentre dans ses neiges et ses glaces les étincelantes lueurs qu'elles reçoivent de sa présence.

Ensuite Minerve frappe de son pied le sol, il y ouvre un abîme qu'elle comble en lui confiant le fer de sa lance, de là vient que tout fer laissé à lui-même se tourne vers les pôles pour l'honorer ; et il le mérite par les leçons et les bienfaits qu'en a retirés l'homme.

La grande Junon trempa dans l'onde sa main divine, à son contact, les mers tressaillirent et enfantèrent les courants sous-marins qui mêlent et rendent leurs eaux plus fécondes : chaque fois que dans nos cieux, le Lion saisi par l'Ecrevisse rugit appelant Astrée à son secours, ces fleuves bienfaisants viennent rappeler aux solitudes désolées du pôle l'heureux souvenir de la visite des Déesses, en leur apportant le soleil et les joies d'un court mais doux printemps.

Le Dieu Borée n'est plus, mais les vents respectent son trône et fidèles exécuteurs de ses volontés veillent à ce que le palais honoré de la présence des Déesses, car ils croient à leur retour, ne soit souillé par le regard d'aucun mortel.

Par ses ordres, le subtil et mortel Finglace intercepte à l'entour toute source de la vie ; Bancglace élève jusqu'aux nues une triple barrière et si quelque audacieux, car de quoi ne sont pas capables l'homme et son génie ? parvient à surmonter la première enceinte, l'impétueux Masse-glace l'attend et, dans le moment qu'il cherche où poser son pied sur la seconde, poussant les montagnes dans un choc immense pulvérise l'homme et son œuvre.

C'est ainsi que le pôle reste inaccessible, car le roc sur lequel repose le trône est la borne même de son centre.

Les trois Déesses sont arrivées dans l'Olympe où Saturne

les a précédées, aussitôt le grand Dieu donne le signal du départ.

Armé de sa faux qu'il tient de la main gauche, il va s'élancer sur la route du Destin; l'immensité des ailes qu'il déploie effraie les Dieux inférieurs; comment le suivre se demandent-ils? Qui peut, qui osera le prier de régler sa marche sur notre faiblesse.

Cependant, guidé par la voix de Saturne, l'Amour s'est envolé du char de sa mère, il plane sur la tête du grand Dieu, qu'a-t-il à craindre d'un enfant aveugle; soudain, il pousse un cri déchirant, son arc lui est échappé des mains, voilà mon arc tombé, on va me le prendre? Saturne de sa main libre l'a reçu dans un pli de son écharpe et s'écrie: Console-toi, Amour, le voici?—Ne me l'as-tu point changé, ne me l'as-tu point brisé? Jure-le! Ah voilà encore une de mes flèches perdues, est-ce la seule? — Prends garde, Amour, de ne plus rien égarer, ce qui est tombé, Saturne le jure, il l'a reçu, et te le rendra intact; mais déjà le malin Dieu a vidé son carquois, je les ai comptées, dit-il, je reçois ton serment; et sans attendre la réponse de Saturne, il s'est enfui et a repris en riant place près de sa mère.

C'est ainsi que pour ne pas chasser les flèches le formidable Saturne se trouve contraint de prendre un vol modéré; sa main n'ose fermer le pli de l'écharpe et l'attention qu'il met à préserver de tout heurt les faibles traits, à en reconnaître le nombre lui laisse à peine celle de suivre sa route.

Les Dieux s'éloignent de l'Olympe, à leur tête est le grand Saturne qui pleure son expérience et sa sagesse passées et que les Dieux ne craignent plus.

Le puissant Jupiter le suit porté par son aigle, à sa droite brille le char d'or de la reine des Dieux, l'auguste Vesta est assise près d'elle, Minerve les conduit; à sa gauche roulé celui qui porte le redoutable Pluton et la grande Cybèle sa vénérée mère, Phœbus se console de ne plus conduire le soleil en poussant leurs noirs et ardents coursiers.

Après ces hautes Divinités suivent tous les autres Dieux et Déesses suivant le rang et le degré de puissance de leurs trônes.

L'immense cortège semble ne pouvoir se séparer de l'Olympe, tous les yeux restent en fuyant attachés sur lui ; sa magnificence, sa gloire et ses doux loisirs se présentent avec tous leurs charmes; tout, même ses douleurs, le rendent plus cher aux Dieux et plus amère la nécessité de s'en éloigner.

Bientôt la distance parcourue ne laisse plus apercevoir à leurs yeux fixes et attristés que les lueurs confuses des dômes d'or des palais de l'Olympe, rien n'a pu les en distraire ni les brouillards nitreux et toujours fulminants de la planète Aoura (Mars), ni les vagues étincelantes que roulent les océans de mercure de Névoé (Vénus); ils ont été insensibles aux sublimes harmonies que font rendre aux colossales montagnes de Suphaël (Jupiter) les cataractes de ses fleuves; leurs regards ne se détournent point pour contempler les sept redoutables croissants que forment autour de la monstrueuse et brûlante masse de Somial (Saturne) le choc immense de ses gaz contre les atmosphères; ils fuient de son sein par sept bouches où notre énorme Mont-Blanc roulerait comme un caillou dans un abîme.

Déjà même les Dieux passent devant Atel la dernière des planètes de notre Univers, Atel en forme de herse, des volcans multicolores le couvrent, ils fondent leurs claires et grandioses lueurs avec la lumière que sa surface vitrifiée reçoit du soleil et lui donnent cet éclat blanc étrange qui fait émerger sa vue de l'ombre lorsque des corps célestes plus grands, plus rapprochés de nous, plus riches des feux du soleil restent invisibles.

Mais la lumière du soleil lui-même s'épuise dans le lointain, ce n'est plus qu'une étoile qui, dans les profondeurs de la nuit où elle est plongée, reste l'indice de moins en moins certain des lieux où se trouve l'Olympe ; cependant un bruit inouï s'est fait entendre, il ramène à lui toute l'attention des Dieux ; c'est une autre Aurore qui ouvre les portes d'un autre Univers.

FIN DU PREMIER LIVRE.